하룻밤에 읽는

셰익스피어
전집

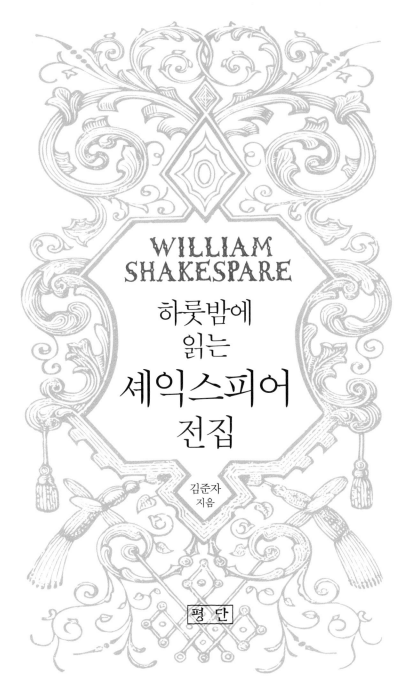

WILLIAM
SHAKESPARE

하룻밤에
읽는
셰익스피어
전집

김준자
지음

평단

사람들은 〈로미오와 줄리엣〉은 앙숙인 두 집안의 아들과 딸의
못 다한 사랑 이야기, 햄릿은 덴마크의 왕자로 셰익스피어 4대
비극의 주인공이라는 사실쯤은 대부분 알고 있다. 그러나 막상
'셰익스피어' 하면 움찔하는데, 그 이유가 무엇일까? 모르는 것
이 너무 많기 때문에? 너무 어려워서? 배울 기회가 없었기 때문
에? 이런 질문들을 나 자신에게 던지며 아들이 고등학교에서 배
웠던 셰익스피어 책을 들고 가까이에 있는 대학에 가서 'Fear
Not, I Speak Shakespeare-Act I'에 등록한 것이 2006년 봄
의 일이다. 담당 교수는 영문학과 연극을 전공한 미셸 로베르제
Michele Roberge로, 이 대학에 있는 카펜터 공연예술 센터Carpenter
Performing Art Center의 관장이기도 하다. 한 학기는 셰익스피어의

두 작품을 읽고 대본을 따라 영화를 보는 과정으로 구성되어 있다. 그런데 어느덧 '제12막Act XII', 즉 열두 번째 학기를 마쳤다.

셰익스피어는 400여 년 전 시인, 극작가, 연극배우로 밥벌이를 하던 사업가이다. 그는 중산층 가정에서 태어나 18세에 여덟 살 연상의 여인과 결혼했다. 결혼한 지 6개월 만에 딸을 낳았고, 이어서 쌍둥이 남매를 낳았다. 셰익스피어는 자식들을 극진히 사랑했던 아버지이자 한 가정을 책임지는 가장이었다.

여러 해 동안 공부를 했음에도 셰익스피어의 작품은 다의어多義語인 데다 시적 표현으로 쓰여 있기 때문에 여전히 어려운 것이 사실이다. 영어가 모국어이고, 영문학을 전공한 사람들조차도 같은 말을 한다.

그렇다면 세계 문학사상 가장 위대하고 가장 사랑받는 시인이자 극작가인 셰익스피어의 작품을 보다 쉽고 재미있게 접근할 수 있는 방법은 없을까? 요즘 들어 부쩍 셰익스피어의 작품들이 새롭게 연극과 영화, 뮤지컬로 나오는 것을 보면서 작품을 관람하기 전에 또는 희곡을 읽기 전에 작품에 대해 알고 보면 훨씬 더 재미있고 얻는 것이 많을 거라는 생각이 들었다. 또한 대화를 할 때 셰익스피어의 작품을 인용하면 격이 있어 보일 것이고, 글쓰기에도 큰 도움이 될 것이다.

셰익스피어는 39편의 희곡play 작품을 썼다. 그중 희극이 13편, 비극이 10편, 역사극이 11편, 낭만극이 5편이다. 그의 작품은

180개 이상의 다른 언어로 번역되었을 뿐만 아니라, 개작되기도 했다. 또한 연극, 오페라, 발레, 그림, 영화 등 다양한 문화 창작활동에 지대한 영향을 미쳤다.

그러면 시간이 흘러도 셰익스피어의 작품들이 전 세계에서 식지 않는 인기를 구가하는 이유가 무엇일까? 그 한 가지 이유는 만인이 공감할 수 있는 인간의 보편적인 감정을 담고 있기 때문이다. 이야기 속 인물들은 한 시대, 한 나라에 국한되지 않고 어느 시대, 어느 공간에서도 찾아볼 수 있을 법한 캐릭터들이다. 희곡의 내용은 주로 유럽이나 근동 지방에 널려 있는 민간 설화를 각색한 것인데, 자연을 노래하고 사랑, 결혼, 이별, 죽음을 그린 우리 사람 사는 이야기이다. 인종 문제, 동성애, 겉과 속이 다른 정치가, 민주주의의 모순, 돈 문제로 얽히고설킨 가정사 등이 마치 오늘날 신문의 사회면을 읽는 것처럼 전혀 낯설지 않다. 또 영국과 프랑스의 싸움인 백 년 전쟁, 정치가들의 권력 싸움인 장미 전쟁을 다룬 사극에서 등장인물들의 사랑, 배신, 욕심, 질투, 야망, 충성, 복수, 후회, 외로움, 잔인함 등의 감정 표현이 현세와 다를 바 없는 것도 그 이유 중의 하나이다.

이 책은 일반인들이 상식을 쌓는 데 도움을 주려는 목적으로 집필했다. 각 장르의 작품을 이야기체로 간추리는 형식으로 구성했고, 미국 인기 퀴즈 쇼인 제퍼디Jeopardy!에 나오는 셰익스피어 관련 문제와 해답을 염두에 둔 것도 사실이다. 그리고 의도적으로 제목과 이름을 영어로 표기했다. 이유는 매 희곡마다 명찰을 달고 무대에 서는 적어도 20~30명의 인물이 영어뿐 아니라 그리스, 라틴, 이탈리아, 스페인, 지중해 연안의 이름으로 쓰여 있으니 한국말로 표기한다는 것이 쉽지도, 맞지도 않거니와 Fool, Quickly, Clown, Simple 등등 이름만 보고도 역과 특성을 알 수 있는 장점이 있기 때문이다.

거듭 말하지만 셰익스피어의 작품은 쉽지 않다. 그러나 작품의 제목, 주요 인물, 내용을 익히면 셰익스피어 문학의 반은 정복한 셈이다. 이야기를 읽기 전에 먼저 등장인물을 익히기를 권한다. 이 책을 집의 책꽂이에 꽂아 놓으면 어린아이부터 어른까지 셰익스피어 참고서로, 또 이야기책으로 즐길 수 있을 것이다. 또한 셰익스피어 희곡을 읽고 연구하는 데 길잡이가 되어 줄 것이다.

이 책이 세상에 나오도록 도와준 평단문화사를 소개해 주신 폴임 박사님께 감사 드린다.

캘리포니아에서

김준자

셰익스피어를 말하다

셰익스피어의 삶

윌리엄 셰익스피어William Shakespeare는 영국 중부에 위치한 스트랫퍼드 어폰 에이번에서 장갑 공장을 운영하며 모직상을 하던 아버지 존 셰익스피어John Shakespeare와 부농의 딸이었던 어머니 메리 아덴Mary Arden 사이에서 태어났다. 1564년 4월 26일의 홀리 트리니티 교회 영아 세례 기록에 따라 1564년 4월 23일을 그의 생일로 한다. 열여덟 살에 여덟 살 연상의 앤 해서웨이Anne Hathaway와 결혼하여 6개월 만에 첫딸 수잔나Susanna가 태어났고, 2년 후에는 쌍둥이 주디스Judith와 햄닛Hamnet이 출생하여 모두 세 자녀를 두었다.

셰익스피어는 스물세살 때 고향을 떠나 런던에 정착한 후 20여 년 동안 시인, 배우, 극작가로 활동하며 연극단을 운영하였고, 후에는 '국왕 극단The King's Men'이란 연극단의 주역으로 자리 잡았다. 그는 엘리자베스 1세(재위 1558~1603)와 제임스 1세(재위 1603~1625)의 사랑과 후원을 받아 명성을 얻으며 명예와 부를 쌓을 수 있었다. 셰익스피어는 1610년 고향에 돌아와 3년 동안 작품 활동을 계속하다가 52세인 1616년 4월 23일에 세상을 떠났다. 그는 세례를 받았던 홀리 트리니티 교회에 묻혔다.

그가 죽은 지 7년 만인 1623년에 연극단의 동료 존 헤밍J. Heminges과 헨리 콘델H. Condell이 그의 희곡 36편을 '희극' '역사극' '비극'으로 분류하고 한 권으로 묶어 출판한 것이 《초판 2절판First Folio》이다. 작품이 빠지기도 하고 더해지기도 하면서 《4절판Quartoes》《2판Second Folio》《3판Third Folio》으로 나왔지만, 《초판》이 가장 믿을 만한 것으로 인정받는다. 후에 3편의 희곡이 정전 목록에 더해지고, 비극과 희극 5편의 작품을 '낭만극(로맨스)'이라는 새로운 장르로 분류한 것이 19세기 말이다.

셰익스피어가 남긴 작품들은 희곡play 39편, 소네트the sonnets 154편, 설화시narrative poem 4편과 서정시lyrical poems 들이다. 그 중 희곡은 13편의 희극과 10편의 비극, 11편의 역사극과 5편의 낭만극으로 분류된다.

셰익스피어 작품의 특색

서구 문학가들은 각기 대표적인 주제를 갖고 있다. 예를 들어 호머Homer는 영웅의 업적이나 민족의 역사를 노래한 서사시로, 소포클레스Sophocles는 비극 시인으로, 톨스토이Tolstoy는 사실주의 소설가로, 마크 트웨인Mark Twain은 유머 작가로, 디킨스Dickens는 모험과 멜로드라마로, 플루타르크Plutarch는 전기 작가로, 안데르센Hans Christian Andersen은 환상적인 가상의 동화 작가로 대표된다. 그러나 세계의 대문호이자 극작가, 최고의 시인으로 칭송받는 셰익스피어는 이 모든 장르를 다룬 만능의 이야기꾼이다.

또한 그의 표현은 초서Chaucer의 명료함과 밀턴Milton의 장엄함, 키츠Keats의 낭만적인 언어를 망라하고 있다. 더욱 놀라운 점은 그가 쓴 3만 개의 어휘 중의 10분의 1인 3,000개의 단어는 그가 만든 것으로 알려져 있다. 지금은 그의 작품들을 책으로 만날 수 있지만, 당대에는 극장에서 배우들이 시구verse로 읊고 관객이 듣는 형식이었다. 셰익스피어의 작품은 듣는 사람이 편안하고 서정적인 아름다움을 느낄 수 있도록 대사마다 그의 특유의 강약과 장단을 맞춘 '5운각iambic pentameter' 운율로 이루어져 있다.

그는 세상에 널려 있는 이야기들에서 줄거리를 잡아내고, 살을 붙이고, 무대를 꾸미고, 아름다운 시어로 다듬어 새로운 창작품을 만들어 낸 천재 작가이다.

셰익스피어의 인기와 출판물

셰익스피어에 관한 저작물은 계속해서 출간되고 있다. 미국의 수도 워싱턴 D.C.에 있는 폴저 셰익스피어 도서관The Folger Shakespeare Library에는 25만 권이 넘는 셰익스피어 관련 도서가 소장되어 있다. 매년 그에 관한 1,500편의 논문과 650권의 책이 출판되며, 200여 권의 책은 수정·개정되어 출판되고, 100편 이상의 박사논문이 발표된다. 이것은 미국에서만 해도 매일 750쪽에 이르는 셰익스피어에 관한 새로운 글이 나온다는 뜻이다. 여기에 외국 출판물과 작은 출판사의 정기 간행물들을 더한다면 셰익스피어 관련 연구 규모는 어마어마한 수준으로 그의 인기가 어느 정도인지를 여실히 보여 준다고 할 수 있다.

차례

제2장 셰익스피어의 역사극

제3장 셰익스피어의 비극

제4장 셰익스피어의 낭만극

Comedy

셰익스피어의 희극

1592~1604

보통 '희극'이라고 하면 재미있고 해피엔딩으로 막을 내리는 것이 일반적이지만, 셰익스피어의 13편의 희극은 익살스러우면서도 마술적인 면 그리고 비극적인 요소까지 두루 담고 있다. 또한 마지막은 조건부 행복이거나 죽음을 겪은 후에 얻는 재생의 기쁨으로 끝을 맺는다. 그래서 사랑과 결혼, 희망 가득한 해피엔딩이라기보다는 삶의 여정의 한 부분으로 끝이 난다. 희극의 내용은 로마 시대 또는 르네상스 시대에 있었던 옛날이야기에 인물들을 재구성하고 사건들을 더해 새롭게 재창조한 것으로 가족, 공동체, 사회 특히 상류 사회에 초점을 맞추고 있다.

희극 중에 가장 인기 있는 작품으로는 〈뜻대로 하세요As you like It〉〈헛소동Much Ado about Nothing〉〈십이야Twelfth Night〉를 꼽을 수 있다. 이 작품들은 '해피 트리오' 혹은 '골든 코미디'라 불리기도 한다. 세 작품 모두 그 내용이 제목과 무관하고, 셰익스피어의 다른 희극들보다 자유분방한 것이 특징이다.

셰익스피어의 후기작에 속하는 〈트로일로스와 크레시다Troilus and Cressida〉〈끝이 좋으면 다 좋아All's Well That Ends Well〉〈법에는 법으로Measure for Measure〉의 세 작품은 잘못된 사회적 통념을 풍자적으로 그린 희극으로 해피엔딩보다는 문제 해결로 끝을 맺는 문제작Problem Comedies이라 할 수 있다.

ଔ୬· 초판 작품 순서 ·୧ଓ

1. 실수 연발The Comedy of Errors

2. 말괄량이 길들이기The Taming of the shrew

3. 베로나의 두 신사The Two Gentlemen of Verona

4. 사랑의 헛수고Love's Labor's Lost

5. 한여름 밤의 꿈A Midsummer Night's Dream

6. 베니스의 상인The Merchant of Venice

7. 윈저의 즐거운 아낙네들The Merry Wives of Windsor

8. 헛소동Much Ado About Nothing

9. 뜻대로 하세요As You Like It

10. 십이야Twelfth Night

11. 트로일로스와 크레시다Troilus and Cressida

12. 끝이 좋으면 다 좋아All's Well That Ends Well

13. 법에는 법으로Measure for Measure

주요 인물

솔라이너스Solinus 공작 : 에페수스의 통치자로 이지언의 사정을 고려해 사형 대신 벌금형을 내린다.

이지언Egeon : 시라쿠사에 사는 쌍둥이의 아버지로 조난을 당해 부인과 쌍둥이 동생을 잃어버린다. 쌍둥이 형이 잃어버린 동생을 찾아 집을 나가 돌아오지 않자 아들을 찾아 나섰다가 에페수스에서 사형 선고를 받고 기다리던 중 부인을 만나고 아들들과 재회한다.

앤티폴러스Antipholus-S : 시라쿠사에 사는 쌍둥이 형으로 동생을 찾아 에페수스까지 와서 혼란을 빚다 가족을 찾게 된다.

드로미오Dromio-S : 시라쿠사에 사는 형의 하인이다.

앤티폴러스Antipholus-E : 에페수스에 사는 쌍둥이 동생으로 부인에게 주려고 주문했던 목걸이를 음식점 종업원에게 준다고 약속한다.

드로미오Dromio-E : 에페수스에 사는 앤티폴러스Antipholus-E의 하인이다.

애드리아너Adriana : 에페수스에 사는 쌍둥이 동생의 부인이다.

루시아너Luciana : 형인 앤티폴러스Antipholus-S가 반한 애드리아너의 여동생이다.

안젤로Angelo : 보석 세공인이다.

핀치Dr. Pinch : 미친 사람을 고치는 의사이다.

아밀리아Amellia : 에페수스의 수녀 원장이다. 이지언의 부인이자 쌍둥이의 어머니이다.

1

실수 연발
THE COMEDY OF ERRORS

28~29세 때 작품, 1592~1593년

시라쿠사에 사는 사업가 이지언Egeon은 사업차 일리리아에 갔다가 그곳에서 일란성 쌍둥이 아들을 낳게 된다. 우연히 같은 날 같은 여관에서 가난한 촌부도 일란성 쌍둥이를 낳게 되어 이지언은 그 아기들을 양자로 들여 쌍둥이 아들의 하인으로 삼는다. 사업을 마치고 시라쿠사에 돌아오는 중에 이지언의 가족은 조난을 당해 그의 부인과 부인이 안고 있던 쌍둥이 동생, 그리고 그의 하인이 생사 불명이 된다.

18년의 세월이 지난 어느 날, 아버지와 같이 사는 쌍둥이 형이 하인을 데리고 잃어버린 어머니와 동생을 찾아 집을 나가 7년이 지나도록 돌아오지 않는다. 기다리다 못한 아버지는 배를 타고 집을 떠난 아들을 찾아 그리스 항구와 소아시아를 헤매다 에페수스에 도착한다. 당시 시라쿠사 인에게 여행 금지 구역인 그곳에서 아버지는 체포되어 사형 선고를 받게 된다. 형이 집행이 되기 전, 아버지는 그 지역을 관할하는 공작에게 자신의 사정을 하소연한다. 이를 불쌍히 여긴 공작은 그날 안으로 1,000마르크의 벌금을 낸다면 석방하겠다는 약속을 하지만, 이것도 속수무책은 마찬가지이다.

한편, 집을 떠난 쌍둥이 형 앤티폴러스Antipholus-S와 하인 드로미오Dromio-S는 동생을 찾아 온 세상을 헤매다 아버지 소식을 전혀 모른 채 에페수스에 도착한다. 이들은 에페수스 인으로 행세하라는 상인들의 충고를 지켜 붙잡히지 않는다. 앤티폴러스Antipholus-S는 여관을 정하고 하인에게 돈과 보따리를 맡긴 후 도시 구경에 나선다. 얼마 안 되어 거리에서 동생의 하인인 드로미오Dromio-E를 만난다. 드로미오Dromio-E는 주인 쌍둥이 형에게 저녁 식사 시간에 늦었다고 말하며 그를 억지로 이끈다. 앤티폴러스Antipholus-S가 쌍둥이 동생의 하인에게 끌려가면서 맡긴 돈은 어떻게 했느냐고 묻자, 하인은 어리둥절한 표정을 짓는다. 그가 사기당한 것이 분명하다고 생각한 형은 하인을 뿌리치고 급히 여관으로 달려간다. 그러나 도착해서 보니 돈과 보따리는 그대로 있다.

다시 거리로 나온 형은 시장에서 자신의 하인인 드로미오 Dromio-S를 만나 방금 전의 일을 계속 이야기하지만, 하인은 무슨 말인지 전혀 알아듣지 못한다. 이렇게 주인과 하인이 딴소리를 하고 있는 동안 갑자기 멋진 옷을 차려입은 두 여인이 나타난다. 그중 사납게 생긴 여인이 "당신 바람났어요? 식사 시간도 모르고 늦게까지 나돌아 다니면 어떻게 해요!"라고 말하며 그를 끌고 어느 집으로 들어간다. 그리고 그의 하인 드로미오Dromio-S에게 문단속을 하라고 이른다. 그 옆의 여인도 "형부, 어떻게 이렇게 늦을 수가 있으세요?"라며 언니를 거든다. 이 여인들은 쌍둥이 동생의 부인과 처제로 형을 집주인으로 잘못 안 것이다.

한편, 쌍둥이 동생인 앤티폴러스Antipholus-E는 부인에게 줄 보석을 사기 위해 보석 세공인 안젤로Angelo와 의논하다 시간이 늦어 저녁을 대접하기 위해 그를 집으로 데리고 온다. 앤티폴러스 Antipholus-E가 밖에서 하인을 부르지만, 대답이 없고 문은 단단히 잠겨 있다. 할 수 없이 큰 소리로 부인을 부르자, "웬 불한당이야! 우리 주인 양반은 집에 계신데 집을 잘못 찾은 것 같으니 다른 데로 가세요"라고 부인이 화난 목소리로 소리친다. 화가 머리끝까지 난 집주인은 문을 부술 듯이 두드려 대다가 어쩔 수 없이 안젤로를 데리고 그가 좋아하는 여종업원이 있는 음식점으로 발길을 돌린다. 그러고는 부인에게 주려고 주문했던 목걸이를 음식점으로 가져오도록 안젤로를 보낸다.

어처구니없게 끌려온 앤티폴러스Antipholus-S는 자신도 모르는 집에서 식사 대접을 후하게 받는다. 그리고 한식탁에 앉아 있는 여주인의 동생 루시아너Luciana에게 점점 마음을 빼앗긴다. 식사가 끝나고 방에 두 사람만 남게 되자 형은 참지 못하고 그녀에게 사랑을 고백하고 만다. 루시아너는 형부의 이상한 행동에 놀라 어쩔 줄 몰라 하고 앤티폴러스Antipholus-S는 자신이 총각이라고 우긴다. 이렇게 옥신각신하다가 앤티폴러스Antipholus-S가 할 수 없이 하인을 데리고 집을 나와 거리를 헤매면서 모처럼 만난 어여쁜 여인과 헤어진 것을 후회하고 있는데, 갑자기 어떤 사람이 나타나 너무 오래 기다리게 해서 미안하다며 목걸이를 내민다. 앤티폴러스Antipholus-S는 황당한 표정으로 "이게 무슨 목걸이요?"라고 묻는다.

그러자 상대는 "마음에 드십니까? 어서 부인에게 갖다 드리고 값은 후에 치르십시오"라고 말하고는 가 버린다.

'거저 준다는데 못 받을 것도 없지.' 형은 이렇게 생각하며 목걸이를 주머니에 넣고 시장 안으로 들어간다.

거리에서는 한 상인이 안젤로를 붙잡고 빚을 갚지 않으면 감옥에 집어넣겠다고 으름장을 놓는다. 마침 그곳을 지나가던 쌍둥이 동생 앤티폴러스Antipholus-E를 보자, 안젤로는 목걸이 값을 지금 주지 않으면 자신은 감옥에 가게 된다고 돈을 달라고 요구한다. 동생은 자기 부인을 찾아가 목걸이를 주고 돈을 받으라고 하고, 안젤로는 막무가내로 돈이 없으면 목걸이를 돌려 달라고 야단을 부린다. 두 사람이 옥신각신하며 싸우는 것을 보다못한 상인이 경찰을 부른다. 앤티폴러스Antipholus-E는 다짜고짜 자기에게 돈을 달라고 요구하는 안젤로가 체포되어야 한다고 주장하고, 안젤로는 목걸이를 받고도 돈을 주지 않는다고 그를 고발한다. 경찰은 할 수 없이 두 사람에게 수갑을 채우고 경찰서로 향한다.

이때 형의 하인인 드로미오Dromio-S가 끌려가는 동생 앤티폴러스Antipholus-E에게 달려와 주인의 지시대로 배를 예약하고 떠날 준비를 마쳤으니 가자고 이끈다. 쌍둥이 동생은 '사람들 모두가 미쳤구나!'라고 혼잣말을 한 뒤, 하인에게 열쇠를 주면서 "여보게, 이 열쇠를 가지고 집사람 애드리아너Adriana에게 가서 내 금고를 열고 돈을 꺼내 달라고 하게. 지금 나는 이유도 모르고 체포되어 꼼짝 못하게 되었어. 돈을 주어야 풀려날 형편이야"라고 말한다.

드로미오Dromio-S는 애드리아너 여주인을 떠올리며 식사를 했던 집을 찾아가면서 뚱뚱한 식모가 자기에게 남편이라고 하며 덤

볐던 일 등, 도무지 알 수 없는 일만 벌어진다고 생각한다. 드로미오Dromio-S가 금고 열쇠를 가지고 그 집을 찾아가니 큰 소리로 싸우고 있는 소리가 밖에까지 들린다.

"세상의 수많은 남자 가운데 하필 형부에게 꼬리를 쳐서 내 남편을 빼앗으려 들어?"라고 한 여인이 고래고래 소리를 지르자, "사람 잡지 마시지!"라고 다른 한 여인이 소리를 지르며 대든다. 그러나 남편이 경찰서에 있다는 소식을 전하자 안주인은 서둘러 돈을 꺼내 하인에게 주어 보낸다.

경찰서로 가는 길에 하인은 팔을 휘두르며 걸어오는 앤티폴러스Antipholus-S를 만나 "지금 돈을 가지고 가는 길인데 벌써 감옥에서 나오셨으니 잘되었습니다"라고 말하며 기뻐한다.

"도대체 무슨 소리냐! 내가 배 시간을 알아보라고 했지?"

"제가 반 시간 전에 배 시간을 알려 드리러 갔을 때 주인님께서 집에 가서 돈을 가지고 경찰서로 오라고 하시지 않았나요?"

하인의 말에 앤티폴러스Antipholus-S는 어이가 없다는 표정으로 "모두가 미쳤군! 너도, 나도, 이 도시도 모두 미쳤구나!"라고 내뱉는다.

이때 포큐파인 음식점의 문이 열리며 한 여인이 나와 말한다. "앤티폴러스 사장님, 저에게 주신다고 약속하셨던 목걸이를 가져

오셨나요?" 영문을 몰라 머리를 흔드는 쌍둥이 형에게 여인은 자기 반지를 돌려주든가, 아니면 약속한 목걸이를 내놓으라고 다그친다. 미친 여자라고 생각한 형은 하인을 데리고 전력을 다해 도망간다. 이 모습을 본 여종업원은 '아까는 집에 들어갈 수가 없어 음식점에 왔다더니 지금은 영 딴소리 하는 것을 보면 돈 것이 확실하군' 하고 생각하며 그의 집을 찾아간다.

여종업원은 쌍둥이 동생 부인에게 그녀의 남편이 자신의 다이아몬드 반지를 훔치고, 앞뒤가 맞지 않는 소리를 하는 것을 보면 주인이 미친 듯싶다고 말한다. 그녀의 말을 들은 여주인은 남편을 몹시 걱정하며 미친 사람을 고쳐 준다는 핀치Pinch라는 의사를 찾아가 그를 데리고 동생과 함께 경찰서로 간다. 부부는 만나자마자 서로에게 화를 내기 시작한다. 의사 핀치는 속의 말을 다 꺼내야 제정신이 돌아온다고 조언하며 부인에게 남편 말을 참고 들어 주라고 권한다.

남편은 "당신이 보석상을 부추겨 나를 체포하라고 했지?"라고 말한다.

"천만에요. 당신이 감옥에 가지 않도록 하인에게 보석금을 보낸 사람이 나예요!"라고 안주인은 핀치 의사의 조언을 금세 잊어버리고 화가 나서 맞받아 소리친다.

이들의 대화를 듣고 있던 핀치 의사는 "부인! 주인께서 귀신에 들렸으니 묶은 다음 어두운 방에 가두어야겠습니다"라고 점잖게 말한다.

"나쁜 년! 모두 나를 죽이려 드는군!" 앤티폴러스Antipholus-E가 소리친다.

그러고는 하인이 가지고 있는 밧줄을 빼앗아 애드리아너에게 향하자 그의 부인은 비명을 지르며 보석금을 낼 테니 남편과 하인을 빨리 집으로 데려가라고 핀치 의사에게 부탁한다.

그들이 떠나자 부인이 경찰관에게 남편을 고발한 사람이 누구냐고 묻는다. 경찰은 "보석상 안젤로입니다. 당신 남편이 목걸이 대금 금화 200냥을 갚지 않았다고 합니다"라고 대답한다. 이 말을 들은 부인은 진상을 밝히기 위해 보석상을 찾아 시장으로 가는 중에 하인과 함께 있는 앤티폴러스Antipholus-S와 마주친다.

"어이구머니나! 형부가 수갑을 끊어 버리고 도망 나왔어요." 루시아너가 소스라치게 놀라며 말한다.

"얼른 저 사람들을 붙잡아요." 애드리아너도 소리친다.

이 말을 들은 앤티폴러스Antipholus-S는 하인에게 "귀신들은 강철을 무서워하거든, 얼른 여관에 가서 짐을 찾아 배를 타고 떠나자"고 말하며 서둘러 간다.

엎친 데 덮친 격으로 앤티폴러스Antipholus-S가 목걸이 받는 것을 목격했던 상인이 그를 알아보고 "도둑 잡아라!"라고 소리치며 칼을 빼 든다. 이에 놀란 두 사람은 근처 신전으로 뛰어들어가고, 안에 있던 여 사제는 떠들썩한 소리에 밖으로 나온다.

"사제님, 미친 제 남편이 하인과 함께 지금 막 사당으로 들어갔습니다."

"미친 지가 얼마나 되었소?" 사제가 묻는다.

"주일 내내 좀 이상하더니 오늘 오후에 발작이 일어났습니다."

"남편이 혹시 심한 스트레스를 받은 일이 있소? 친한 사람이 죽었다든가 재산을 잃었다든가 혹 여자가 생긴 것은 아닌지? 어떤 이유이든 간에 내가 그 사람을 만나 볼 테니 어서들 돌아가시오." 사제는 엄하게 여인을 타이르고 안으로 들어간다.

"언니, 무조건 기다릴 것이 아니라 공작을 찾아가 의논해 봅시다." 동생의 말에 애드리아너는 사당을 떠나 공작의 사무실로 향한다.

솔라이너스Solinus 공작이 이지언을 살릴 수 있는 벌금을 기다리고 있는데, 갑자기 애드리아너가 나타나 신전에 들어간 남편을 구해 달라고 간청한다. 그녀의 말이 채 끝나기도 전에 한 남자가 뛰어들어와 애드리아너에게 주인과 하인이 줄을 끊고 핀치 의사를 패고 있다고 전한다.

"무슨 소리냐! 내 남편은 지금 신전에 있는데!"

"제 말은 사실입니다. 오, 바로 저기 오십니다."

"아니, 정말 내 남편이네!" 애드리아너가 놀라 소리친다.

앤티폴러스Antipholus-E는 공작 앞으로 가서 엎드려 간청한다. "당신이 맺어 주신 제 처가 저를 집에 가두어서 이제야 겨우 도망 나왔으니 좀 도와주십시오."

일이 복잡하게 꼬였음을 직감한 공작은 사람을 보내 사제를 데리고 오게 한다.

젊은이를 자세히 살펴보던 이지언은 공작에게 말할 기회를 달라고 청한다. 그는 방금 들어온 젊은이에게 "당신 이름이 앤티폴러스이고, 하인 이름은 드로미오인가?"라고 묻는다. 앤티폴러스가 그렇다고 고개를 끄덕이자, "그러면 나를 아시오? 내가 누구인지 한번 말해 보오. 헤어진 지 이미 칠년이 되었으니 몰라볼 수도 있겠군"이라고 말한다. 무슨 말인지 몰라 어리둥절해하는 젊은이에게 노인은 다시 "앤티폴러스야, 내가 네 아버지 이지언이다"라고 하며 울먹인다. 젊은이는 이상하다는 듯한 표정을 지으며 자기는 생전에 아버지를 본 적이 없다고 대답한다.

"시라쿠사를 떠난 지 7년밖에 되지 않았는데 벌써 나를 잊었다고?" 아버지가 말한다. 그러자 아들은 "저는 에페수스를 떠난 적이 없습니다"라고 답한다.

이때 사제가 앤티폴러스Antipholus-S와 드로미오Dromino-S를 데리고 들어온다. 이들을 보자 애드리아너가 놀라 "내 남편이 둘이네!"라고 외친다. 공작은 하나는 진짜 사람이고 또 하나는 망령임에 틀림없다며 숨을 몰아쉰다.

"아버지!" 사제가 데리고 온 젊은이가 노인을 보고 반긴다.

"주인어른, 누가 주인님을 이렇게 묶었습니까?" 그 하인도 놀라 소리친다.

이 장면을 주시해 보고 있던 사제가 노인에게 혹시 쌍둥이를 낳아 준 아밀리아Ameilia라는 부인을 기억하느냐고 묻는다. 그때에서야 노인은 비로소 그녀를 알아보고 "이게 꿈이요, 생시요. 아밀리아, 당신이구려! 그때 당신이 안고 있던 애들은 어떻게 되었소?"라고 묻는다.

사제는 "그때 저는 어부에 의해 구출되어 이제까지 에페수스에서 사제로 있지만, 아이들은 어떻게 되었는지 모릅니다"라고 답한다. 노인은 다시 앤티폴러스Antipholus-E에게 어디에 사는지를 묻는다. 젊은이는 메나폰Menaphone 공작이 자기들을 고린도에서 에페수스에 데리고 온 후 계속 이곳에 살고 있다고 대답한다.

이때 애드리아너가 대화 도중 끼어들어 "당신들 중 어느 분이 저와 저녁을 드셨습니까?"라고 묻는다.

"저입니다." 앤티폴러스Antipholus-S가 답한다.

"그러면 당신은 나의 남편이 아니란 말이군요."

"아닙니다. 재차 말씀 드리지만 저는 당신의 여동생분에게 반한 사람입니다."

"내가 목걸이를 드린 분인가요?" 안젤로가 황급히 묻는다.

"그렇습니다" 앤티폴러스Antipholus-S가 대답한다.

그러자 앤티폴러스Antipholus-E가 생사람을 잡았다고 안젤로를 마구 꾸짖는다.

이렇게 해서 하루 동안 정신없이 계속되던 실수 연발은 해피엔딩으로 끝이 나고, 모두가 재회의 기쁨을 나누기 위해 사제가 살고 있는 사당으로 들어가며 막이 내린다.

실수 연발

〈실수 연발〉은 셰익스피어의 초기 작품으로 그의 희곡 가운데 유일하게 '코미디Comedy'란 단어가 제목에 붙어 있고, 길이가 가장 짧다. 1592~1593년에 쓰인 작품이지만, 1623년이 되어서야 《초판》에 실렸다. 셰익스피어의 희곡은 결혼이 성사되는 것이 의례적이나, 이 작품은 가족이 조난을 당해 헤어지게 되고 다시 만난 후에는 같은 생김새 때문에 혼란이 일어나다가 모두가 해후하는 익살스런 이야기이다. 이 작품은 연극에서 오페라와 뮤지컬로, 또 영화로 각색되어 다양한 장르에서 공연, 상영되고 있는 인기작이다.

이야기는 두 쌍의 같은 이름을 가진 일란성 쌍둥이 형제와 하인 쌍둥이 형제가 어려서 조난을 당해 헤어지게 되는 것에서부터 시작한다. 아버지와 함께 시라쿠사에 사는 쌍둥이 형Antipholus-S과 그의 하인Dromio-S이 잃어버린 동생을 찾아 집을 떠나 7년이 지나도 돌아오지 않자 아버지가 이들을 찾아 나선다. 처음 도착한 곳이 쌍둥이 동생Antipholus-E과 그의 하인 Dromio-E이 사는 에페수스인데, 당시 시라쿠사 인에게는 에페수스 입국이 불법이어서 아버지는 감옥에 갇히고 만다. 한편, 집을 떠난 쌍둥이 형과 하인도 동생을 찾아 온 세상을 헤매다 아버지의 소식을 전혀 모른 채 에페수스에 도착한다. 이들은 상인들의 충고로 에페수스 출신으로 행세했기 때문에 붙잡히지 않지만, 동생과 같은 생김새로 인해 동생의 친구들과 가족을 만나면서 뜻하지 않은 수모를 당하게 되고 우스운 일들이 벌어지게 된다.

주요인물

밥티스타Baptista Minola : 파듀아의 부자로 말괄량이 캐트리나와 예쁜 비안카, 두 딸이 있다.

캐트리나Katherina : 두 딸 중에 장녀로 말괄량이이다. 성격 때문에 구혼자가 없어 아버지의 걱정이 이만저만이 아니다.

비안카Bianca : 캐트리나의 동생으로, 미모가 뛰어나고 착한 성품으로 구혼자가 많다.

페트르치오Petruchio : 베로나의 신사이다. 부자 신부를 찾아 파듀아에 왔다가 캐트리나를 만나 그녀를 길들여 아내로 삼는다.

호텐시오Hotensio : 비안카를 흠모하는 젊은이다. 페트르치오를 캐트리나에게 소개한다.

그레미오Gremio : 돈 많고 늙은 남자로 비안카의 구혼자이다.

루센티오Lucentio/캄비오Cambio : 피사에서 온 젊은이이다. 이름을 캄비오로 바꾸고 비안카의 가정교사가 된다.

빈센티오Vincentio : 루센티오의 아버지이다.

트라니오Tranio : 루센티오의 하인이다. 재치가 있고, 루센티오에게 자신으로 행세하면서 가정교사가 되라고 제안한다. 그리고 자신은 주인을 위해 루센티오 행세를 한다

2

말괄량이 길들이기
THE TAMING OF THE SHREW

29~30세 때 작품, 1593~1594년

이탈리아 파듀아에 밥티스타 미놀라Baptista Minola라는 부자가 살고 있었다. 그에게는 캐트리나Katherina와 비안카Bianca라는 두 딸이 있다. 작은 딸 비안카는 예쁘고 착해 사람들에게 인기가 있어 구혼자가 많지만, 큰딸 캐트리나는 성격이 사나운 데다 욕을 잘해서 주위 사람들이 그녀를 무서워하고 싫어한다. 그래서 아버지는 이런 말괄량이 큰딸을 시집보낼 일을 생각하면 걱정이 태산이다.

큰딸부터 결혼시키려 하지만 사윗감을 찾을 수 없는 아버지는 묘안을 생각해 낸다. 작은딸을 좋아하는 나이든 그레미오Gremio 와 젊은 호텐시오Hotensio를 집에 초대해 큰딸을 시집보내지 않고는 둘째를 시집보낼 수 없으니 한 사람이 먼저 큰딸과 결혼하면 어떻겠느냐고 묻자 두 남자 모두 고개를 흔든다. 이 말을 엿들은 큰딸은 머리끝까지 화가 나 펄펄 뛰고, 작은딸은 언니 때문에 시집가기는 어려우니 집에서 책이나 읽게 되었다고 눈물을 흘린다. 아버지는 어쩔 수 없이 딸들에게 음악과 시를 가르칠 가정교사를 소개해 달라고 두 사람에게 부탁하고, 유능한 선생님이면 특별 우대하겠다고 덧붙인다.

비안카를 노리는 두 적수는 할 수 없이 가정교사를 찾아 주고 기다리는 수밖에 없다고 생각한다. 그런데 갑자기 호텐시오가 무릎을 탁 치며 가정교사가 아니라 아예 캐트리나의 신랑감을 찾아 주자는 의견을 낸다. 그레미오는 부친이 아무리 부자라 해도 그런 악녀에게 장가들 사람이 어디 있느냐고 한마디로 잘라 말하지만, 호텐시오는 지참금만 많으면 장가들려는 건달들이 세상에는 얼마든지 있다고 강조한다. 그리하여 작은딸을 사모하는 두 총각은 먼저 큰딸의 신랑감을 구하고 난 후에 비안카에 대한 경쟁을 하기로 합의를 본다.

피사에서 온 루센티오Lucentio라는 청년이 파듀아에 도착하여 비안카에 대한 소문을 듣는다. 청년은 비안카를 만나 볼 궁리로 밤잠을 설치다가 똑똑한 자신의 하인 트라니오Tranio에게 의견을 구한다. 영리한 하인은 "아무도 우리 두 사람을 알아보지 못할 테니 서로 옷을 바꿔 입고 주인님이 딸들의 가정교사로 들어가시면 비안카를 매일 보실 수 있지 않겠습니까?"라고 제안한다.

루센티오는 하인을 크게 칭찬한 후 캄비오Cambio라는 가명으로 그레미오를 찾아가 가정교사 자리를 얻고, 그의 하인은 피사의 유지 빈센티오Vincentio의 아들 루센티오 행세를 하기 시작한다.

파듀아에 또 다른 청년이 나타난다. 베로나에 사는 페트르치오Petruchio라는 청년이 친구 호텐시오를 찾아와 아버지가 큰 집을 남기고 돌아가셨는데 자신은 유지할 수가 없으니 부자 여인을 소개해 달라고 말한다. 호텐시오는 그런 규수가 있기는 한데 친구에게 소개하기는 좀 껄끄럽다고 주저하자 잠시 머뭇거리던 페트르치오는 신분만 같으면 괜찮으니 그 아버지를 만나게 해 달라고 부탁한다.

이리하여 파듀아의 부자 밥티스타 집 앞에는 사내들이 줄을 지어 서 있다. 그레미오가 가정교사 캄비오를 데리고 왔고, 하인에게 책을 잔뜩 들린 가짜 루센티오가 비안카의 또 다른 구혼자로 나타난다. 성질이 급한 페트르치오는 줄을 기다리다 참지 못하고 집 안으로 들어가 캐트리나를 찾는다. 차례를 기다리다 지친 그레미오는 주인에게 가정교사 캄비오를 겨우 소개해 주고 그 집을 떠난다. 아버지는 먼저 캄비오를 만나 가정교사로 채용한 다음, 페트르치오에게 자신을 찾아온 이유를 묻는다. 페트르치오는 자기 아버지의 신분을 밝히고 미놀라가의 큰딸과 결혼하는 경우 지참금을 얼마나 받을 수 있는지를 묻는다. 아버지는 지참금은 충분히 줄 수 있지만 딸을 설복시키는 것이 우선이라고 확실하게 못을 박는다. 이 말을 들은 페트르치오는 당장 큰딸을 만나게 해 달라고 요청한다.

이렇게 해서 페트르치오와 캐트리나 두 남녀가 만나게 된다. 두 사람이 한자리에 있게 되자마자 캐트리나는 사사건건 트집을 잡으며 덤비고, 페트르치오는 그녀를 달래는 데 온 힘을 쓰다가 헤어진다. 그 집을 나오는 길에 페트르치오는 신부의 아버지 밥티스타에게 돌아오는 주일에 딸과 결혼을 약속했다며 자신은 결혼 준비를 위해 베네치아로 떠난다고 말한다. 한편, 가정교사가 된 캄비오/루센티오는 곧바로 비안카의 마음을 사서 두 사람은 서로 사랑하는 사이가 된다.

주일이 되자 신부의 집에서는 성대한 잔치 준비를 마치고 신부도 화장을 끝내고 기다리지만 신랑 페트르치오가 계속 나타나지 않는다. 캐트리나는 기다리다 화가 나서 자기 방으로 들어가 버리고, 아버지는 미련을 버리지 못하고 문을 들락거리며 페트르 치오가 오기만을 기다린다. 그러다 멀리 신랑이 보인다는 하인의 말을 듣자 아버지는 반가운 마음에 뛰어나가 문을 활짝 열고 그를 맞이한다.

거지꼴을 한 페트르치오가 초라하기 짝이 없는 말을 타고 꾀죄죄한 하인을 데리고 큰 소리로 신부를 부르면서 문 안으로 들어선다. 나타난 것만으로도 반가운 아버지는 결혼식을 치르기 전에 옷이라도 갈아입으라고 신랑에게 권하지만, 신랑은 그대로 교회로 들어가 전쟁터에서 싸우듯 결혼식을 치르고 잔치는 신랑 집에서 할거라며 캐트리나에게 서둘러 자기 집으로 가자고 재촉한다. 캐트리나는 혼자 가든지 말든지 마음대로 하라고 소리를 지르며 꼼짝 않고 버틴다. 페트르치오는 여기서 난리를 부릴 것이 아니라 남편 집으로 가야 한다며 캐트리나를 달래다가 그래도 말을 듣지 않자 그녀를 안아 말에 태우고 집을 향해 내달린다. 하인들도 덩달아 급히 따라나서고 잔치에 온 사람들은 어안이 벙벙해 입을 다물지 못한 채 어쩔 줄을 몰라 한다.

베네치아에 있는 신랑 집은 화려하게 단장되어 있고, 상다리가 부러질 정도로 잔칫상이 차려져 있으며, 옆방에는 신부가 갈아입을 예복까지 준비되어 있다. 집에 도착하자 페트르치오는 신부를 위해 준비한 잔칫상을 둘러보다가 음식을 잘못 만들었다고 하인들을 야단치며 신부 앞에서 음식상을 뒤엎는다. 그녀를 위해 만든 아름다운 예복도 신부가 좋아하고 있다는 사실을 뻔히 알면서도 별로 어울리지 않는다는 이유로 재봉사에게 돌려보낸다. 먼 길을 달려온 신부는 이런 어처구니없는 상황을 보면서 혼자 화를 내다가 허기와 피곤에 지쳐 잠이 들고 만다. 그러나 잠에서 깨어난 후에도 음식을 주지 않아 계속 배고픈 상태로 지내게 된다. 옆에서 페트르치오는 "이 모두가 당신을 위한 일이오. 그러니 당신은 내가 시키는 대로만 하시오"라고 캐트리나를 달랜다.

비안카와 캄비오의 키스 장면을 목격한 호텐시오는 화가 치밀어 자기를 좋아하는 늙은 과부와 곧바로 결혼 날짜를 잡고, 민망한 비안카는 가정교사와 집을 나와 둘이서 결혼을 약속한다. 호텐시오는 페트르치오와 캐트리나가 어떻게 사는지 궁금하기도 하고 또 자신의 결혼식에 그들을 초청할 목적으로 길을 떠나 베네치아로 향한다. 페트르치오의 집이 가까워졌을 때 두 사람의 싸우는 소리가 밖에까지 들릴 정도로 소란스럽다.

집 안으로 들어서자 호텐시오를 반갑게 맞는 캐트리나는 형편없이 말라 있다. 친구 페트르치오도 그를 반갑게 맞는다. 그러고는 그의 결혼식에 입을 캐트리나의 옷을 맞추도록 재단사와 양

품점 주인을 부르며 소란을 떤다. 그러나 막상 그녀가 마음에 드는 드레스와 장식품을 고르면 남편은 자기 마음에 들지 않는다고 돌려보낸다. 캐트리나는 할 수 없이 헌 옷을 입고 다음 날 아침에 두 남자와 함께 파듀아로 떠나기로 한다. 그러나 다음 날 정오가 지나도 페트르치오가 떠날 기미를 보이지 않아 캐트리나는 속으로 조바심을 낸다.

그런데 별안간 "캐트리나, 갈 시간이다. 지금이 7시이니 지금 가면 식사 시간이 되겠지?"라고 페트르치오가 말한다.

"거의 2시가 다 되었으니 저녁 전에는 도착하겠지요?" 집에 가고 싶은 마음에 그녀는 한결 부드러운 말씨로 남편의 말을 고쳐 준다.

"내가 말하는 것이 맞는 시간이야! 내 말에 이의를 다는 한, 아버지 집에 갈 생각은 버리도록 해!" 페트르치오가 차갑게 말한다.

이 말을 들은 캐트리나는 아직도 반항기가 남아 있고 다소 까다롭긴 하지만, 한결 더 순종하는 태도를 보이며 여행길에 따라나선다.

"와우, 달빛이 참 밝구나!" 페트르치오가 감탄하면서 말한다.

"달! 대낮에 무슨 달이 떠요? 햇빛이에요."

"내가 달빛이라고 말했지!"

"그건 '해'라고요." 캐트리나가 고집을 피운다.

"여행을 계속하려면 달도 되고, 해도 되고, 별도 되고, 내가 말하는 대로야." 이렇게 말하고 페트르치오는 말 머리를 집으로 돌리라고 소리친다.

"어서 그가 말하는 대로 말해! 그렇지 않으면 집에 아주 못 간다고!" 겁이 난 호텐시오가 캐트리나에게 속삭인다.

"어서 파듀아로 가요. 달이든, 해든, 별이든 아니면 촛불이든 상관없어요. 나는 식에 참석하는 것이 더 중요하니까요." 캐트리나가 퉁명스럽게 말한다.

"내가 '달'이라고 했잖아." 다시 페트르치오가 따진다.

"맞아요. '달'이에요." 캐트리나가 동의한다.

"왜 거짓말을 해, 그것은 '해'야!" 다시 페트르치오가 소리친다.

"아이고 하느님 맙소사! 그건 '해'예요!" 그녀는 분명하게 말을 고치고 이어서 "당신이 아니라면 아니고, 당신이 이름을 지으면 그것이 이름이라고 생각할게요"라고 말한다.

이쯤 되면 페트르치오가 이긴 것이 확실하지만, 그는 마지막 테스트를 한다. 거의 파듀아에 도착했을 때 급하게 길을 걷는 노인이 보인다. 노인과 가까워지자 "안녕하세요. 숙녀분!" 하고 페트르치오가 그에게 인사를 건넨다.

"케이트, 솔직히 말해 봐. 저렇게 예쁜 여인을 본 적이 있어? 인사를 해."

남편을 잘 아는 캐트리나는 정중하게 "아름다운 아가씨, 어디로 가는지 우리가 데려다 줄까? 부모님을 찾아 가는 길이야, 아니면 남편 될 사람을 찾아가는 거야?"라고 묻는다.

"케이트! 당신 정신이 있어? 저 사람은 여자가 아니잖아. 수염이 난 노인 할아버지로 안 보여?"라고 페트르치오가 소리친다.

"햇빛 때문에 제가 잘못 보았네요. 용서하세요. 확실히 노인이군요." 캐트리나가 대답한다.

이어서 페트르치오는 노인에게 정중한 태도로 말을 건넨다. "용서하십시오, 어르신. 어디로 가시는지는 모르지만 저희와 같이 가시지요."

"고맙소. 나는 피사에서 온 빈센티오인데 아들 루센티오를 찾아 파듀아에 가는 길이요." 노인은 친근한 웃음을 띠며 대답한다.

"잘되었군요. 지금쯤 어르신의 아드님은 제 집사람의 여동생 비안카와 결혼식을 끝냈을 것입니다. 우리가 좀 늦었습니다." 페트르치오는 이렇게 말하고 길을 재촉한다.

그러나 그들이 파듀아에 도착하자 한바탕 소동이 일어난다. 도착한 신랑아버지 빈센티오가 본 루센티오는 그의 아들이 아니기 때문이다. 양가의 노인들이 어쩔 줄을 모르고 허둥대는데 진짜 루센티오이자 캄비오가 이미 결혼한 신부 비안카를 데리고 들어온다. 이것을 본 호텐시오는 급하게 부자 과부를 찾아 결혼식을 치르고, 집 안에서는 세 쌍의 부부를 위한 큰 잔치가 벌어진다.

저녁을 먹고 부인들이 안채로 들어가 쉬고 있는 동안 새신랑 루센티오와 호텐시오는 말괄량이 부인을 맞은 페트르치오에게 농담을 한다.

"이제 누가 이 집의 손위 형인가?" 루센티오가 페트르치오에게 묻는다.

"물론 나지." 페트르치오가 대답한다.

이 말을 들은 밥티스타가 페트르치오에게 고개를 끄덕이며 "손위인 자네가 말 안 듣는 처 때문에 힘이 들겠군" 하고 말한다.

"아닙니다. 한번 시험해 보시지요. 우선 세 명의 신부를 여기로 불러오도록 합시다."

"그럼 내기를 합시다. 자기 부인을 여기에 오게 하는 사람에게 25펜스를 주기로 합시다." 호텐시오가 호언한다.

"너무 적어. 우리 마누라를 오게 하면 20배는 더 내시오"라고 페트르치오가 말한다.

결국 그렇게 하기로 하고 루센티오가 먼저 하녀를 보내 부인을 부른다.

신부아버지 밥티스타를 비롯해 모두가 비안카가 바로 나타나리라 예상하고 있는데 그녀 대신 하인이 나타나 "마님은 지금 바빠서 못 오신다고 하십니다"라고 전한다.

이번에는 호텐시오가 하인을 보내 부인에게 전갈을 보낸다. 돌아온 하인은 "볼일이 있으면 직접 오라고 하십니다"라고 호텐시오에게 전한다.

"갈수록 태산이군. 우리 부인에게 가서 '당장 남편이 오라는 명령'이라고 전해." 페트르치오가 하인을 부인에게 보낸다.

두 남자는 그녀가 오지 않을 것이라고 장담한다. 그런데 캐트리나가 급히 나타나서는 "부르셨어요?"라고 남편에게 묻는다.

"당신 동생과 호텐시오 부인은 지금 무얼 하고 있소?"

"응접실 난롯가에서 담소를 나누고 있습니다."

"당장 데리고 와."

캐트리나는 황급히 나가고, 신부아버지는 만약 나머지 두 신부를 데리고 오면 페트르치오에게 2,000펜스를 주겠다고 약속한다.

"좀 더 기다려 보시지요, 어르신. 남편에게 순종하는 것뿐 아니라 그녀의 새로운 면을 보시게 될 겁니다."

페트르치오의 말이 끝나기도 전에 캐트리나가 두 여인을 설복하여 끌고 나온다. 비안카는 왜 이런 쓸데없는 일을 벌이느냐고 남편에게 불평하고, 루센티오는 수백 펜스가 달린 일이라고 말하며 얼굴을 찌푸린다.

페트르치오가 부인에게 "캐트리나, 이리 와서 순종과 사랑을 맹세한 신부들이 남편을 어떻게 대하는 것이 도리인지 설명 좀 해 보시오"라고 지시한다. 남편의 말이 떨어지기가 무섭게 캐트리나는 "어리석은 여인들이여!"로 시작해 여인의 도리에 대해 일장 연설을 한다.

"나도 한때는 건방지고 완고하며 고집이 세고 반항을 하던 때가 있었죠. 그때는 삶의 기쁨을 전혀 몰랐지만, 남편과 좋은 관계를 갖게 되면서 행복을 찾았어요. 그리고 지금이 본래의 내 모습이라는 것을 이제 깨달았지요. 무조건 남편을 믿고 순종하면 틀림이 없어요!"라며 그녀는 결론을 맺는다. 얼마 동안 침묵이 흐르고 여인들은 반신반의하면서 그녀의 말에 머리를 끄덕인다.

페트르치오는 부인의 손을 마주 잡고 사랑이 넘치는 눈길로 그녀를 바라보며 "여보 참 잘했어! 어서 집으로 가서 우리 행복하게 잘 삽시다!"라고 말한다.

그리고 막이 내린다.

말괄량이 길들이기

엘리자베스 1세(재위 1558~1603) 시대의 관중은 〈말괄량이 길들이기〉를 하나의 익살스런 연극으로 보았지만, 여성 해방과 여권 신장이 이루어진 현시대에는 셰익스피어 작품 중에서 가장 논쟁의 여지가 많은 작품이 아닐 수 없다. 1594년부터 시작해 연극, 오페라, 뮤지컬, 영화 그리고 텔레비전 쇼로 끊임없이 공연과 상영을 이어가고 있는 작품이기도 하다.

연극은 술 취한 떠돌이 땜장이를 양반이 데려다가 좋은 옷을 입히고 귀부인을 아내로 맞게 하고 연극을 보게 하는 이야기 속에 이야기가 있는 형식으로 시작된다.

연극의 대강의 내용은 다음과 같다. 이태리 파듀아의 영주 밥티스타 미놀라가 예쁘고 말 잘 듣는 작은딸 비안카를 시집보내기 전에 고집 세고 성질 고약한 큰딸 캐트리나를 시집보내기 위해 애를 쓴다. 한밑천 잡으려는 베로나에 사는 신사 페트르치오가 파듀아에 와서 이 소문을 듣고 큰딸에게 관심을 보인다. 그리고 말괄량이가 될 수밖에 없는 집안 상황을 이해하고 '매에는 매로, 칭찬에는 칭찬으로'와 같은 심리전을 펴서 큰딸을 고분고분하고 순종하는 신부로 길들여 부인으로 삼는 순수희극이다. 큰딸의 거친 행동과 언어를 길들이기 위한 페트르치오의 무례함과 작전이 가혹할 정도이다. 또한 남자들에게 돈으로 동기부여를 하고 문제를 해결하는 것에 대해 비판적인 의견이 많이 제기되기도 한다.

프로테우스Proteus : 베로나의 두 신사 중 한 사람으로 발렌타인의 친구이다. 처음에는 줄리아의 애인이었다가 밀라노에서 친구의 애인 실비아를 보자마자 반해 좌충우돌하다가 결국 옛 애인에게 돌아간다.

발렌타인Valentine : 베로나의 신사로 프로테우스의 가장 친한 친구이다. 공작의 딸 실비아를 사랑하다 추방당한 후 산적의 두목이 된다. 후에 실비아와 재회하고 사랑이 결실을 맺는다.

줄리아Julia/세바스천Sebastian : 프로테우스의 애인이었지만 그로부터 배반당한 후 남장을 하고 밀라노에 가서 세바스천이라는 이름으로 프로테우스의 하인이 된다.

실비아Silvia : 공작의 딸로 발렌타인의 애인이다. 프로테우스의 적극적인 구애에도 불구하고 발렌타인과의 사랑을 지킨다.

밀란의 공작Duke of Milan : 실비아의 아버지로, 딸이 촌부인 투리오 경과 결혼하기를 바란다. 딸이 발렌타인과 도망갈 것이라는 말을 듣고 집에서 발렌타인을 추방한다.

안토니오Antonio : 프로테우스의 아버지로, 아들이 밀라노에 가서 식견을 넓히기를 바란다.

투리오 경Sir Thurio : 시골의 부자로 실비아를 두고 발렌타인과 경쟁을 한다.

3

베로나의 두 신사
THE TWO GENTLEMEN OF VERONA

28~30세 때 작품, 1592~1594년

이탈리아의 베로나에 발렌타인Valentine과 프로테우스Proteus라는 두 젊은이가 있었다. 이들은 사촌 간이자 친한 친구로 모든 일을 함께 계획하고 의논하는 사이이다. 발렌타인이 큰 도시에 가서 젊은이로서의 포부를 펼쳐 보자고 프로테우스를 조르지만, 그는 애인 줄리아Julia 때문에 베로나를 떠나기를 원하지 않을 뿐만 아니라 발렌타인도 떠나지 못하게 말린다. 결국 시간을 끌다가 발렌타인 혼자 밀라노로 떠나고, 프로테우스는 베로나에 남아 애인과 편지를 주고받으며 재미있게 지내지만, 한편으로 여자 때문에 시골에 묶여 있는 자신을 한심스럽게 생각한다.

하루는 프로테우스가 줄리아의 편지를 읽고 또 읽으면서 행복에 겨워할 때 아버지가 누구에게 온 편지인지를 묻는다. 프로테우스는 발렌타인의 편지라고 둘러대면서 밀라노의 소식과 함께 친구가 자기도 그곳에 오기 바란다는 내용이라고 말한다. 아버지는 크게 반기며 "친구의 의견을 고맙게 받아들이거라. 나도 너에게 여행을 권하니 내일 아침 당장 떠날 수 있게 준비해라. 몇 달 동안 밀라노에 머물면서 친구에게 공작을 소개받고 견문을 넓히도록 해라"라고 말한다. 아버지 안토니오Antonio는 무슨 일이든 일단 결단을 내리면 아무도 그의 고집을 꺾지 못하는 성격이다. 아들은 그 사실을 잘 알면서도 "너무 촉박합니다. 며칠이라도 시간을 주셔야 준비를 하지요"라고 반박한다.

"준비는 하인에게 시킬 테니 내일 새벽에 떠나거라"라고 아버지는 단호하게 말한다.

프로테우스는 할 수 없이 황급히 줄리아를 찾아가 상황을 설명하고 그곳에 오래있지 않고 바로 돌아올 테니 기다려 달라고 말한다. 줄리아는 기다리겠다는 약속과 함께 사랑의 징표로 그녀의 반지를 빼 주고, 프로테우스도 자신의 반지를 빼서 줄리아에게 준다. 두 연인이 이별의 눈물을 흘릴 시간도 없이 프로테우스는 아버지의 성화에 떠밀려 하인 란스Launce와 함께 배에 오른다.

한편, 밀라노에 있는 발렌타인은 마음이 복잡한 상태에 있다. 공작이 그에게 친절을 베풀고, 딸 실비아Silvia를 소개해 주어 두 사람이 좋아하는 사이로 발전했다. 그러나 공작은 딸이 시골의 부자인 투리오Thurio와 결혼하기를 바란다. 그래서 두 연인은 고민 끝에 집을 나와 도망치기로 결정하고 만반의 준비를 한다. 그러던 중에 발렌타인은 프로테우스로부터 밀라노에 온다는 편지를 받는다.

프로테우스가 도착하자 발렌타인은 실비아에게 친구를 소개하고, 그에게 줄리아의 안부와 베로나의 소식을 묻는다. 그리고 자신과 실비아는 이미 약혼한 사이이지만 실비아의 아버지가 결혼을 반대하기 때문에 몰래 도망할 계획이라고 알려 준다.

프로테우스는 실비아를 보자마자 그녀의 아름다움에 반하고 만다. 그리고 고향에 두고 온 줄리아나 친구 발렌타인은 안중에 두지 않고 무슨 수를 써서라도 실비아의 사랑을 차지하고 싶다는 욕망에 사로잡힌다. 프로테우스는 궁리를 하다가 공작을 찾아가 사실을 장황하게 털어놓는다.

"공작님, 사나이는 친구와의 우정보다는 명예와 충성이 더 중요하다는 생각에 공작님을 이렇게 찾아오게 되었습니다. 오늘 밤 발렌타인이 공작님의 딸과 도망갈 계획을 하고 있습니다. 따님은 창문 밑에 놓여 있는 사다리를 타고 내려와서 둘은 한밤에 도주할 것입니다. 공작님께 알려 드리는 이유는 친구가 미워서가 아니라 공작님을 존경하기 때문입니다."

"두 사람이 가까이 지낸다는 사실은 알았지만 둘이서 도망가려고 하는 줄은 몰랐네. 어쨌든, 나에게 알려 줘서 고맙소. 나의 딸은 이미 투리오에게 시집보낼 결정을 했으니, 발렌타인을 집에서 쫓아낼 것이오. 참, 당신이 찾아온 일은 친구에게 비밀로 해 줄 테니 염려할 것 없소."

프로테우스가 사라지자 발렌타인이 큰 코트를 움켜쥐고 나타난다. 그를 본 공작은 "어디를 그렇게 급히 가려고 하나? 나하고 잠깐 이야기 좀 하세. 난 지금 걱정이 많아. 실비아를 투리오에게 시집보내야 하는데 딸의 고집 때문에 쉽지가 않단 말이야. 그건 그렇고 자네의 조언이 필요하네"라고 말하며 붙잡는다.

"제가 무슨 조언을 드릴 수 있을까요?" 발렌타인이 조심스럽게 말한다.

"사실은 내가 다시 장가를 들고 싶어서 서두르는 중인데 여인은 베로나에 있어. 나이가 나보다 훨씬 어린 데다 젊은 부자 청년을 마음에 두고 있어서 자신이 좀 없네. 그곳의 풍습을 잘 아는 자네가 나에게 조언 좀 해 주게."

발렌타인은 공작에게 편지를 어떻게 쓸 것인지, 무슨 선물을 보내면 좋은지를 알려 주며 밤에 찾아가는 것이 효과적이라는 것과 그녀의 방이 2층일 것을 감안하여 미리 밧줄을 준비해 가라고 말하다가 그만 자기 코트 속에 감춘 편지와 밧줄을 떨어뜨리고 만다. 공작은 떨어진 편지를 곧바로 집어 들고 '오늘 밤 데리러 오세요'라고 쓴 딸의 편지를 크게 읽고는 노발대발하며 목숨이 아까우면 당장 떠나라고 발렌타인에게 소리친다.

발렌타인은 '당장 떠날까'라고 생각하면서도 실비아가 없는 세상을 상상할 수조차 없어 고민하며 머뭇거린다. 그 와중에 프로테우스가 나타나 그를 위로하며 베로나로 돌아가라고 권한다. 그리고 실비아에게 자주 편지를 하되 자기 앞으로 보내면 그녀에게 전해 주겠다는 거짓 약속을 한다. 그렇게 하겠다는 대답을 하고 발렌타인은 베로나를 향해 무거운 발걸음을 옮긴다.

발렌타인이 돌아가던 중 산길에서 산적들을 만나 크게 싸움이 벌어진다. 한참 싸우던 산적들은 발렌타인의 무술과 인격에 반하여 두목이 되어 달라고 요청한다. 발렌타인은 산적들에게 여행자나 여자를 해하지 말라는 조건을 걸고 두목의 자리를 승낙한다. 그 후로 발렌타인은 산속에서 자연을 벗하며 지낸다. 그리고 같이 사는 산적들이 거칠기는 하지만 순진하고 좋은 사람들이라는 것을 느끼며 점차로 실비아에 대한 생각도 줄어들게 된다.

한편, 실비아는 투리오와 프로테우스의 구애에도 불구하고 발렌타인을 잊지 못한다. 두 남자는 사랑의 고백만으로는 그녀의 마음을 살 수 없다는 것을 알게 되자, 발렌타인을 거짓말쟁이, 겁쟁이, 알거지 등 남자들이 가장 혐오하는 명칭을 붙여 그녀의 마음에서 그를 몰아내려 애쓴다.

이제 프로테우스에게는 오직 실비아뿐이다. 그녀를 기쁘게 하기 위해 하인 세바스천Sebastian과 음악가들을 고용하여 그녀의 창문 밑에서 음악을 연주하게 한다. 그래도 그녀가 관심을 보이지 않자 고향의 줄리아가 준 반지를 세바스천을 통해 그녀에게 보낸다. 그러나 그 반지가 옛 애인의 것이라는 것을 알게 된 실비아는 그를 크게 비난하며 외롭게 떨어져 있는 줄리아를 가엾게 생각한다.

며칠 후, 실비아는 아버지 친구의 도움과 배려로 발렌타인을 찾아 나선다. 도중에 산적을 만나 산적의 소굴로 끌려가던 중, 실비아는 뒤따라온 프로테우스와 세바스천에게 잡힌다. 그녀를 만난 프로테우스는 몹시 기뻐하며 어떻게 해서라도 그녀의 마음을 돌려보려고 온갖 달콤한 말을 해 보지만 실비아는 애인을 쉽게 저버린 사람의 말은 들은 척도 하지 않는다. 그러자 말로 안 되면 힘으로 하겠다고 그녀에게 덤벼든다. 이에 놀란 실비아가 살려달라고 소리치자 굴에 있던 발렌타인이 여인의 날카로운 비명 소리를 듣고 급히 뛰어나온다.

여인을 해하려던 자가 바로 자신의 친구 프로테우스인 것을 알아본 발렌타인은 분해서 어찌 할 줄을 모르다가 친구에게 절교를 선언하다. 그러나 그 여인이 실비아인 것을 알아보고는 부둥켜안고 놓을 줄을 모른다. 프로테우스는 친구에게 간절히 사과하면서 자신이 지금 느끼는 모욕감이 벌로 충분하다며 실비아와 아무 일도 없었다고 용서를 빈다.

그때 프로테우스의 하인 세바스천이 주인의 등을 두드리며 선물이라고 말하며 반지를 내민다. 그것이 줄리아에게 준 자신의 반지라는 것을 알게 된 프로테우스는 놀라서 세바스천에게 반지의 출처를 캐묻는다. 답을 못하고 얼버무리는 하인을 노려보다가 프로테우스는 그가 남장을 한 줄리아인 것을 알아본다. 놀라는 그에게 줄리아는 "여자가 남장을 한 것이 남자가 마음을 바꾼 것보다 낫지 않겠어요?"라고 담담하게 말하며 프로테우스를 바라본다. 세바스천과 실비아를 번갈아 보던 프로테우스는 자신의 진실된 사랑은 역시 줄리아라는 사실을 깨닫고 그녀의 손을 잡고 용서를 빈다. 이것을 본 발렌타인은 그들을 축복해 주고, 두 친구의 우정도 회복된다.

이때 공작과 투리오가 도망간 딸을 찾기 위해 나타난다. 발렌타인은 실비아를 놓고 투리오에게 결투를 신청한다. 겁에 질린 투리오는 자신을 사랑하지도 않는 여인을 두고 자신의 목숨을 건다는 것은 어리석은 일이라며 결투를 포기한다. 이 장면을 목격한 공작은 투리오에게 크게 실망하고 딸과 발렌타인의 결혼을 마침내 승낙한다. 발렌타인은 공작에게 감사를 전하며 프로테우스도 용서해 주고 그의 친구로 인정해 달라고 부탁한다.

공작도 세바스천이 프로테우스의 애인 줄리아가 남장한 것이라는 사실을 알게 되어 같은 날 두 커플의 결혼식을 올리기로 하고, 결혼식 준비를 위해 모두 밀라노를 향해 바쁘게 산을 내려가면서 막이 내린다.

베로나의 두 신사

〈베로나의 두 신사〉는 셰익스피어가 초기에 쓴 로맨틱 희극으로, 작품의 서정적인 언어가 작가의 소네트로 이어진다. 이 작품은 등장인물의 수가 가장 적고 가장 어설픈 작품으로 알려져 있지만, 셰익스피어가 특유의 극적 능력, 그리고 극작가로서 인정을 받는 데 발판의 역할을 한 작품이기도 하다. 연극의 주제는 우정과 배신, 우정과 사랑, 사랑에 빠진 사람의 어리석음 등 인간의 감정을 다루고 있다. 1762년에야 연극 무대에 올려졌고, 그 후 라디오, 텔레비전 방송극으로 방영되었다. 1931년 중국에서 이 희극을 각색하여 무성영화를 만들었다.

희극의 내용은 다음과 같다. 베로나에 사는 두 친한 친구 중 프로테우스는 줄리아와 연애에 빠져 고향에 남고, 발렌타인은 큰 포부를 갖고 고향을 떠나 밀라노 공작 밑에서 수학하다 공작의 딸 실비아를 만나 사랑하는 사이가 된다. 고향 친구 프로테우스가 밀라노에 왔다가 친구의 약혼녀인 실비아를 보는 순간 반하여 그녀를 탐낸다. 그러나 여인들의 진실한 사랑이 밝혀지면서 두 친구는 화해하고 해피엔딩으로 끝나는 고풍스럽고 신선한 청춘남녀들의 이야기이다.

주요
인물

퍼디낸드Ferdinand, King of Navarra : 나바라의 왕으로 학문이 세상에서 가장 값진 것이라고 생각하다 여인들이 나타나자 흔들린다.

베론느Berowne : 나바라 왕을 보필하는 귀족으로 왕과 함께 학문에 정진하다 프랑스 공주의 시녀 로잘린과 사랑에 빠진다.

롱가비유Longaville : 나바라 왕을 보필하는 귀족으로, 프랑스 공주의 시녀 마리아와 사랑에 빠진다.

뒤멘Dumaine : 나바라 왕을 보필하는 귀족으로, 프랑스 공주의 시녀 캐서린과 사랑에 빠진다.

프랑스 공주 Princess of France : 프랑스의 공주로, 나바라의 왕과 세 명의 대신을 방문한다. 나바라의 왕과 사랑에 빠진다.

로잘린Rosaline : 공주의 시녀로, 나바라 왕의 대신 베론느와 사랑에 빠진다.

마리아Maria : 공주의 시녀로, 왕의 대신 롱가비유와 사랑에 빠진다.

캐서린Katherine : 공주의 시녀로, 왕의 대신 뒤멘과 사랑에 빠진다.

보이에Boyet : 공주를 보필하는 프랑스 귀족이다.

모드Moth : 바라 궁에서 일하는 영리한 심부름꾼이다.

4

사랑의 헛수고
LOVE'S LABOR'S LOST

31세 때 작품, 1595년

　　프랑스 남부와 스페인 북부 사이에 있었던 옛 왕국 나바라에 퍼디낸드Ferdinand 왕이 있었다. 그가 성실하고 나라를 잘 다스린 덕분에 왕국은 안정되고 부유하며 평화롭다. 학문에 관심이 많은 왕은 나바라에 훌륭한 학술원을 짓고 그의 관리 중 세 사람, 베론느Berowne, 롱가비유Longaville, 뒤멘Dumaine을 뽑아 3년 동안 같이 연구에 몰두하기로 한다. 그리고 다음과 같은 법규를 정하고 실행하기로 한다.

1. 3년 동안 여인을 멀리하고 어떤 오락도 금지한다.
2. 7일 중에 하루는 금식을 하고, 나머지 날에는 하루에 한 끼만 먹는다.
3. 수면 시간은 3시간으로 하되 낮에 절대로 졸거나 하품을 해서는 안 된다.

그런데 문제가 발생한다. 프랑스 공주가 두 나라 간의 중요한 업무를 논하기 위해 나바라에 온다는 통고를 받은 것이다. 그렇다면 여인을 멀리해야 하는 학술원의 규칙을 어떻게 해결할 것인가? 네 사람이 고민하고 있을 때 대신 중의 한 사람인 베론느가 나서서 일장 연설을 한다. 그는 스페인에서 온 만담가의 프로그램에 참석할 수 없어 안달하던 참이다.

"여러분, 우리가 맹세한 것이 무엇입니까? 공부, 단식, 여자를 멀리하는 것 아닙니까? 학문을 하겠다는 맹세는 좋지만 공부 때문에 타고난 욕망을 포기할 수는 없습니다. 배고픈 사람이 어떻게 사색을 하며 사물에 대한 관찰에 몰두할 수 있으며, 여자라는 말만 들어도 끓어오르는 욕망을 어떻게 자제할 수 있습니까? 그리고 여자의 아름다움이 학문의 원천인 것을 누가 부인하겠습니까? 모든 학설의 논거요, 교과서요, 학교요, 인간에게 생명을 불어넣어 주는 불꽃이 여인이 아닙니까? 인간이 인간으로 존재할 때에 학문도 있게 되는 것입니다. 그러니 여자를 멀리하겠다고 맹세한 우리는 바보였습니다. 그 맹세를 지키려 하면 할수록 우리는 더 바보가 되어 갑니다. 그러므로 남성으로서의 지혜를 위해서, 모든 남자를 즐겁게 해 주는 사랑을 위해서, 또 남자를 남자답게 만들어 주는 여성들을 위해서 우리의 맹세를 집어치우고 우리 자신으로 돌아갑시다."

왕과 대신들은 그의 명쾌한 논리에 머리를 끄덕이며 용기를 얻어 공주를 만나기로 한다. 얼마 후, 공주와 보좌관 보이에Boyet 그리고 시녀 로잘린Rosaline, 마리아Maria, 캐서린Katherine이 나바라에 도착한다. 먼저 나바라 궁에 들어갔던 보이에가 나와서 궁에 여인들은 들어갈 수 없으니 공원에 천막을 치고 기다리라고 전한다. 이들은 이미 나바라 학술원에 대해 알고 있었기에 기회가 닿는 대로 남자들을 놀려 주려고 벼른다.

잠시 후, 왕이 세 명의 대신을 대동하고 나와서 공주와 시녀들에게 정중하게 인사를 하며 궁에 그녀들을 들일 수 없는 이유를 설명한다. 그러고 나서 서로 인사를 나눈 뒤 다음 날 보자는 약속을 하고 모두가 헤어진다. 그들이 떠난 후 보이에가 머리를 갸웃하며 "아무래도 왕과 대신 모두가 감염된 것 같습니다"라고 공주에게 말한다.

"무엇에 말인가요?" 공주가 묻는다.

"상사병이죠. 왕이 공주님 얼굴에서 눈을 떼지 못하고 목소리는 떨리고 국토 양도 문제는 안중에도 없는 것을 느끼지 못하셨나요? 만일 공주님께서 왕에게 키스를 해 드린다면 국토 이양쯤은 당장이라도 이뤄질 듯싶은데요"라고 보이에가 말한다.

그러자 공주와 세 명의 시녀도 그의 말에 동의한다.

다음 날 오후, 여인들은 왕과 대신들을 만나 즐겁게 시간을 보내며 그들로부터 사랑의 시와 목걸이를 선물로 받고 다시 만날 것을 약속하고 헤어진다. 여인들은 받은 시가 너무 길다느니, 목걸이가 너무 짧다는 둥, 불평을 늘어놓으며 각자가 만난 상대의 이야기를 나누며 행복해한다. 이때 보이에가 웃으면서 들어온다.

"숙녀 여러분, 신랑을 맞을 준비를 하세요. 지금 그들이 변장을 하고 여러분을 만나러 오고 있는 중입니다."

"어떻게 할까요? 무얼 준비해야 하나요?" 여인들은 호들갑을 떤다.

"제가 공원 숲에 앉아 쉬고 있을 때 왕과 대신들이 세운 계획을 엿들었습니다. 아마도Amado의 급사 모드Moth를 호출관으로 명하고, 그에게 연설문을 읽게 한 다음 네 남자가 변장을 하고 여흥프로그램까지 진행한다고 합니다."

"어떻게 변장을 했나요?" 공주가 묻는다.

"왕의 신부가 될 분을 모시러 온 러시아 대사들의 역입니다. 그에 더해 대사 각자가 마음에 드는 신붓감도 데려갈 수 있다는데, 이들은 각자가 준 목걸이로 자기 애인을 찾아 신부로 데려간다고 장담했습니다."

"그러면 우리도 변장을 합시다. 얼굴에는 마스크를 쓰고 서로 목걸이를 바꾸어 걸고 실컷 재미를 보다가 마스크를 벗으십시다. 딴 여인들과 재미를 본 남자들이 어색해하면 우리도 그들이 러시아 사람들인 줄 알았다고 우기면 되니까요." 공주가 웃으며 제안한다.

드디어 장화를 신고 긴 수염을 단 러시아 사람들이 흑인 악사들을 데리고 나타난다. 모드가 개막사를 하자 여인들은 등을 돌린다. 베론느가 여인들에게 말을 걸어도 들은 척도 하지 않는다. 이때 공주로 변장한 로잘린이 보이에게 러시아 사람들이 원하는 것이 무엇인지를 묻도록 한다. 그들이 원하는 것은 서로 인사를 나누고 싶어 하는 정도라고 답하자, 그녀는 인사가 끝났으니 이제 떠나라고 한다. 그러자 왕이 러시아 악센트로 "우리는 당신들과 춤을 추는 영광을 누리고 싶어서 멀리서 왔소이다"라고 말한다.

"춤을 추세요. 우리는 구경을 할게요. 춤추기가 끝나면 갈 길이 먼 분들이니, 저희 손에 키스를 하고 바로 떠나세요." 로잘린이 답한다.

"숙녀분들이 춤추기를 원하지 않으신다면 따로 만나서 이야기나 좀 나눌 수 있을까요?" 왕이 청한다.

이렇게 하여 로잘린과 왕, 베론느와 공주가 짝이 되고, 롱가비유와 뒤멘은 각각 자신의 짝을 찾기 위해 대화를 즐긴다. 갑자기 로잘린이 보이에에게 러시아 사람들을 빨리 떠나보내라고 손짓으로 알린다. 남자들은 얼떨결에 떠나고 여인들은 마스크를 벗고 자기 목걸이를 되찾아 목에 걸면서 잠시 즐겼던 애인에 대해 이야기꽃을 피운다.

얼마 후, 가면을 벗고 왕과 대신들이 원래 모습으로 다시 나타난다. 여인들은 조금 전에 만난 러시아 사람들 이야기를 하지만 남자들은 생전 처음 듣는 것처럼 왕이 묻는다. "러시아 사람이라고요?"

"네 사람이나 된답니다." 공주가 대답한다.

여인들은 그들로부터 받은 선물을 보여 주면서 그들의 열렬한 사랑 고백까지 되뇐다. 이렇게 즐겁게 떠들다가 왕이 공주인 줄 알고 로잘린에게 한 고백이 문제가 되어 여인들의 변장도 들통이 난다. 왕이 그들이 변장한 것을 누설한 자를 찾아내려고 하자 웃으면서 나서는 보이에 때문에 모두의 오해가 풀리게 된다. 그리고 각자 제짝을 찾아 네 쌍의 연인은 사랑을 속삭인다.

이때 생각지도 못했던 소식이 전해진다. 프랑스 왕이 갑자기 운명하여 공주가 프랑스 여왕으로 등극한다는 것이다. 맥이 빠진 나바라 왕은 "떠나기 전에 나의 질문에 답하고 가시오! 공주. 세 명의 여인도 대신들에게 답을 주고 가시오. 지금까지는 우리가 장난으로 사랑연극을 했지만, 지금은 진심으로 사랑을 고백하며 청혼하니 부디 확실한 답을 주기 바라오"라고 말하며 섭섭한 감정을 드러낸다.

이에 공주는 왕에게 "저에게는 시간이 필요합니다. 그러나 진심으로 저를 사랑하신다면 일 년 동안 금식과 기도로 수행하시고, 물과 빵으로만 사시겠다고 제 손을 잡고 약속하세요. 그것을 견디면서도 저를 사랑한다면 그때 저를 찾아와 저의 손을 잡고 사랑을 맹세하시면 영원히 당신의 사람이 되겠습니다"라고 답한다. 그리고 시녀들에게도 같은 말을 하도록 한다. 캐서린과 마리아는 각각 뒤멘과 롱가비유에게 공주가 시키는 대로 말했지만, 로잘린은 베론느에게 다르게 도전한다.

"당신이 얼마나 재치가 있고 농담을 잘하며 사람들을 웃기는 재주가 있는지를 알았습니다. 그러니 당신은 도를 닦는 대신, 매일 아픈 사람들을 찾아가 그들을 웃기세요. 병원을 찾아가서 아프고 죽어 가는 사람들을 계속 도와주세요."

"죽어 가는 사람을 웃기라고요? 불가능합니다. 죽는 사람이 무모하고 남을 무시하는 농담을 듣고 누가 웃겠습니까?"

"그래서 하는 말이죠. 좀 더 신중하고 마음이 동하는 농담을 연구하라는 말입니다. 매정하게 남을 비꼬는 농담은 이제 그만두세요. 일 년 동안 그 문제를 해결할 수 있다면 당신과 결혼하겠습니다."

베론느는 "열두 달 동안 병원에서 익살꾼이 되라고요? 그러나 당신을 얻는 길이라면 해 볼 수밖에요"라고 대답한다.

그리하여 공주와 세 명의 여인은 섭섭한 마음을 안고 일 년 후에 올릴 그들의 성대한 결혼식과 아울러 프랑스와 나바라의 굳건한 유대 관계를 꿈꾸며 프랑스로 향하면서 연극은 막을 내린다.

사랑의 헛수고

〈사랑의 헛수고〉는 엘리자베스 여왕 시대의 전형적인 희극으로, 재치 있는 논쟁과 대화가 매력적인 작품으로 평가받는다. 셰익스피어 당시에 공연된 이후로 1837년에야 다시 무대에 오르긴 했지만 저자의 희극 중 가장 공감을 일으키는 작품으로 찬사를 받고 있다. 소설로 각색되었을 뿐만 아니라, 오페라, 뮤지컬, 라디오 방송극, 영화, 텔레비전 방송극 등 다양한 장르에서 공연, 상영되고 있다.

이 작품은 극단적으로 자의식이 강한 사람의 명성을 은근히 훼손시키는 데 주력한다. 코미디답지 않게 헤어지는 결말이지만 훗날 그들이 결혼할 것이라는 희망이 엿보인다.

이야기는 프랑스와 스페인 사이에 있는 나바라의 왕과 세 명의 대신이 3년 동안 여인을 멀리하고 공부에 전념할 것을 결심하는 데서 시작된다. 이 소식을 듣고 프랑스 공주와 세 왕녀가 공무를 띠고 찾아와 그들을 유혹한다. 대신들은 첫눈에 여인들에게 반하여 공부는 제쳐 놓고 사랑놀이에 몰두한다. 서로 간의 사랑이 무르익어 갈 무렵 프랑스 왕이 서거했다는 슬픈 소식에 공주와 왕녀들은 서둘러 귀국하고 청혼은 유보된다. 사랑이 우선이고 학문은 그 다음이라는 인생의 진면목을 그린 생동감과 위트가 넘치는 '말의 향연'이 가득한 작품이다.

테세우스Theseus : 권위 있고 위풍당당한 아테네의 공작으로 아마존 여왕과의 결혼으로 마음이 들떠 있다.

히폴리타Hippolyta : 아테네의 점령국인 아마존의 여왕으로 테세우스 왕의 약혼자이다.

이지어스Egeus : 허미아의 아버지로 드미트리우스를 사위로 삼고 싶어 한다.

허미아Hermia : 이지어스의 딸로 리산더를 사랑한다.

리산더Lysander : 허미아와 사랑하는 사이로 그녀의 아버지의 반대를 무릅쓰고 허미아와 결혼하려 한다.

드미트리우스Demetrius : 헬레나와 사랑하던 사이이지만 갑부의 딸 허미아에게 관심이 있다가 헬레나에게 다시 돌아간다.

헬레나Helena : 드미트리우스를 끝까지 사랑하는 허미아의 친한 친구이다.

오베론Oberon : 요정나라의 왕으로 자기가 원하는 일은 물불을 가리지 않고 행한다. 티타니아 여왕이 데리고 있는 인디언 소년을 자기 시동으로 삼고 싶어 한다.

티타니아Titania : 요정들의 여왕으로 아름답고 착하며 명랑하다. 남편의 마술에 걸려 당나귀 탈을 쓴 바텀과 사랑에 빠져 아끼는 인디언 소년을 빼앗긴다.

퍽Puck : 오베론의 광대로 웃음을 자아내고 선행을 일삼는다. 예민하고 순발력이 있으며, 철학적인 명언으로 유명하다.

피터 퀸스Peter Quince : 공작의 결혼 축하 피로연의 하나로 '피라무스와 티스베' 연극의 연출과 감독을 맡은 목수이다.

닉 바텀Nick Bottom : 베 짜는 직공으로 연극의 '피라무스' 역을 맡는다. 당나귀 탈을 쓴 다음, 마술에 걸린 요정의 여왕 티타니아와 사랑에 빠진다.

프랜시스 플루트Francis Flute : 수선공으로 연극에서 여성 '티스베' 역을 맡는다.

5

한여름 밤의 꿈
A MIDSUMMER NIGHT'S DREAM

31~32세 때 작품, 1595~1596년

아마존 전쟁에서 승리한 아테네 테세우스Theseus 공작은 아름다운 아마존의 여왕 히폴리타Hippolyta와 결혼 약속을 하고 그녀와 함께 고향으로 돌아온다. 아테네의 온 시민은 공작과 여왕의 결혼을 축하하기 위해 음식을 장만하고 잔치 준비에 바쁘다.

가난한 목수 피터 퀸스Peter Quince는 결혼축하연을 어떻게 꾸밀까 고심하다 친구들을 모아 연극 공연을 하기로 계획한다. 제목은 그리스 신화인 '피라무스Pyramus와 티스베Thisbe'로 정하고 배역을 맡을 사람을 찾다가 피라무스 역은 베 짜는 직공 닉 바텀 Nick Bottom에게, 그의 연인 티스베 역은 수선공 플루트Flute에게, 사자 역은 가구장이 스너그Snug에게 각각 맡긴다. 일단 역할이 정해지자 남의 것이 더 좋아 보이는지 모두가 배역을 바꾸어 달라고 조르는데, 퀸스가 겨우 진정시키고 나서 다음 날 저녁 아테네에서 1마일 정도 떨어진 숲에 모여 연습하기로 하고 각자 헤어진다. 퀸스는 주인공을 맡은 바텀과 플루트에게는 대사를 잘 외우라고 특별히 부탁한다.

다음 날, 숲에 모인 사람들은 이 연극단뿐만이 아니다. 공작의 신하이자 갑부인 이지어스Egeus의 딸 허미아Hermia가 그녀의 애인 리산더Lysander와 함께 이곳으로 도망왔다. 이유는 허미아의 아버지가 딸이 귀족 집안의 아들 드미트리우스Demetrius와 혼인하기를 원하기 때문이다. 친한 친구 헬레나Helena와 드미트리우스가 사랑하는 사이라는 것을 아는 허미아는 아버지의 뜻을 어기고 애인을 따라 가출한다는 사실을 친구 헬레나에게만 알리고 숲으로 피해 온 것이다. 그런데 기대하지 않던 상황이 벌어진다. 헬레나가 그녀의 애인 드미트리우스에게 허미아가 집을 나갔다는 이야기를 하자, 그는 서둘러 허미아를 찾아 나서는 것이다. 이런 뜻밖의 일에 크게 실망한 헬레나도 그를 따라 숲으로 온다.

숲은 사람들뿐 아니라 요정들이 살며 마술을 부리는 곳이다. 요정의 왕 오베론Oberon과 그의 부인 티타니아Titania 여왕, 또 사람들을 놀리기 좋아하는 오베론의 광대이자 장난꾸러기인 퍽 Puck이 놀러오는 곳이기도 하다. 이때는 왕이 티타니아가 데리고 있는 소년을 자신의 시동으로 삼고 싶어 하나 여왕이 허락하지 않자 역정을 내며 부인을 혼낼 일을 궁리하고 있던 중이었다.

왕은 광대 퍽에게 사랑의 즙Love in idleness을 가져오게 한다. 이것은 자는 사람의 눈에 바르면 그가 눈을 떴을 때 처음 눈에 들어온 대상을 미치도록 사랑하게 만드는 묘약이다. 퍽이 급하게 묘약을 찾으러 간 사이, 왕은 숲에 앉아서 드미트리우스가 숲으로 들어오고 헬레나가 그 뒤를 따르는 모습을 본다.

"나는 더 이상 당신을 사랑하지 않아. 내가 진심으로 사랑하는 이는 허미아인데 리산더와 같이 도망갔다니 그놈을 잡아야겠어. 어쨌든 그들이 도망간 것을 알려 주어서 고맙다. 제발 나를 좀 따라오지 말아 줘!" 남자가 화난 듯이 소리친다.

"당신이 어디를 가든 나는 따라갈 수밖에 없어요. 당신은 내게 온 세상이니까요." 여자는 울며 부르짖는다.

"쫓아오면 올수록 더 깊은 숲 속이 될 텐데, 당신은 무서운 짐승에게 잡힐 거요." 드미트리우스가 말한다.

"그래도 좋아요. 당신 없이는 차라리 죽는 것이 나아요." 헬레나가 간절하게 말한다.

오베론 왕은 어여쁜 처녀가 거드럭거리는 청년을 사모하는 것이 마음에 걸린다. 왕은 '저 남자가 그녀에게 매달려 결혼해 달라고 싹싹 빌게 만들어야지!'라고 생각한다. 퍽이 묘약을 가지고 나타나 오베론에게 바치자, 왕은 퍽에게 아테네 제복을 입은 청년을 찾아 묘약을 바르되 그가 눈을 뜰 때 반드시 뒤따르던 여인이 옆에 있게 하라고 명한다. 명쾌하게 대답을 한 퍽은 젊은 커플을 찾아 나서고, 오베론 왕은 묘약을 들고 티타니아가 있을 만한 꽃등성이를 찾아간다. 달집 밑에서 요정들과 춤을 추며 노래를 즐기고 있는 부인을 보면서 왕은 그녀가 지쳐 잠들기를 기다린다. 마침내 잠든 그녀의 눈가에 묘약을 바르고 혼잣말을 한다. "잠이 깨면 사자든 염소든 무엇이 됐든 먼저 눈에 띄는 생물을 사랑하게 될 테니 괴물하고 한번 사랑에 빠져 보라! 그렇게 되면 아이는 자연히 내 시동이 될 것이고, 당신은 새삼 내 힘을 깨닫게 되겠지!"

그사이 허미아와 리산더는 숲 속을 헤매다가 지쳐 버린다. 허미아가 참나무 근처에서 더 이상 걸을 수 없다며 그 자리에 쓰러지자 두 사람은 그곳에서 밤을 보내기로 한다. 리산더는 코트를 벗어 허미아를 덮어 주고, 자신은 조금 떨어진 넝쿨나무 근처에 몸을 누인다. 퍽이 그 옆을 지나다 아테네 제복을 입은 청년과 가까이에서 자고 있는 여자를 발견한다. 퍽은 여자에게 '실컷 사랑받게 해 줄게!' 하고는 리산더 눈에 묘약을 바른다. 그리고 이 일을 보고하기 위해 급하게 오베론 왕에게 간다.

한편, 드미트리우스가 두리번거리며 나타나고 헬레나가 지친 몸으로 그를 붙잡는다. 그는 들은 척도 하지 않고 그녀를 뿌리치고는 어둠 속으로 사라져 버린다. 헬레나는 할 수 없이 혼자 누울 자리를 찾다가 죽은 듯이 자고 있는 리산더를 발견하고 그가 살았는지 죽었는지 확인하기 위해 흔들어 깨운다. 리산더가 눈을 뜨자마자 헬레나를 보고 좋아서 어찌 할 줄을 모르며 그녀를 끌어안는다. 놀란 헬레나는 자기는 허미아가 아니라고 뿌리치지만, 리산더는 자신이 사랑하는 사람은 헬레나이지 허미아가 아니라고 잘라 말한다. 헬레나는 리산더가 자신을 놀리는 것으로 알고 화를 내며 자리를 떠나 다시 드미트리우스를 찾아 나선다. 그러나 리산더는 계속 헬레나를 따라가며 그녀에게 사랑한다고 외친다. 소란한 소리에 잠이 깬 허미아는 자신이 혼자라는 것을 알고 두리번거리며 리산더를 찾는다.

'피라무스와 티스베' 연극을 연습하기 위해 퀸스가 숲에 도착할 때까지 숲의 여왕은 깊은 잠에 빠져 있다. 퀸스는 무서운 장면을 구상하다가 바텀에게 당나귀 탈을 씌운다. 달빛이 흐르는 밤의 무대를 연상케 하기 위해 비쩍 마른 사람이 호롱불을 들고 거닐게 하고, 탈을 쓴 바텀에게는 당나귀 소리를 내며 언덕을 오르락내리락하게 한다. 소음에 잠이 깬 여왕은 기지개를 켜며 하품을 하다가 바텀을 보자 그에게 홀딱 반하고 만다. 여왕은 바텀에게 안겨 잘생겼다고 칭찬도 하고 애교도 부린다. 놀란 바텀은 당황하여 도망갈 궁리를 하나 여왕 티타니아는 떠나지 말고 요정들의 대접을 받으며 같이 있자고 조른다. 바텀은 점점 황홀감에 젖는다. 요정들은 이들을 기쁘게 하기 위해 음악을 연주하고 바텀과 여왕은 어울려 춤을 춘다. 이 모습을 바라보는 퍽은 너무 우스워서 나무에서 떨어질 뻔하다가 오베론 왕에게 가서 자신이 본 장면을 그대로 보고한다. 왕은 그를 칭찬하며 아테네 청년을 찾아 그의 눈에 묘약을 발랐는지 물어본다.

이때 허미아가 나타나고 드미트리우스가 그녀를 따르며 자기에게 관심을 가져 달라고 애원한다. "바로 저자인데 맞아?"라고 왕이 묻자, 퍽은 머리를 갸우뚱하며 "옆에 자고 있던 여자는 맞는데 남자는 저 사람이 아닌데요?"라고 답한다.

허미아는 친구의 애인인 드미트리우스에게 심한 말을 하며 바삐 도망가다 무대에서 사라진다. 드미트리우스는 어쩔 수 없이 나무 밑에 자리를 잡고 눕는다. 왕은 퍽이 다른 사람에게 묘약을 바른 것을 알고 당장 헬레나를 찾아오도록 보낸 뒤 그동안 잠자는 드미트리우스의 눈에 묘약을 바른다. 퍽이 헬레나를 찾아 안개를 타고 데리고 와 드미트리우스의 옆에 누인다.

　한잠을 자고 눈을 뜬 드미트리우스가 헬레나를 보자 그녀의 옷자락을 잡고 "나의 천사, 나의 사랑"이라고 외친다. 헬레나는 당황하여 "조금 전만 해도 내가 밉다고 도망가던 사람이 이렇게 변하다니!"라고 중얼대며 어쩔 줄을 몰라 한다.

　한편, 허미아에게 따라오지 말라고 도망치던 리산더가 헬레나와 드미트리우스가 서로 사랑을 주고받는 장면을 목격하고 질투심에 불타 드미트리우스에게 결투를 신청한다. 참다못한 허미아가 이 모든 것이 헬레나가 꾸민 일로 생각하고 그녀를 나무란다. 헬레나는 말을 잇지 못하고 울면서 숲 속으로 사라지고 허미아는 그녀를 뒤따른다. 이 장면을 본 오베론은 다시 퍽을 꾸짖으며 "이제 어떻게 할 작정이냐?"라고 따진다. 퍽은 마술로 두 남자의 목소리를 흉내 내어 결투 장소를 정하고 그곳에 오도록 하여 잠들게 한다. 그리고 여인들까지 데려다가 그들이 진심으로 사랑하는 사람 옆에 잠들게 한다. 그러고 나서 남자들 눈에 묘약을 바르고 네 사람의 사랑을 축복한 뒤 오베론에게 돌아간다.

　숲은 달빛을 받아 환하다. 티타니아 여왕이 당나귀와 어울려 좋아하는 것을 보며 오베론은 회심에 젖는다. 그는 '가여운 티타니아! 이제 마술을 풀어 주어야겠다'고 중얼대며 퍽을 불러 바텀에게서 가면을 벗기게 한다. 사람으로 돌아온 바텀은 눈물을 글썽대며 감미로웠던 여왕과의 사랑이 '한여름 밤의 꿈'이 된 것을 아쉬워한다.

숲의 어둠이 거치면서 요정들은 사라지고 찬란한 아침이 밝아 온다. 테세우스 공작과 아름다운 히폴리타가 풍악이 울리는 숲을 거닐다가 허미아와 리산더 그리고 헬레나와 드미트리우스가 자는 모습을 보며 흐뭇해한다. 어수선한 소리에 깬 네 사람은 놀라서 꿈인지 생시인지 모를 밤에 있었던 숲의 이야기를 나누며 드미트리우스는 헬레나를, 리산더는 허미아를 그 어느 때보다도 더 사랑하며 행복해한다. 이 세 커플은 결혼식을 함께 올리고 만찬을 마치고 여흥시간을 기다린다.

프로그램을 맡은 배우들이 모두 큰 방으로 인도되고, 퀸스는 긴장한 채로 '피라무스와 티스베' 연극을 감독한다. 엉성한 무대와 아마추어 배우들의 연기 때문에 관중들은 폭소를 터뜨리며 즐긴다. 테세우스 왕은 퀸스와 그의 연극단을 칭찬하며 그들에게 많은 상을 내린다.

이미 자정이 가까운 시간, 행복한 신혼부부들은 잠자리에 들고, 요정의 왕 오베론과 티타니아 그리고 신하 요정들은 퍽의 장단에 맞추어 춤을 추며 궁 안의 모든 사람을 위해 축복을 빈다. 그리고 막이 내린다.

한여름 밤의 꿈

초자연적이고 환상적인 분위기의 요정들과 현실적인 인간들의 연애, 사랑, 결혼이 얽힌 〈한여름 밤의 꿈〉은 셰익스피어 작품 중 가장 인기가 높고 공연 횟수가 많은 작품이다. 연극뿐만 아니라 소설, 발레, 뮤지컬, 영화 등 다양한 장르로 상연되고 있다.

이야기는 아마존 전쟁에서 승리한 아테네의 테세우스 공작이 아름다운 아마존의 여왕 히폴리타와 결혼 약속을 하고 그녀와 함께 고향으로 돌아오는 데서 시작된다. 아테네의 온 시민은 공작과 여왕의 결혼을 축하하기 위해 음식을 장만하고 피로연의 하나로 연극을 하기로 하고 숲에 모여 연습을 한다. 이 무렵 공작의 신하이자 갑부인 이지어스의 딸 허미아가 그녀의 애인 리산더와 함께 결혼을 반대하는 아버지를 피해 숲으로 도망치고, 그녀의 친한 친구 헬레나와 그녀의 애인 드미트리우스도 숲 속으로 온다. 숲에는 사람들뿐 아니라 요정들이 살며 마술을 부리는 곳이다. 요정의 왕 오베론과 그의 부인 티타니아 여왕이 시동 때문에 갈등이 있고, 또 사람들을 놀리기 좋아하는 장난꾸러기 퍽이 숲 속으로 들어온 젊은 연인들에게 사랑싸움을 만들고 화해시키는가 하면, 요정의 여왕이 당나귀 탈을 쓴 연극단원과 사랑에 빠진다. 사랑의 유혹과 황홀감, 요술, 광기까지 포함된 밤에 벌어지는 숲 속의 향연은 현실과 환각의 선이 분명하지 않은 공상적인 세계이다.

〈한여름 밤의 꿈〉은 아름다운 자연 속에서 만물의 소생과 함께 벌이는 혼례의 축제, 오월의 축제, 여름밤의 축제가 겹쳐진 축제 중의 축제를 그린 걸작이다.

샤일록Shylock : 베네치아에 사는 유대 인 전당포 주인이다. 기독교 상인들에게 앙심을 품고 있다.

포샤Portia : 벨몬트 부자의 많은 유산을 상속받은 여인으로 바싸니오와 결혼하고 싶어 한다. 법조인으로 변장하고 법정에서 샤일록으로부터 안토니오를 구한다.

안토니오Antonio : 기독교 상인으로 유대 인을 싫어한다. 바싸니오의 담보인으로 샤일록과 계약을 했다가 죽을 뻔한다.

바싸니오Bassanio : 샤일록에게서 돈을 빌려 포샤를 찾아간 후에 그녀의 남편이 된다.

그라티아노Gratiano : 벨몬트에 같이 간 바싸니오의 친구이다. 포샤의 하녀 네리싸를 사랑하게 되고 후에 그녀와 결혼한다.

제시카Jessica : 샤일록의 딸이지만 아버지를 좋아하지 않는다. 기독교 청년 로렌초와 함께 도망간다.

로렌초Lorenzo : 바싸니오와 안토니오의 친구이다. 샤일록의 딸 제시카를 사랑하여 아버지 집에서 나오도록 해 함께 벨몬트로 도망간다.

네리싸Nerissa : 포샤의 시녀인 동시에 막역한 친구이다. 후에 그라티아노와 결혼한다.

베네치아의 공작The Duke of Venice : 베네치아의 통치자로 안토니오의 재판을 맡았다. 법을 중시하는 사람으로 곤경에 빠진 안토니오를 돕지 못한다.

벨라리오 박사Doctor Bellario : 포샤의 사촌이자 파듀아의 변호사이다.

발다자Balthazar : 포샤가 변장한 법조인이다.

6

베니스의 상인
THE MERCHANT OF VENICE

30~33세 때 작품, 1594~1597년

이탈리아의 베네치아에는 리알토라는 상업중심 구역이 있다. 그곳에서 사업을 하는 주민은 주로 유대 인들과 기독교인들인데, 이들은 서로 생각이 달라 반목이 심하다. 그중에 유대 인인 샤일록Shylock은 고리대금업자로 기독교인인 안토니오Antonio에게 늘 원한을 품고 있다. 이유는 자신을 인간 이하로 취급하는 것도 그렇지만, 그보다 돈이 필요한 사람에게 무이자로 돈을 빌려 주어 자신이 사업상 큰 지장을 받고 있기 때문이다.

많은 사람으로부터 정직하고 너그러우며 친절하다고 칭찬을
받는 안토니오는 자녀가 없어 이웃의 바싸니오Bassanio를 아들처
럼 사랑하며 돌본다. 바싸니오는 심성은 착하나 친구들과 어울려
허랑방탕하게 즐기느라 재물과 시간을 헛되이 써 버린다. 안토니
오는 바싸니오의 그러한 면을 고쳐 주려고 무척 애를 쓴다.

어느 날 갑자기 바싸니오는 가진 것이 없는 자신을 깨닫고 당
시 많은 청년의 꿈인 부자 여인과의 결혼을 생각하다 전에 만난
적이 있는 아름다운 처녀 포샤Portia를 떠올린다. 그녀는 베네치
아에서 멀지 않은 벨몬트에 사는 지주의 딸로, 얼마 전 아버지가
죽고 그 유산을 상속받았다.

막상 그녀에게 가려고 하니 여비조차 없는 바싸니오는 안토니
오에게 3,000은화를 빌려 달라고 한다. 안토니오는 주고 싶은 마
음은 있지만 수중에 현금이 없으니 자기 이름을 걸고 돈을 빌려
보라고 한다. 그런데 바싸니오가 찾아간 사람은 안토니오가 싫어
하는 유대 인 고리대금업자 샤일록이다. 샤일록은 바싸니오에게
돈은 빌려 주겠지만 계약서는 안토니오와 쓰겠다고 요구한다. 그
래서 안토니오가 샤일록을 찾아가게 된다.

"우리는 같은 사업을 하는 동료이니 3,000은화에 대한 이자는
받지 않겠소. 그러나 기한 내에 원금 모두를 갚지 않으면 당신 신
체 부위에서 1파운드의 살을 도려내도 되겠소?"라고 샤일록이 안
토니오에게 묻는다. 그러자 안토니오는 마음속으로 '이 친구가

아량도 베풀 줄 아네!'라고 생각하며 그의 제안에 동의한다. 이 말을 들은 바싸니오는 차라리 빈손으로 포샤를 만나겠다며 그런 무서운 계약은 하지 말라고 한다. 그러나 안토니오는 한 달이면 돈이 들어오니 걱정 말라고 안심시키고 계약에 사인을 한다. 이렇게 해서 돈을 마련한 바싸니오는 친구 그라티아노Gratiano와 함께 배를 타고 벨몬트로 향한다.

벨몬트에 도착한 바싸니오는 포샤를 찾아간다. 그녀 역시 바싸니오를 반갑게 맞이하고 두 사람은 급속도로 가까워져 결혼까지 생각한다. 그러나 포샤 아버지의 유언 때문에 그녀의 신랑이 되려면 밟아야 할 절차가 있다.

포샤는 탁자 위에 있는 금과 은, 납으로 된 3개의 함을 보여 주며 아버지가 그중에 하나에만 자신의 사진을 넣어 놓았고, 사진이 들어 있는 함을 여는 사람을 남편으로 맞으라는 유언을 남겼다고 설명한다. 또한 다른 함을 연 사람은 일생 동안 총각으로 살아야 한다는 조건 때문에 아무나 엄두를 내지 못한다는 말을 덧붙인다.

바싸니오는 떨리는 마음으로 납으로 된 함을 들어 뚜껑을 연다. 그 안에 있는 포샤의 사진을 보자 두 사람은 기뻐서 서로 얼싸안고 키스를 퍼붓는다. 포샤는 이제부터 자기가 가진 모든 소유는 바싸니오의 것이라며 그 징표로 그녀의 반지를 뽑아 주면서 반지를 잃거나 남에게 주면 그에 대한 자신의 사랑은 끝이라고 공언한다.

한편, 샤일록의 딸 제시카Jessica는 집을 나와 아버지가 싫어하는 로렌초Lorenzo와 함께 벨몬트에 사는 친구 포샤를 찾아온다. 제시카는 집을 나올 때 아버지의 금은보화를 잔뜩 챙겨 나오는데, 이것을 안 샤일록은 우선 자신의 재물이 아깝고, 또 딸이 자신이 싫어하는 기독교인 로렌초와 눈이 맞은 것에 화가 나 펄펄 뛴다. 그러나 그에게 기쁜 소식이 들려온다. 사업차 나간 안토니오의 배가 파손되었다는 것이다. 샤일록은 마음속으로 흐뭇해하며 계약 만료 날짜를 기다린다.

바싸니오의 친구 그라티아노와 포샤의 하녀인 네리싸Nerissa는 자신들도 이미 사랑을 약속하고 반지를 교환한 사이라고 밝히며 바싸니오와 포샤의 약혼을 축하해 준다. 행복감에 젖어 있는 이 두 쌍의 연인들이 결혼 준비를 의논하고 있을 때, 로렌초와 제시카가 안토니오의 편지를 들고 와서 바싸니오에게 전한다. 배가 파손되어 제시간에 빚을 갚지 못하게 되었다는 소식이다.

편지를 읽은 바싸니오의 얼굴이 창백해진다. 포샤는 그의 손을 잡으면서 자신이 도울 수 있는 만큼 돕겠다고 그를 위로한다. 그가 편지를 포샤에게 내밀며 그동안에 있었던 모든 일을 고백하자 그녀는 이자를 많이 붙여서 돈을 갚으면 될 일이라고 말한다. 그러나 제시카는 아버지가 돈보다는 1파운드의 살을 원한다는 말을 늘 했다고 말해 준다. 포샤는 빌린 돈의 열배를 주면 일이 해결될 것이라 믿고 그녀 소유의 재산을 바싸니오 이름으로 바꾸기 위해 결혼을 서두른다. 그러고는 바싸니오와 그라티아노를 베네치아로 보낸다.

이들이 떠난 후, 포샤는 안토니오를 구해 낼 묘책을 궁리한다. 우선 파듀아에 사는 사촌이자 명망 높은 변호사 벨라리오Bellario에게 믿을 만한 하인을 보내 상황을 설명하게 하고 로렌초와 제시카에게 집을 잘 지키도록 부탁한다. 그리고 자신은 네리싸와 함께 절에 가서 일이 잘 풀리도록 빌겠다는 말을 남기고 집을 떠난다. 그러나 두 여인은 절이 아니라 포샤는 발다자Balthazar 변호사로, 네리싸는 그의 사무원으로 변장한 뒤 재판정으로 향한다.

드디어 안토니오와 샤일록이 법정에 서는 날이 되었다. 재판이 시작되기 전에 베네치아의 통치자인 공작은 자연재해로 큰 손해를 입은 피고를 다시 한 번 고려해서 살을 떼어 내는 것만은 피할 것을 원고에게 권한다. 그러나 이것이 복수를 할 절호의 기회라고 생각하는 샤일록은 강경하게 거절한다. 원금의 몇 배를 갚겠다고 요청하는 바싸니오의 제안을 샤일록이 무조건 거절하자 공작은 결국 명망 있는 변호사 벨라리오 박사를 부른다.

이때 변호사 서기로 변장한 네리싸가 공작에게 편지를 전하고 공작은 벨라리오 박사가 아파서 대신 젊은 변호사 발다자 박사를 보낸다고 쓴 편지를 읽는다. 곧바로 입장한 발다자 변호사는 피고와 원고에게 질문을 한 뒤, 원고에게 상황을 고려해서 자비를 베풀 것을 강력하게 권한다. 샤일록이 무슨 이유로 자신에게 자비를 베풀라고 강요하느냐고 되묻자, 변호사는 자비는 강요해서 되는 것이 아니라 하늘에서 내리는 비와 같이 자연스런 것이니 축복과 마찬가지로 자비는 그저 자비일 뿐이라고 말한다.

그러나 샤일록은 끝까지 공정한 재판을 받기를 원한다. 결국 법관은 안토니오에게 웃옷을 벗어 가슴을 내놓으라고 명하고, 샤일록에게는 심장 근처 살을 베어 낼 준비를 하라고 한다. 샤일록은 그의 신속한 일 처리에 감탄한다. 법관은 다시 서류를 검토하면서 빚 갚을 기한이 지난 것을 확인한 뒤 원고에게 세 배를 갚으면 되겠는가 하고 다시 묻는다. 원고는 어떠한 제안도 자신의 결심을 바꿀 수 없다고 못 박아 말한다.

변호사는 원고에게 피고의 '1파운드의 살로 그가 진 빚은 청산된다'는 사실을 확실시한다. 샤일록은 훌륭한 판결에 다시 한 번 감탄하며 칼을 들고 앞으로 나선다. 그러자 변호사는 법조항에는 한 방울의 피도 들어 있지 않으니 피를 조금이라도 흘릴 경우 베네치아의 법에 따라 원고의 부동산과 재산은 모두 몰수한다고 결론을 맺는다.

뜻밖의 엉뚱한 판결문을 듣자 샤일록은 놀라서 "그게 법인가요?"라고 풀이 죽어 묻는다. "공평 정대한 법을 요구하지 않았던가?"라고 변호사는 그에게 되묻는다.

샤일록은 그제야 자신이 함정에 빠진 것을 깨닫고 황급히 바싸니오에게 원금의 세 배를 내놓으면 안토니오의 빚을 청산해 주겠다고 제안한다. 바싸니오가 정말로 돈을 주려고 하자 법관은 그를 말리며 원고에게 한 방울의 피도 흘리게 하지 말고 꼭 1파운드의 살만 떼어 내라고 다시 명령한다. 그리고 이방인이 베네치아 시민의 목숨을 빼앗을 경우 그의 재산과 목숨까지 빼앗길 수 있다는 점을 강조한다. 샤일록은 "나의 목숨과 돈이요? 돈을 모두 가져가면 나도 죽이시오. 돈 없으면 나는 어차피 죽은 사람이니까"라고 울부짖는다. 이렇게 해서 샤일록은 피고에게 칼도 대 보지 못하고 손을 들고 만다.

재판이 끝나자 안토니오와 그의 친구들은 기뻐 어쩔 줄을 모르며 큰일을 해낸 법관에게 선물을 하고 싶다고 한다. 그러자 법관은 갈 길이 바쁘니 바싸니오 손에 낀 반지를 주면 기념으로 삼겠다고 말한다. 바싸니오는 깜짝 놀라며 이 반지는 부인이 준 것이기 때문에 줄 수 없으니 다른 값진 선물을 대신 주겠다고 하지만 법관은 거절한다. 바싸니오는 안토니오의 생명을 구해 준 은인에게 어쩔 수 없이 반지를 빼서 준다. 그의 조수도 마찬가지로 그라티아노로부터 반지를 받는다.

포샤와 네리싸는 이들보다 먼저 벨몬트에 돌아온다. 그리고 로렌초와 제시카에게 그들이 집을 비웠다는 말을 절대로 남편들에게 하지 말라고 입단속을 시킨다.

　얼마 후 바싸니오와 그라티아노가 안토니오와 함께 돌아와서 법정에서 있었던 이야기를 하며 모두가 행복해하는데 갑자기 한쪽에서 네리싸와 그라티아노가 싸우기 시작한다. 남편이 죽을 때까지 끼고 있겠다는 반지를 변호사 서기에게 주었다는데 그 말을 어떻게 믿느냐, 어느 여자에게 주었냐고 따져 묻고 있다. 이를 들으면서 포샤가 자신의 남편에게 준 반지는 절대로 남에게 주지 않았을 거라고 장담하는데 그라티아노가 울면서 바싸니오도 안토니오를 살린 변호사 발다자 박사에게 주었노라고 폭로한다. 포샤는 남편에게 그 반지를 찾을 때까지는 자신의 근처에도 오지 말라고 말하며 울음을 터뜨린다. 보다못한 안토니오가 다시 자신의 살을 걸고 맹세하지만 그들이 한 말은 틀림없다고 변호해 준다.

　이 말을 들은 포샤는 웃음을 터뜨리며 바싸니오에게 그의 반지를 돌려주면서 잘 보관할 것을 다시 맹세하라고 한다. 바싸니오는 놀라서 "내가 변호사에게 준 반지가 어떻게……"라며 말을 잇지 못한다. 네리싸도 반지를 그라티아노에게 내민다. 여인들은 법관들과 밤을 같이 보내고 받은 선물이라고 말한다. 두 남편이 놀라 파랗게 질린다. 여인들은 그 모습이 너무 우스워 참지 못하고 파듀아에서 온 벨라리오의 편지를 남편들에게 보여 준다. 그리고 그녀들이 변호사 발다자와 그의 서기였다는 사실을 밝힌다.

그때 전달자가 뛰어와 파손되었다고 믿었던 안토니오의 배가 구출되어 무사히 돌아왔다는 기쁜 소식을 전한다.

바싸니오와 안토니오는 여인들의 기지를 찬양하며 자신들을 구해 준 여신들이라고 감탄과 감사를 거듭한다. 연인들은 손에 손을 맞잡고 행복에 젖어 신나게 춤을 추며 잔치를 벌이기 위해 집 안으로 들어간다. 그리고 막이 내린다.

베니스의 상인

〈베니스의 상인〉은 셰익스피어의 작품 중 가장 서스펜스가 있다. 비극적 희극이어서 장르가 분명하지 않았는데 《초판first folio》에 희극으로 분류되어 있다. 당시 유대 인과 기독교인과의 관계, 또 법정에 발도 들일 수 없는 여성이 법조인으로 가장하고 생사가 달린 재판을 해결하는 지혜가 돋보이는 작품이다. 연극에서 시작해 무성 영화, 유명 감독들의 해석에 따른 다른 버전의 영화들, 오페라, 텔레비전극 등 다양한 장르에서 무수히 상연 또는 상영되고 있다.

이야기는 이탈리아의 상업중심도시인 베네치아와 인근 도시인 벨몬트에서 시작된다. 베네치아에서는 유대 인과 기독교인 사이에 갈등과 반목이 심하게 일어난다. 이곳에서 돈놀이를 하는 유대 인 샤일록은 자기를 무시하는 것도 참을 수 없는데 상인들에게 무이자로 돈을 빌려 주어 자신에게 막대한 해를 끼치는 기독교인 안토니오에게 늘 원한을 품고 있다. 법적으로 그에게 보복할 기회가 생기자 샤일록은 이를 놓치지 않고 적극적으로 나선다. 한편, 베네치아에서 멀지 않은 벨몬트에서는 많은 유산을 받은 신붓감 포샤가 아버지의 유언으로 인해 구혼자가 시험을 치러야 하는데 이 시험에서 실패하면 일생 동안 결혼을 포기해야 하는 까닭에 구혼자는 크나큰 각오를 해야 한다. 이에 신랑 후보 바싸니오는 과감하게 나서서 시험을 통과하여 신부를 얻게 된다. 그러나 자신이 돈을 빌릴 때 보증을 선 안토니오가 샤일록으로부터 고소를 당하자 바싸니오는 근심에 휩싸인다. 이때 포샤가 나서서 문제를 완전히 해결한다.

베네치아와 벨몬트 사람들이 추구하는 정의와 보복, 결혼과 부와 행복을 위한 모험, 법과 타협하는 길을 모색하는 지혜가 돋보이는 작품이다.

포드 부인 Mrs. Ford : 윈저에 사는 페이지 부인의 친구이다. 팔스타프와 이런저 런 일이 있지만 남편이 의심하지 않도록 조심한다.

페이지 부인 Mrs. Page : 포드 부인의 친구로 두 여인이 팔스타프를 골탕 먹인 다. 딸 앤 페이지의 남편감 문제로 부부의 의견이 갈린다.

팔스타프Falstaff : 기사이지만 때로는 깡패요, 때로는 도둑이다. 결혼한 부인들 을 유혹하여 돈을 뜯어낼 궁리를 하다 오히려 부인들로부터 수모를 당한다.

포드Ford : 부인에 대한 질투심으로 팔스타프의 이웃에 사는 브룩 씨로 변장 하고 그의 일거일동을 살핀다.

페이지Page : 부인을 의심하지 않고 믿기 때문에 서로 문제가 없지만, 딸의 결 혼 문제를 놓고는 부인과 의견이 엇갈린다.

카이우스 의사 Dr. Caius : 프랑스 인 의사로, 영어가 서툴다. 앤의 어머니가 그 를 신랑감으로 좋아하지만 딸 앤은 싫어한다.

앤 페이지 Anne Page : 페이지가의 딸로 펜턴과 결혼한다.

펜턴Fenton : 처음에는 돈 때문에 앤에게 관심이 있다가 후에는 진심으로 그 녀를 사랑하여 결혼한다.

슬렌더Slender : 지방 치안 재판소 판사이자 앤 페이지의 세 번째 구혼자이다.

셸로우Shallow : 법관이지만 명석하지 않아 팔스타프에게 당한다.

퀵클리Mistress Quickly : 모든 이의 재빠른 소식통이다. 페이지 부인과 포드 부 인에게 팔스타프의 부탁을 전하고, 앤 페이지에게 세 청년의 구혼을 전한다.

님Nim : 팔스타프의 친구이지만 페이지와 포드 부인의 남편들에게 팔스타프 의 간교를 알려 준다.

피스톨Pistol : 팔스타프의 추종자이나 그의 연애편지를 전할 것을 거절한다.

호스트Host : 가터Garter 여관의 주인이다.

윌리엄 페이지 William Page : 페이지의 아들이다.

심플Simple : 슬렌더 씨의 하인이다.

7

윈저의 즐거운 아낙네들
THE MERRY WIVES OF WINDSOR

33세 때 작품, 1597년

윈저에 사는 페이지Page 집안과 포드Ford 집안은 가까운 이웃으로 경제적으로 부유한 가정이다. 포드네는 자녀가 없어서인지 남편이 부인의 일거수일투족을 살피며 사사건건 의심을 한다. 페이지네는 딸 앤Anne과 어린 아들 윌리엄William이 있다. 시집갈 나이가 된 앤에게 청혼을 하는 여러 명 중 어머니는 프랑스 의사 카이우스Caius를, 아버지는 좀 어수룩하지만 부자인 슬렌더Slender를 마음에 들어 한다. 반면, 앤은 가난한 청년 펜턴Fenton을 마음에 두고 있다.

이 동네에는 술 잘 마시고 놀기 좋아하는 뚱뚱보 팔스타프
Falstaff가 허름한 여관에 세 들어 산다. 이제까지는 어린 헨리 왕
자 덕에 흥청망청 즐기며 살았지만, 왕자가 왕으로 즉위하고 나
서는 돈줄이 끊어져 빚 때문에 허덕인다. 최근 그가 진 빚 문제
를 해결하기 위해서 지방 치안 판사인 셸로우 씨가 그의 사촌 슬
렌더를 데리고 윈저에 나타난다. 판사가 팔스타프를 찾아가 그의
잘못을 조목조목 들면서 엄하게 따진다. 그러나 팔스타프의 재치
와 유머에 말려드는 바람에 일을 해결하지 못하고 옥신각신하던
차에 동네 유지인 페이지 집에서 음식을 장만하고 모두를 저녁
식사에 초대한다.

이 기회에 앤은 아버지가 신랑감으로 좋게 생각하는 슬렌더 씨
를 자세히 볼 수 있게 되었고, 팔스타프는 페이지 부인과 포드 부
인을 눈여겨보면서 돈 벌 궁리를 한다. 체면이나 양심을 따질 처
지가 아닌 팔스타프는 식사를 마치자 바로 자신이 묵고 있는 여
관에 돌아와 편지를 써서 친구 피스톨Pistol과 님Nim에게 주며 하
나는 포드 부인에게 또 하나는 페이지 부인에게 전하라고 부탁
한다. 그런데 팔스타프의 편지가 부인들이 아니라 남편들에게 잘
못 전해지면서 문제가 시작된다. 편지를 받은 페이지 씨는 별생
각 없이 부인에게 주었지만, 포드 씨는 질투심에 부들부들 떨며
팔스타프 이웃에 사는 브룩 씨로 변장하고 팔스타프의 일거일동

을 살핀다. 그리고 부인의 이름으로 만나자는 답장을 써서 그에게 보낸다. 답을 받은 팔스타프는 들뜬 마음으로 포드 부인을 먼저 찾아간다.

남편에게서 전해 받은 팔스타프의 편지가 똑같은 내용이라는 것을 안 두 여인은 그를 혼내 주려고 벼르고 있는데 팔스타프가 포드 부인을 방문한다. 부인은 그를 맞아 방에 들이고 이런저런 세상 돌아가는 이야기를 나눈다. 이때 누군가 방문을 두드린다. 깜짝 놀란 팔스타프는 숨을 곳을 찾아 허둥대는데 페이지 부인이 방문을 확 열고 지금 포드 씨가 경찰관과 동네 사람들을 불러 이 방에 있는 남자를 잡으러 온다고 알려 준다. 두 여인은 급히 팔스타프를 빨래 통에 들어가게 하고 더러운 빨래로 그의 얼굴과 몸을 가린 뒤 하인 둘을 불러 빨래터로 내보낸다. 나가는 빨래 통을 보면서 들어온 포드 씨가 방 안을 샅샅이 뒤지다가 허탕을 치고 부인에게 사과하고 나간다. 다음 날, 두 여인은 다음 음모를 계획하고 하녀를 팔스타프의 집으로 보낸다.

팔스타프를 찾아간 하녀 퀵클리Quickly는 어제 일로 포드 씨가 마음이 몹시 상해 울고 있으니 주인이 사냥을 가 있는 동안 다시 오라는 말을 그에게 전한다. 하녀가 떠나자 이웃집 브룩 씨로 변장한 포드 씨가 팔스타프를 찾아와 어제 일은 잘 되었느냐고 묻는다. 그녀를 만나기는 했지만 그녀의 남편이 들어와 법석을 떠는 통에 일은 성사시키지 못했다고 설명한다. 브룩 씨가 또 그 집에서 어떻게 나왔는지에 대해 묻자 팔스타프는 더러운 빨래 통에 숨어서 겨우 빠져나왔다는 것과 조금 전 부인이 하녀를 보내 오늘 남편이 사냥 간 사이에 다시 오라는 전갈을 보내서 떠나는 참이라고 말한다. 이 말은 들은 포드 씨는 화가 치밀어 올라 브룩 씨의 가면을 벗어 버리고 급히 자리를 뜬다.

팔스타프가 포드 씨의 집에 도착하고 몇 분이 지나지 않아 페이지 부인이 들이닥쳐 어제보다 더 화가 난 그녀의 남편이 장정들을 데리고 온 집 안을 샅샅이 뒤질 것이라 전한다. 부인은 팔스타프를 얼른 커튼 뒤에 숨기고 그가 듣도록 큰 소리로 "그렇다면 남편이 팔스타프가 여기에 온 것을 알아요?"라고 떨리는 목소리로 페이지 부인에게 묻는다. 페이지 부인은 "팔스타프가 여기 있는 것을 알 뿐만 아니라 어제는 빨래 통에 담겨 나가 놓쳤지만 오늘은 틀림없이 그를 잡아 족치겠다고 벼르고 있어요"라고 전한다. 그리고 "그렇지만 지금 부인 혼자 있는 것을 보니 마음이 놓이는군요"라고 그녀를 안심시킨다. 이때 하인이 포드 씨가 온다고 알린다.

"아이고 어쩌나! 그분이 지금 여기 계신데." 포드 부인이 자기도 모르게 소리친다.

"참, 당신도 한심하오, 그를 죽일 지도 모르는데." 페이지 부인이 혀를 끌끌 차고 나서 다시 말한다. "죽는 것보다 망신당하는 것이 나으니 그 사람을 빨리 나오게 해요."

"그럼 다시 빨래 통에 넣을까?"

"아니! 아니!" 팔스타프가 소리치며 커튼 뒤에서 나온다.

"나, 빨래 통은 싫어요. 빨리 문으로 나갈랍니다."

"문으로는 못 나가요. 이미 문밖에 사람들이 총을 들고 기다리고 있어요." 페이지 부인이 급하게 외친다.

"굴뚝도 안 되고 오븐 속도 안 되고 이를 어쩌나!"

궁리 끝에 두 여인은 2층으로 올라가 뚱뚱한 늙은 하녀의 옷을 찾아 팔스타프에게 입히고 목도리와 모자를 씌워 내보낼 생각을 한다.

페이지 부인이 팔스타프에게 하녀 옷을 입혀 변장시키는 동안 포드 부인은 또 기발한 생각이 떠올라 무릎을 친다. 빨래 통을 다시 내놓고 옷들을 무겁게 넣고 일꾼 둘에게 들려 내보낸다. 아니나 다를까! 집에 들어오던 포드 씨와 그의 무리가 나가는 빨래 통을 빼앗아 뒤지다가 멀쩡한 옷을 왜 빠느냐고 소리소리 지른다. 포드 부인은 위층에 있는 늙은이를 빨리 데리고 나가라고 페이지 부인에게 부탁한다. 이 말을 들은 남편이 늙은이가 누구냐고 묻자, 부인은 "당신이 싫어하는 프랏Pratt 노부인 말이에요. 제발 노인을 놀라게 하지 마세요"라고 간곡히 부탁한다. 이렇게 해서 늙은 하녀는 페이지 부인과 문밖으로 나가고, 포드 씨는 저런 도둑년을 왜 집에 또 들였느냐고 야단을 치면서 문을 안팎으로 잠그고 친구들과 함께 자기 집 안을 수색한다.

"이쯤 되면 팔스타프가 또 다른 윈저 여인들을 건드리지 못하겠지?"

"정숙한 여인들이 남편으로부터 의심받는 일도 없어야 될 텐데. 남편의 오해 때문에 여자들이 얼마나 힘들어요!"

두 여인은 계속해서 대화를 이어 나간다.

"이렇게 일을 흐지부지할 것이 아니라 그 늙은 뚱뚱보를 우리가 한 번 더 혼내 줍시다."

두 여인은 퀵클리를 시켜 다시 팔스타프에게 편지를 보낸다. '오늘 밤 12시에 사냥 옷을 입고 동물의 탈을 쓰고 윈저 공원에 나오면 사람들이 무서워 도망갈 것이고 그때 우리만의 오붓한 시간을 가져요'라는 내용이다. 그러고는 페이지의 딸 앤과 아들 윌리엄에게 요정 옷을 입혀 나무 밑에 앉아 있는 팔스타프를 찾아가 그의 이야기를 들어 주고 그가 자신들을 기다린다는 말을 하면 그를 윈저로 끌고 와서 실체를 밝히자고 약속한다.

페이지 씨는 이 기회를 빌려 딸을 시집보낼 생각을 하고는 슬렌더 씨에게 흰 드레스를 입은 요정을 데리고 도망가라고 미리일러 준다. 부인은 부인대로 의사인 카이우스에게 연극이 끝나면

앤을 데리고 가서 아예 결혼식을 올리라고 부탁한다. 딸 앤은 자기가 좋아하는 펜턴에게 주례를 서 줄 신부님을 윈저 교회에 대기시켜 놓고 결혼식을 올리자고 약속한다.

퀵클리가 간신히 팔스타프를 설득하여 세 번째 데이트를 정하자 팔스타프는 변장할 옷들이 없다고 걱정한다. 이때 브룩 씨가 그를 찾아와 변장을 도와주면서 어제의 일을 묻는다, 팔스타프는 포드의 집에 남자로 들어가 여자로 나온 이야기를 해 준다.

밤 12시가 되자 팔스타프가 큼지막한 헌 외투를 걸치고 머리에는 사슴뿔을 꽂고 팔에는 녹슨 체인을 달고 소리를 내면서 공원에 나타난다. 그러자 포드 부인과 페이지 부인이 숲 속에서 슬며시 나온다. 팔스타프가 양쪽 무릎에 한 사람씩 앉히고 애무를 하려는데 별안간 이상한 소리가 난다. 두 여인은 요정들과 도깨비들이 몰려오는 소리라고 놀라며 그의 무릎에서 발딱 일어나 자기들의 잘못을 뉘우치며 도망가고, 요정들은 나무 주위를 빙빙 돈다. 그 와중에 여왕 요정이 요정들에게 명령을 내린다.

"도덕이 문란한 여인을 처벌하고 냄새를 풍기는 남성을 처벌하라"며 죄목 하나하나에 따른 벌을 모두 받게 한다. 이미 여인들은 도망친 뒤여서 팔스타프 혼자 요정의 벌을 톡톡히 받고 뒹굴다가 요정이 떠나는 소리를 듣고서야 일어선다.

도망갔던 부인들이 다시 나타난다. 페이지 씨는 딸과 슬렌더와의 결혼이 끝났을 것으로 기대하고 있는데, 슬렌더가 힘없이 나타나 흰옷을 입은 요정을 데려가 베일을 벗겨 보니 사납게 생긴 남자였다고 투덜댄다. 페이지 부인은 그럴 줄 알았다는 듯이 웃으며 딸에게 녹색 드레스를 입으라고 했다며 딸과 카이우스의 출현을 기다린다. 그러나 나타난 카이우스 역시 화난 목소리로 녹색 드레스를 입은 사람은 사내아이였다고 말한다. 얼마 후, 앤과 펜턴이 행복한 모습으로 손을 잡고 나타나 자신의 부모 앞에 엎드려 인사를 올리며 용서를 빈다.

팔스타프는 "너희가 원하는 대로 참 잘했다!"고 이 커플을 칭찬해 준다. 그리고 아버지는 사위의 등을 두드리며 "너희의 기쁨이 나의 기쁨이니 둘이 서로 사랑하고 좋은 아내, 좋은 남편이 되라"고 축복해 준다. 어머니는 사위에게 키스를 하며 행복하게 일생을 잘 살라고 축복해 주고 모두가 잔치를 벌이기 위해 윈저에 있는 페이지가로 향하면서 막이 내린다.

윈저의 즐거운 아낙네들

〈윈저의 즐거운 아낙네들〉은 엘리자베스 여왕이 헨리 4세의 연극에 나오는 뚱뚱보 팔스타프에 반해 'Falstaff in Love'를 써보라는 부탁을 받고 쓴 유일한 세익스피어의 창작품이다. 영어로 쓴 작품 중 최초로 중산층 사람들을 기리는 점에서 주목받는 작품이기도 하다. 이 작품은 인기를 유지하고는 있지만, 잘 쓴 작품으로 꼽히는 않는다. 주제는 사랑과 결혼, 질투와 복수, 사회 계급과 부에 대해 다루었다. 이 작품에는 짓궂고 떠들썩한 인물이 많이 등장하여 재미있는 작품으로 평가받지만, 저자의 다른 작품과 달리 괴이한 점이 많은 것이 특색이다. 연극, 뮤지컬, 오페라, 영화로 공연, 상영되고 있다. 베르디의 오페라 〈팔스타프〉가 이것을 원작으로 한 것이다.

이야기는 돈에 관심 있는 런던 기사 팔스타프가 윈저 근처에 사는 순진한 두 유부녀 포드 부인과 페이지 부인에게 편지를 보내 유혹하면서 벌어지는 내용이다. 이에 솔깃해진 여인들과 기사 간에 약속이 오가지만 남편 포드 씨의 질투로 성사되지 못하고, 팔스타프는 정체가 드러나 곤욕을 치른다. 영국의 중산계급을 그린 가정 코미디이다.

주요인물

레오나토Leonato : 이탈리아 메시나의 통치자로 헤로의 아버지이자 베아트리체의 삼촌이다.

돈 페드로 Don Pedro : 레오나토의 오랜 친구로 아라곤의 왕자이다. 베네딕크와 클라우디오와도 가깝다. 성격이 너그럽고 예의가 바르며 친구들을 좋아한다.

베아트리체Beatrice : 성격이 밝고 유머가 많으며 말을 잘한다. 결혼은 하지 않겠다며 베네딕크와 잘 어울리고 주위 사람들을 잘 웃긴다.

베네딕크Benedick : 누구와도 사랑이나 결혼은 하지 않겠다고 떠들던 재치 있고 유머와 재담이 능한 귀족 출신의 군인이다. 베아트리체와 재치문답을 자주 주고받는다.

클라우디오Claudio : 피렌체의 귀족 청년으로 베네딕크와 함께 메시나를 방문한다. 통치자의 딸 헤로와 사랑에 빠졌지만 그녀에 대한 잘못된 소문을 듣고 파혼했다가 다시 결혼한다.

헤로Hero : 레오나토의 아름다운 딸로 성격이 온순하고 친절하다. 클라우디오와 사랑에 빠졌지만 돈 존의 비방으로 멀어졌다 오해가 풀려 그와 결혼한다.

돈 존 Don John : 돈 페드로의 서출 형제로 우울하고 무뚝뚝하다. 헤로와 클라우디오 사이의 사랑을 깬 장본인으로 늘 형의 사회적 지위를 부러워한다.

독베리Dogberry : 메시나의 수석 경찰관으로 돈 존의 비겁한 처사를 밝혀낸다.

우르술라Ursula : 헤로의 하녀 중의 한 사람이다.

8

헛소동
MUCH ADO ABOUT NOTHING

34~35세 때 작품, 1598~1599년

　레오나토Leonato 공작은 시칠리아 섬에 위치한 메시나의 통치자이다. 그에게는 무남독녀 헤로Hero와 양녀로 입양한 조카 베아트리체Beatrice가 있다. 헤로는 몸이 작고 부끄럼을 잘 타지만, 일곱 살 위인 베아트리체는 직선적이고 자신감이 있으며 유머와 풍자적인 말에 능하다. 두 처녀는 애인이 없어도 외롭지 않고 시집갈 생각 없이 즐겁게 시간을 보낸다.

　이 도시에 청년들이 모여든다. 최근 아라곤의 왕자 돈 페드로

Don Pedro와 그의 이복동생 돈 존Don John이 레오나토 공작의 초청으로 한 달간 메시나에 머물고 있다. 또 베아트리체와 전부터 잘 알고 지내는 파듀아의 부자 청년 베네딕크Benedick가 그의 친구 클라우디오Claudio와 함께 공작의 집을 방문한다. 두 사람은 성격이 서로 다르다. 베네딕크는 모든 것을 농담으로 처리하지만, 클라우디오는 매사에 진지하다. 자연스럽게 베아트리체와 베네딕크가 농담으로 시간을 즐기는 동안 클라우디오는 헤로에게 반해 결혼까지 생각한다. 여기에 남이 행복한 것을 눈뜨고 보지 못하는 돈 존이 끼어들어 클라우디오와 헤로 사이에 문제를 일으킬 궁리를 하는 동안, 호인인 돈 페드로는 베아트리체와 베네딕크를 엮어 주려고 일을 꾸민다.

돈 페드로가 공작에게 베아트리체와 베네딕크에 대해 묻는다.

"베아트리체는 결혼에는 관심이 없는가 보죠?"

"왜 없겠어요. 청년들이 농담처럼 구애를 하니 진전이 안 되는 거죠."

"제 생각에는 베네딕크가 베아트리체의 좋은 신랑감 같은데요."

"베네딕크! 그 사람은 안 돼요. 일주일만 같이 있으면 둘 다 돌아 버릴 거요."

"제 생각은 좀 다릅니다. 공작께서 도와주시면 클라우디오와 헤로의 약혼처럼 베아트리체와 베네딕크의 혼인이 성사될 것 같은데요."

이렇게 돈 페드로가 적극적으로 나오자 클라우디오와 헤로도 그를 돕겠다고 나선다.

베네딕크가 숲이 우거진 정원 벤치에 앉아 시집을 읽는 동안 그 주위를 돈 페드로, 레오나토 그리고 클라우디오가 산책을 하면서 이야기를 주고받는다. 물론 서로를 볼 수는 없다.

"공작님, 당신의 조카 베아트리체가 베네딕크와 연애를 한다는 말이 정말입니까?" 돈 페드로가 묻는다.

"나는 베아트리체가 연애한다는 것을 상상할 수가 없네요." 클라우디오가 중간에 끼어든다.

"그렇다니까. 헤로에게 자주 베네딕크에 대한 말을 꺼내는 것을 보면 베아트리체가 그에게 관심이 있는 것이 확실해. 혼자 짝사랑하다 마음이 상하게 될까 봐 걱정 되네." 공작이 대답한다. 이 말을 들은 베네딕크가 놀라 입을 다물지 못한다.

공작이 계속해서 말한다. "베네딕크도 조카를 진심으로 사랑해야 할 텐데."

"그럼 베네딕크가 그 사실을 알고 있나요? 그에게 말해 준 사람이 있나요?" 클라우디오가 다그쳐 묻는다. "아니지. 조카는 절대로 그렇지 않다고 맹세할 걸."

"그럼 우리가 먼저 베네딕크에게 알려 줍시다." 돈 페드로가 나선다.

"설사 그에게 알린다 해도 베네딕크는 농담으로 받아들일 거요. 차라리 베아트리체에게 그를 잊으라고 하는 편이 더 쉬울 것 같소."

"그건 안 됩니다. 머지않아 그녀의 심장이 터질 텐데요."

이렇게 서로 의견이 갈리자 헤로의 의견을 먼저 들어 보기로 하고 무리는 자리를 떠난다.

이 말을 모두 엿들은 베네딕크는 어쩔 줄을 몰라 하며 다음과 같이 생각한다. '베아트리체가 나를 좋아한다는 말이 헤로에게서 나왔다면 틀림없어. 그녀가 좋은 사람인 것은 누구보다도 내가 잘 알지. 총각으로 살다가 죽을지 모른다고 말한 적은 있지만, 그렇다고 결혼을 하지 않겠다는 말은 한 적이 없으니 오해가 없으면 좋겠는데.'

이때 보통 때와 다를 것 없이 베아트리체가 명랑한 모습으로 나타나서 베네딕크에게 조롱조로 묻는다. "꼭 바라는 것은 아니지만 저녁에 저와 식사나 같이 하시겠어요?"

"좋습니다. 이야깃거리나 좀 가지고 오시죠." 베네딕크가 응한다.

이제 베아트리체를 녹일 차례이다. 헤로가 하녀를 불러 "정원에서 내가 우르술라Ursula와 베아트리체 이야기를 하고 있을 테니 베아트리체에게 가서 우리가 하는 말을 엿들어 보라고 일러라"라고 지시한다. 그러고 나서 헤로와 우르술라는 산책을 한다. 베아트리체가 급히 나오더니 그들의 눈에 띄지 않게 베네딕크가 앉았던 자리에 앉자 헤로와 하녀의 연극이 시작된다.

"그래, 베아트리체는 사람을 너무 경멸하는 경향이 있어."

"베네딕크가 베아트리체를 사랑하는 것이 확실해요?"

"돈 페드로와 클라우디오 두 사람이 다 그렇게 말하던데."

"그 사람들이 베아트리체에게 그 말을 전하라고 그래요?"

"맞아. 그렇지만 베아트리체의 마음을 사기보다는 베네딕크가 그녀를 포기하는 편이 낫지. 어느 누가 그녀의 고집을 꺾을 수 있겠어?"

계속해서 헤로는 베네딕크가 잘생기고 이탈리아에서 가장 잘난 청년이라고 칭찬을 늘어놓는다. 베네딕크가 자기를 좋아한다는 말을 엿들은 베아트리체는 심장이 터질 것만 같다.

그때부터 헤로와 하녀는 베아트리체의 옷매무새와 태도를 고쳐 주는 작업을 한다. 그 이후로 베아트리체와 베네딕크는 사람이 바뀐다. 베네딕크는 수염을 깨끗이 깎고 좋은 옷을 입고 사랑에 겨운 한숨을 쉬며 거닐고, 명랑하던 베아트리체는 약간 슬픈 얼굴로 아무에게도 말을 걸지 않는다. 음모를 꾸민 사람들은 자기들 계획대로 되는 것을 보면서 은근히 기뻐하고 만족해한다.

이 무렵 예상치 못한 황당한 일이 생긴다. 헤로가 클라우디오 몰래 다른 애인을 만난다는 소문이 돈다는 사실을 돈 존이 돈 페드로와 클라우디오에게 전한 것이다. 더욱이 아침에 그녀의 집에 가면 헤로 침실에서 나오는 남자를 볼 것이라며 시간까지 알려 준다. 클라우디오는 화가 나서 어쩔 줄을 모르다 그것이 사실이면 결혼식이 있는 주일날 만인 앞에서 이 일을 폭로하고 헤로에게 큰 망신을 주고 파혼하겠다고 벼른다.

헤로와 클라우디오의 결혼식이 있는 주일 아침, 메시나 경찰관 독베리Dogberry가 그의 부관과 함께 교회에 가려고 준비 중인 공작을 찾는다. 공작이 용건을 묻자 답은 하지 않고 시간만 질질 끌면서 어색해한다. 공작은 좀 더 자세히 알아본 뒤 다시 오라고 그들을 보내고 헤로와 베아트리체를 데리고 교회로 향한다. 교회에는 이미 신랑 클라우디오와 그의 친구들, 그리고 신부가 기다리고 있어 예식이 바로 시작된다.

신부는 헤로와 클라우디오에게 혼인 맹세를 시키기 전에 절차에 따라 이의 사항이 있는지를 묻는다. 헤로는 없다고 답하지만, 클라우디오는 얼굴을 붉히며 헤로가 거짓말쟁이인 데다 정숙하지 못하다고 그녀에 대한 비난을 퍼붓는다. 그리고 주례자의 허락도 없이 헤로에게 어젯밤 12시부터 1시 사이에 방에 같이 있던 남자가 누구냐고 따져 댄다. 놀란 헤로가 그런 일이 없다고 부인하자, 돈 존이 어제저녁 헤로의 침실 창가에서 그녀와 어떤 남자가 이야기 하는 것을 보았다고 증언한다. 이 말을 들은 클라우디오는 식장을 떠나 버리고, 헤로는 기절하여 쓰러진다. 옆에 있던 베아트리체와 신부만이 헤로를 거들고 그녀의 아버지와 베네딕크는 뒤에 서서 어찌 할 줄을 몰라 한다.

신부가 "여러분은 어떻게 생각하실지 모르지만 저는 헤로가 순결하다고 봅니다. 무언가 오해가 있을 겁니다"라고 말한다.

"만약 잘못이 있다면 분명히 돈 존의 장난일 듯싶습니다. 그런 일을 충분히 꾸밀 만한 인물이니까요." 베네딕크가 덧붙여 말한다.

한참을 생각하던 신부는 "이렇게 합시다. 이 일로 헤로가 죽었다고 소문을 내고 모르는 곳에 숨깁시다. 사실이 분명하게 밝혀질 테니까요"라고 결론을 내린다.

공작과 신부가 쓰러진 헤로를 안고 자리를 떠나고, 베네딕크가 베아트리체를 위로하며 그녀에게 해결책을 묻는다. 화가 잔뜩 난 베아트리체는 약혼자의 순결을 믿지 못하는 클라우디오는 죽어마땅하다며 베네딕크에게 도움을 청한다. 베네딕크가 그녀의 손에 키스를 하고 나서 두 사람은 헤어진다. 베네딕크는 클라우디오를 찾아가 헤로의 순결을 주장하며 그에게 결투를 신청한다.

그동안 경찰관 독베리가 사건의 장본인들을 공작에게 데려오고 공작은 일의 전말을 묻는다. 끌려온 사내들이 술에 취했을 때 돈 존이 돈을 주면서 헤로를 비방하도록 시켜서 이러한 일이 생겼다고 변명한다. 이 말을 들은 클라우디오가 레오나토 공작 앞에 엎드려 사죄하며 용서를 빈다. 공작은 담담하게 "헤로는 이미 죽었으니 오늘 저녁내로 그녀의 죽음을 온 메시나에 알리고 내일 아침 교회에 오면 헤로와 꼭 닮은 조카를 소개할 테니 그때 결혼식을 올리도록 하라"고 말한다.

그리하여 베네딕크와 클라우디오의 결투는 무산되고, 다음 날 아침 찾아온 클라우디오에게 공작은 베일에 가린 여인을 건넨다. 두 사람은 신부 앞에서 결혼 맹세를 하고 클라우디오가 그녀의 베일을 벗기니 헤로가 그곳에 서 있다.

이제 베네딕크와 베아트리체 두 사람의 결혼만 남았다. 아직도 두 사람은 농담으로 입씨름을 한다. "노처녀를 구하는 뜻에서 당신과 결혼해 드리리다." 베네딕크가 그녀에게 구혼한다.

"나 아니면 죽겠다니 결혼해 드리리다." 베아트리체 역시 지지 않고 맞받으며 두 사람은 결혼을 약속하고 식을 올리기 위해 손을 잡고 행복하게 교회당으로 들어간다. 그리고 막이 내린다.

헛소동

〈헛소동〉은 셰익스피어의 희극 중 가장 생기 넘치는 작품으로 알려져 있다. 제목의 Nothing은 Noting 혹은 observing으로 보는 것이 바람직하다. 텔레비전극과 영화로 상영되었고, 오페라로 상연되고 있다.

희극의 내용은 성격이 다른 두 쌍의 사랑하는 남녀, 베네딕크와 베아트리체 그리고 클라우디오와 헤로가 결혼하기까지의 이야기이다. 베네딕크와 베아트리체는 말장난을 좋아하여 재치 있는 말을 주고받으며 친하게 지내지만 사랑이나 결혼 따위는 생각하지 않는다. 그러나 주위 사람들이 그들이 맺어지도록 연극을 한다. 반대로 클라우디오와 헤로, 두 사람은 서로 사랑을 고백하며 사랑에 흠뻑 빠졌다가 헛소문 때문에 곤욕을 치른다. 클라우디오가 제단에서 헤로가 정숙하지 못하다고 신부에게 고발하고 그녀의 잘못을 캐묻는다. 그러나 독베리 치안관의 집요한 수사로 모든 것이 악한 돈 존의 술수라는 사실이 밝혀진다. 결국 비밀이 탄로 나자 그는 도망가고, 모든 사람들이 춤을 추며 두 커플의 결혼을 축하해 준다.

공작Duke Senior : 동생에게 공작 직위를 뺏기고 아르덴 숲으로 들어간다. 후에 자신의 땅과 재산을 되찾게 된다.

로잘린드Rosalind : 쫓겨난 공작의 딸로 가니메데스로 남장을 하고 지낸다. 상식이 풍부하여 젊은이들에게 사랑과 어리석음을 일깨워 준다. 올란도를 만나서로 사랑하게 되고 결혼에 골인한다.

프레더릭Duke Frederick : 형에게서 공작 직위를 찬탈한다.

씰리아Celia : 프레더릭 공작의 딸로 로잘린드의 사촌이다. 후에 얼리브의 연인이 된다.

얼리브Oliver De Boys : 롤런드 경의 큰아들로 동생 올란도를 구박하고 쫓아낸다. 후에 사자에게 물려 죽을 뻔하다 동생의 도움으로 살아나서 동생과 화해한다. 씰리아와 사랑에 빠진다.

올란도Orlando de Boys : 롤런드 경의 막내아들로 재산 때문에 형 얼리브에게 죽임을 당할 뻔한다. 하인 아당과 함께 숲으로 들어가 그곳에서 그리던 로잘린드를 만난다.

자크Jaques de Boys : 올란도와 얼리브 사이의 형제로 형 얼리브의 도움으로 교육을 잘 받고 후에 프레더릭 공작을 바른길로 인도한다.

터치스톤Touchstone : 법원의 하급 급사로 인간의 기본 도리를 논할 줄 안다. 숲에서 오드리를 만나 사랑하게 되고 결혼한다.

오드리Audrey : 순진한 시골 처녀로 자신의 생각과 가치를 잘 모르고 표현도 못한다. 후에 터치스톤과 결혼한다.

아당Adam : 드보이 집안의 늙은 하인으로 얼리브로부터 해고당하고 올란도와 함께 아르덴 숲으로 떠난다.

가니메데스Ganymede : 로잘린드가 변장한 그리스 신화에 나오는 미소년의 이름이다.

실비우스Silvius : 문학에 심취한 목동으로 싫다는 피비를 쫓아다니기에 바쁘다.

피비Phebe : 촌색시로 가니메데스를 사랑하지만 결국 실비우스와 결혼한다.

코린Corin : 노동으로 모든 일을 해결하는 훌륭한 목자이다.

휘멘Hymen : 결혼을 주관하는 신이다.

9

뜻대로 하세요
AS YOU LIKE IT

35세 때 작품, 1599년

프랑스 중부, 아르덴 숲에서 멀지 않은 어떤 지역에 성품이 착하고 백성을 사랑하는 공작이 살고 있었다. 그러나 욕심 많은 동생 프레더릭Frederick이 형을 시기하다가 형을 내쫓고 자신이 공작이 된다. 공작은 어쩔 수 없이 그에게 충성하는 신하들을 데리고 아르덴 숲에 들어가 자연의 섭리를 터득하여 가르치며 행복하게 지낸다. 그러나 그의 딸 로잘린드Rosalind는 친한 친구이자 사촌 동생인 프레더릭의 딸 씰리아Celia를 따라 궁에 남는다. 한편,

프레더릭은 공작의 자리에 오르지만 백성으로부터 그다지 환영받지 못한다. 그리고 한편으로 형에게 충성했던 롤런드Rowland 경의 아들을 경계한다.

롤런드 경에게는 세 명의 아들이 있다. 막내아들 올란도Orlando는 아버지를 여의고 나서는 집안일을 도우며 하인 아담Adam과 친하게 지낸다. 롤런드 경은 큰아들 얼리브Oliver에게 동생의 교육을 책임지라는 유언을 남겼지만, 얼리브는 재산을 몽땅 차지하고는 동생의 교육을 책임지기는커녕 동생을 하인 취급한다. 또한 잠시도 동생이 한가하게 하인과 노는 것을 참을 수 없어 늙은 아담을 집에서 내쫓는다.

참다못한 올란도는 형에게 아버지가 남긴 재산 가운데 자기 몫을 내놓으라고 덤빈다. 힘으로는 당할 수 없는 것을 잘 아는 형은 재산을 나눠 주는 대신 동생을 프레더릭 궁에서 열리는 씨름대회에 내보내기로 한다. 그곳은 온 나라의 힘센 장사들이 모이는 곳이어서 동생이 싸움에 나가면 지는 것은 물론 죽을 것이라 생각했기 때문이다. 많은 사람이 위험하다며 싸움에 나가지 말라고 말리는 것을 마다하고 출전한 올란도는 뜻밖에도 승리를 거둔다. 마음을 졸이며 관람하던 관객들은 그를 칭찬하며 열광한다. 특별히 공작과 함께 참석했던 로잘린드는 올란도를 진심으로 축하해 주며 그에게 목걸이를 걸어 준다. 이런 축하를 받은 올란도는 크게 감동하여 그녀를 마음에 두고 사랑하게 된다.

드디어 프레더릭 공작이 시상을 하기 위해 씨름장에 나타난다. 그러나 우승한 올란도가 롤런드 경의 아들이라는 이유로 그의 승리는 무효가 된다. 힘없이 씨름장을 나온 올란도는 길에서 기다리는 아당을 만난다. 하인은 형이 죽일지 모르니 빨리 피하라고 하며 자기가 모았던 돈을 그에게 건네주며 그를 따라나선다. 올란도는 하인의 신의에 또 한 번 크게 감격한다.

어느 날 프레더릭 공작은 자기 마음에 들지 않는 사람 모두를 자기 영토에서 쫓아낼 계획을 세우고 먼저 딸 씰리아와 같이 지내는 형의 딸 로잘린드를 불러 열흘 안으로 떠나라고 명한다. 씰리아는 울며불며 로잘린드를 쫓아내지 말라고 아버지에게 간청하지만, 공작은 로잘린드가 언제 씰리아의 자리를 빼앗을지 모른다고 거절한다. 할 수 없이 두 사촌, 씰리아와 로잘린드는 몰래 아르덴 숲으로 도망갈 생각을 한다. 길을 떠나기 전 두 사람은 시골 처녀들로 변장할지, 아니면 로잘린드가 남장을 하고 남매로 분장할지 궁리하다가 궁의 터치스톤Touchstone의 조언을 받고 남매로 분장하고 그와 함께 길을 떠난다. 이들이 한참을 가다 피곤하여 나무 밑에 앉아 쉬고 있을 때 허리가 굽은 노인 목자와 한 젊은이가 이야기를 주고받으며 자리를 같이한다. 젊은이는 시골에 두고 온 여자 친구가 그리워 두서없이 떠들고, 노인은 젊은이의 말을 들으며 자신의 옛사랑을 회상하며 눈물을 흘린다. 이들을 보면서 로잘린드는 올란도를, 터치스톤은 젊었을 때 사랑했던 여인을 그리워한다. 이들은 통성명을 하고 사정을 서로 이야기하다 가까워진다. 그리고 로잘린드가 가진 돈과 보석으로 아르덴 숲 자락에 작은 집을 마련하고 산의 지리를 잘 아는 노인 코린Corin이 집 관리를 하며 같이 살기로 한다.

한편, 올란도는 아담과 함께 아르덴 숲의 로잘린드의 집 반대쪽에 들어온다. 이들은 몹시 배가 고파 먹을 것을 찾아 헤매다 늙은 아담은 쓰러져 잠이 들고, 올란도 혼자 먹을 것을 찾아 나선다. 멀지 않은 곳에서 비치는 불빛을 따라가다가 올란도는 고기 굽는 냄새를 맡고 그곳을 찾아간다. 한 무리의 사람들이 술과 음식을 나누며 즐기고 있는 것을 보고 올란도는 그들이 산적임에 틀림없다고 생각하고 칼을 빼들고 가까이 다가가는데 지도자로 보이는 한 어른이 덤비지 말고 젊잖게 말로 하라고 충고한다. 알고 보니 이 사람은 쫓겨난 공작으로, 사람들에게 삶의 지혜를 가르치고 있는 중이었다.

이들이 허기져 보이는 젊은이에게 음식을 권하자, 그는 좀 떨어진 곳에 있는 노인에게 음식을 가져가기 전에는 자신도 먹지 않겠다고 거절한다. 지도자는 노인을 데리고 오도록 올란도를 보내고 가르침을 계속한다. "인생은 7단계가 있다. 유아기에서 학생기, 연애기, 군인기, 지도자기, 연금기 그리고 노인기가 있는

데……."

올란도가 등에 아담을 업고 돌아와 같이 음식을 먹고 기운을 차린 후, 자신들이 누구이며 이곳에 오게 된 연유를 설명하자, 노인은 그가 충신 롤런드 경의 아들임을 알게 된다. 그리고 올란도는 그들과 함께 살게 된다. 먹고사는 문제가 해결되고 시간의 여유가 생기자 올란도는 로잘린드를 그린다. 그는 숲 속을 헤매며 나무에 그녀의 이름과 시를 새기며 소일로 시간을 보낸다.

한편, 딸 씰리아가 로잘린드와 함께 집을 나간 것을 알게 된 프레더릭 공작은 씨름장에서 올란도를 응원하던 로잘린드를 떠올리고는 올란도의 형인 얼리브를 불러 자신의 딸과 조카를 찾아오라고 숲으로 보낸다.

숲 속을 거닐던 로잘린드가 나무에 새겨진 자신의 이름과 시를 발견하고 흥분하여 터치스톤에게 보여 주자 그는 나무를 상하게 하는 짓이라며 거들떠보지도 않는다. 그러나 씰리아는 씨름장에서 로잘린드가 목걸이를 걸어 준 올란도의 시일지 모른다고 말한다. 이 말에 로잘린드는 얼굴을 붉히고, 한편으로 자기가 남장을 해서 올란도가 알아보지 못할까 봐 크게 걱정한다.

이때 인기척이 들리며 올란도와 노공작을 돕던 둘째 형 자크 Jaques가 대화를 나누며 지나간다.

"제발 사랑인지 시인지 그걸 새기느라 나무 좀 상하게 하지 마라."

"내 시를 아무렇게나 읽으면 안 돼요. 형."

"로잘린드가 누구니? 애인이니?"

"알 것 없어요."

"키가 얼마나 크니? 사랑에 빠지면 모두가 미친 사람이 된다니까!"

이들의 대화를 듣자 로잘린드의 가슴이 두방망이질을 한다.

그리스 신화에 나오는 미소년 가니메데스Ganymede로 변장한 로잘린드는 숲을 지나는 올란도의 어깨를 치며 말을 건다. "이 숲에 로잘린드에게 보내는 사랑의 시가 곳곳에 새겨져 있는데 누가—" 말이 채 끝나기도 전에 올란도는 그 사람이 바로 자신이라고 밝히며 그녀를 얼마나 사랑하는지 시나 말로는 표현하기 어렵다고 말한다. 이에 가니메데스는 "그녀도 분명히 당신을 사랑하고 있을 겁니다"라고 위로의 말을 해 준다. 그러고는 "사랑은 단순한 병이니 내가 그것을 고쳐 드리겠습니다. 나를 로잘린드로 생각하고 매일 나에게 사랑을 고백하면 나는 당신과 사랑에 빠진 로잘린드로서 답을 할게요. 상사병은 시간이 가면 자연치료가 되기 마련이에요"라고 덧붙인다.

"사랑병에서 헤어 나오고 싶지는 않지만 고백은 하고 싶소. 가니메데스, 당신 집은 어디요?" 올란도가 묻자 가니메데스는 "이제부터는 저를 가니메데스가 아니라 로잘린드로 부르세요"라고 말한다.

이런 대화를 나누면서 이들은 함께 집으로 향한다.

하루는 올란도가 로잘린드-가니메데스에게 볼일이 있어 두 시간 후에 다시 오겠다며 자리를 뜬다. 로잘린드는 그에게 반드시 시간을 지켜 돌아오라고 부탁하고, 만약 1초라도 늦으면 자신에 대한 사랑이 식은 것으로 알겠다고 말한다. 그러나 한참이 지나도 올란도는 나타나지 않는다. 얼마 후, 어떤 낯선 사람이 숲에서 나와 로잘린드로 불리는 소년을 찾는다. 애타게 기다리던 가니메데스와 씰리아가 그를 반기자 그는 피 묻은 손수건을 내민다. 놀란 두 사촌은 급히 어떻게 된 일인지 자초지종을 묻는다.

이야기는 이러했다. 올란도가 시간에 맞춰 도착하기 위해 샛길로 오다가 나무 밑에 누워 자는 사람과 그 옆에 허기져 보이는 암사자를 보았다. 그가 나무 뒤에 숨어 자세히 살피니 누워 자는 사람이 바로 자신의 형인 얼리브란 것을 알았다. 올란도가 창으로 사자를 찔러 죽여 형을 살렸지만, 자신은 사자에게 발을 물리는 바람에 오지 못하고 대신해서 형이 왔다는 것이다. 이 말을 듣자 로잘린드는 놀라 기절하고, 씰리아가 "그러면 당신이 올란도를 죽이려고 쫓아다니던 얼리브, 그 형이세요?"라고 쌀쌀맞게 묻는다. 형은 그렇다고 대답한다. 잠시 후 정신을 차린 로잘린드-가니메데스는 그가 본대로 올란도에게 가서 전하라며 얼리브를 돌려보낸다.

그날 저녁 얼리브는 자기가 본 대로 올란도에게 자세히 전하고 그 짧은 시간에 씰리아에게 끌렸던 자신의 마음을 고백한다. 그이후 얼리브는 씰리아와 자주 만나 그녀와 결혼을 약속하고, 씰리아와 함께 숲에서 목자로 살기로 한다. 그리고 더 이상 아버지가 남긴 땅이나 재산에 관심이 없으니 모두를 올란도에게 주겠다고 약속한다.

이들이 결혼 날짜를 잡고 혼례에 초대할 손님의 목록을 만드는 동안, 올란도는 혼자 로잘린드를 그리며 쓸쓸해한다. 옆에 있던 가니메데스가 그를 위로하며 마력으로 자신이 로잘린드를 불러올 테니 형의 결혼식 날에 함께 결혼식을 올리라고 그를 위로한다. 이때 피비Phebe가 나와 가니메데스에게 기대며 자기를 쫓아다니는 실비우스Silvius 총각에 대해 묻는다. 가니메데스는 실비우스가 피비를 무척 사랑하니 그와 결혼하라고 충고한다. 피비는 사랑이 무엇인지를 가니메데스에게 묻는다. 가니메데스는 "사랑이란 한숨과 눈물로 만들어졌고, 믿음으로 봉사하고 의무로 복종하며, 겸손과 인내와 안타까움 등등…… 바로 실비우스가 비피에게 느끼고 있는 그런 마음이지"라고 설명한다. 그러자 비피는 자신은 가니메데스에게 그런 감정을 느낀다며 애정 어린 눈으로 그를 바라본다.

이렇게 하여 아르덴 숲에는 여러 쌍의 연인이 탄생한다. 올란도의 시를 비웃던 터치스톤이 순진한 시골 처녀 오드리Audrey에게 반하여 두 사람은 결혼을 약속하게 되고, 피비를 좋아하는 목동 실비우스가 드디어 그녀와 데이트를 시작하고 결혼을 생각한다. 또한 얼리브와 씰리아의 결혼 소식이 숲 전체에 알려지면서이 젊은 쌍들이 함께 여러 하객 앞에서 휘멘Hymen의 주례로 결혼식을 올리기로 한다.

먼저 씰리아가 얼리브의 손을 잡고 나오고, 가니메데스가 자신을 밝힌 후 로잘린드 본 모습으로 올란도와 함께 나온다. 그리고 터치스톤과 오드리, 피비와 실비우스, 이 네 쌍의 젊은이들이 하객의 축하를 받으며 결혼식을 올린다.

이때 롤런드 경의 둘째 아들 자크가 놀라운 뉴스를 전한다. 프레더릭 공작이 숲에서 잘 살고 있다는 형의 소문을 듣고 아예 모조리 말살해 버리려고 오다가 한 신령한 어른으로부터 가르침을 받고 깨달음을 얻어 새사람이 되었다는 것이다. 그래서 공작 직위를 형에게 되돌려 주고 재산은 모든 망명객에게 나눠 준다는 기쁜 소식을 전한다. 그리고 막이 내려간다.

뜻대로 하세요

〈뜻대로 하세요〉는 2,000명의 관객이 관람할 수 있는 새로 개장한 런던 글러브 극장에서 1599년 처음 공연된 작품이다. 양지에 핀 꽃과 나무, 천진난만한 양치기, 아름다운 음악으로 채워진 전원 무대를 배경으로 일어나는 로맨틱한 사랑, 친절과 호의, 우정 등의 이야기가 교감과 공감을 불러일으킨다. '뜻대로 하세요'는 사람이 만든 모든 규범을 버리고 자연의 순리를 따를 때 새로운 인생이 시작된다는 뜻에서 붙여진 제목이다. 라디오 방송극으로, 뮤지컬로, 영화로 제작되어 사람들의 사랑을 받고 있다.

그 내용은 다음과 같다. 동생 프레더릭에게 공작 직위를 빼앗긴 공작이 아르덴 숲에 들어오지만 공작의 딸 로잘린드는 프레더릭의 딸 씰리아의 청으로 공작 집에서 함께 산다. 미래가 불안한 프레더릭은 형의 딸마저 집에서 떠나라고 명령을 내리고 씰리아가 따라나선다. 남장을 한 로잘린드는 이름을 가니메데스로 바꾸고 씰리아와 함께 숲으로 들어가 젊은이들에게 사랑을 눈뜨게 하고 지혜를 전한다.

롤런드 경의 막내아들 올란도가 아버지 재산을 전부 차지한 형 얼리브의 핍박으로 집을 나와 아르덴 숲에 들어온다. 그는 씨름장에서 첫눈에 반하여 마음에 품었던 로잘린드를 그리며 나무에 시를 새긴다. 올란도를 찾아 없애려고 숲에 들어온 얼리브가 사자에게 물려 죽을 뻔하지만 동생의 도움으로 살아나서 씰리아를 만나고 그녀와 서로 사랑하게 되면서 숲에서 살게 된다. 결국 욕심을 버린 그는 전 재산을 동생에게 준다.
이렇게 아름다운 자연과 시간에 몸을 맡긴 숲 속의 사람들이 마음속에 품었던 바람이 이루어지는 것을 보면서 관객들의 마음도 훈훈하고 흐뭇해진다.

주요 인물

비올라Viola/체사리오Cesario : 세바스천의 쌍둥이 여동생으로 매력적이고 따뜻하며, 정의감이 있고 영리하다. 체사리오라는 이름으로 남장을 하고 오르시노 공작을 모신다.

오르시노Orsino : 일리리아의 공작으로 시와 음악, 아름다움을 즐기고 찬양하는 감성적인 사람이다. 여 백작 올리비아에게 마음을 뺏기고 구혼하지만 거절당하고 결국 비올라의 사랑에 끌려 결혼을 약속한다.

올리비아Olivia : 돈 많은 백작부인으로 오르시노 공작의 상대역이다. 체사리오를 남성으로 알고 반하여 구혼하다 그녀의 쌍둥이 오빠 세바스천과 결혼한다.

세바스천Sebastian : 비올라의 쌍둥이 오빠로 폭풍을 만나 조난을 당했으나 안토니오에게 구출되고 후에 비올라와 해후한다.

안토니오Antonio : 일리리아 근처에 있었던 조난 사고에서 세바스천을 구한 배의 선장으로 아주 친절하다. 남장을 한 비올라를 세바스천으로 잘못 알아보는 오해가 있었지만, 후에 이들이 남매라는 사실을 알게 된다.

토비 경Sir Torby : 올리비아의 아저씨로 술과 떠들기를 좋아하고 취중에도 사리가 분명하다. 하녀 마리아와 함께 분위기를 이끌며 극중에서 비중이 큰 역할이다.

앤드루 경Sir Andrew : 올리비아의 사랑을 탐하나 결국 가정부 마리아에게 구혼한다.

말보리오Malvolio : 올리비아의 청지기로 과대망상증으로 백작부인을 짝사랑하다 주위 사람들의 농락에 빠져 수모를 겪는다.

페스테Feste : 거칠고 난해하고 교묘한 유머 감각으로 재담을 잘하는 광대이다.

마리아Maria : 올리비아의 하녀로 영특하고 성격이 좋으며 유머 감각이 있다. 그녀가 흠모하던 토비 경을 남편으로 맞게 된다.

10

십이야
TWELFTH NIGHT

37~38세 때 작품, 1601~1602년

부자 상인의 쌍둥이 남매, 비올라Viola와 세바스천Sebastian은 일리리아 해변 근처에서 조난을 당해 헤어진다. 겨우 깨어난 비올라는 그곳이 일리리아라는 것과 통치자가 총각인 오르시노Orsino 공작이라는 사실을 알게 된다. 비올라는 자신을 구해 준 선장의 도움으로 남장을 하고 체사리오Cesario라는 이름으로 공작을 찾아가 그의 급사가 된다. 한편, 쌍둥이 오빠 세바스천은 해상에서 자신을 구조해 준 안토니오Antonio와 함께 지낸다. 안토니오는 해적으로 알려진, 오르시노 공작이 찾고 있는 요주의 인물이다.

공작은 이웃인 올리비아Olivia 여 백작을 사모한다. 그러나 여
백작은 갑자기 죽은 오빠에 대한 슬픔 때문에 두문불출하며 7년
간 남자와 만나지 않았다는 소문이 파다하다. 여 백작을 사모하
는 사람은 공작뿐만이 아니다. 아저씨뻘인 토비Torby 경, 젊은 기
사 앤드루Andrew 경, 집안 관리인 말보리오Malvolio 등 모두가 올
리비아와 결혼하고 싶은 마음에 그녀의 일거수일투족을 주시한
다. 오르시노 공작은 고민 끝에 연애편지를 써서 급사 체사리오
에게 주어 올리비아의 집에 보낸다.

체사리오는 문전에서부터 그 집의 하녀, 아저씨, 관리인의 눈총
을 받으면서 올리비아 백작부인을 간신히 만난다. 그리고 주인이
보낸 전문보다 훨씬 더 열정적으로 주인의 사랑을 전한다. 하지
만 올리비아는 오르시노의 청혼보다 편지를 가지고 온 체사리오
에게 더 마음이 끌려 그가 다시 오면 주인의 청혼에 대해 답을 주
겠다고 하며 돌려보낸다.

체사리오가 떠나자마자 올리비아는 그를 보낸 것이 아쉽고 다
시 보고 싶은 마음에, 관리인 말보리오를 급히 불러 자신의 반지
를 주면서 체사리오를 뒤쫓아 가 공작이 보낸 반지를 되돌려 주
라고 명한다. 관리인이 헐레벌떡 뛰어가 겨우 체사리오를 만나
반지를 돌려주자, 체사리오는 전혀 모르는 일이라고 어리둥절해

한다. 체사리오에게 억지로 반지를 맡기고 돌아오면서 말보리오는 올리비아가 아마도 자기를 좋아해서 꾸민 일이라는 엉뚱한 상상을 하며 집에 도착한다. 그때까지 정원에 앉아 사랑의 노래를 부르며 사랑에 대한 일가견을 피력하던 토비, 마리아Maria, 앤드루와 광대 음악가들은 흥분된 얼굴로 들어오는 말보리오를 보면서 이상하게 생각한다.

체사리오가 여 백작으로부터 받은 반지를 공작에게 주며 올리비아의 말을 전하자 오르시노는 좋아서 어쩔 줄을 몰라 한다. 이때부터 그녀를 사모하던 마음이 사랑하는 경지로 발전한다. 공작은 바로 '당신을 사랑하는 이유는 당신의 지위나 재산 때문이 아닙니다. 당신이 거지 하녀라 해도 나는 당신을 사랑할 겁니다'라는 문구를 써서 체사리오에게 주며 올리비아에게 전하라고 한다. 비올라는 그녀에게 보내는 주인의 고백을, 마치 자신이 공작의 청혼을 받는 듯한 기분을 느끼며 그의 부인이 되고 싶다는 생각을 한다. 그리고 과감하게 그에게 묻는다.

"주인님께서 올리비아를 사랑하는 만큼 다른 여인이 주인님을 사랑한다면 어떤 답을 주시겠어요?"

"여자에 대한 남자의 사랑은 그런 가정으로 되는 것이 아니라네."

공작은 이 한마디로 질문을 무시해 버리고 보석까지 주며 올리비아에게 전하되 돌려받지 말라고 단단히 이른다.

체사리오가 올리비아의 정원에 다시 도착하자 정원에서는 올리비아의 마음을 사기 위해 말보리오가 연극을 벌이고 있다. 이를 우습게 본 주위 사람들은 그를 점점 더 곤경에 빠뜨린다. 모든 것을 본척만척하던 올리비아는 체사리오가 왔다는 소식을 듣자 나와서 반갑게 맞으며 그에 대한 사랑을 공공연히 드러내기 시작한다. 당황스러운 체사리오는 "저는 이미 마음에 둔 사랑하는 사람이 있습니다. 그리고 제 목숨을 걸고 말씀 드리거니와 저는 어떤 여인도 사랑할 수 없습니다"라고 말하며 그녀의 눈길을 외면한다. 이 광경을 목격한 앤드루 경은 강한 질투심을 느끼고 체사리오에게 결투를 신청한다. 이에 놀란 체사리오는 자신은 남자가 아니라는 사실을 순간적으로 말할 뻔한다. 그 순간, 토비가 체사리오를 흘끗 보며 그의 검술 실력이 대단하다고 앤드루 경에게 조용히 일러 준다. 이리하여 두 사람 모두 상대방을 무서워하며 서로 노려보고 있을 때 밖에서 어수선한 소리가 들려온다. "안토니오! 오르시노 공작의 이름으로 당신을 체포하오"라는 말이 들리고 명령에 따르겠다는 남자의 목소리가 들려온다. 이에 모두가 몰려 나가 구경을 한다. 안토니오가 체사리오를 보자마자 이렇게 말한다.

"너를 얼마나 찾았는지 알아? 내가 감옥에 가게 되었으니 네게 있는 돈 모두를 나에게 다오."

"무슨 돈이요? 생전 처음 보는 분이 왜 나에게 돈을 달라고 하십니까?"

"모른 척하기야? 내가 너에게 해 준 일들을 벌써 잊었어?"

"전혀 모르는 일입니다. 저는 당신을 본 적도 없고 목소리조차 들은 적이 없습니다. 생전 처음 뵙는 분입니다."

"세바스천, 네가 폭풍으로 죽어갈 때 구해 준 사람의 은혜를 모르면 어떻게 되는지 알지?"

안토니오는 끌려가면서 분한 마음에 펄펄 뛴다. 비올라는 속으로 '그렇다면 나의 쌍둥이 오빠 세바스천이 살아서 이 도시에 있는지 모르겠다'는 생각을 하며 슬그머니 도망간다. 그 순간 문이 열리며 올리비아가 집 안에서 나와 남자들을 야단친다.

체사리오를 기다리다 못한 오르시노는 늦게야 집을 나와 올리비아 집 쪽으로 향하다가 그 집에서 나오는 체사리오를 만난다. 인사도 나누기 전에 골목에서 사관이 나와 오르시노에게 경례를 하고 안토니오를 두 사람에게 안내한다. 오르시노는 그를 금방 알아보고는 "하도 맹수 같은 사람이라 지금도 기억이 나네. 자네 여기서 무얼 하나?"라고 묻는다.

"맞습니다, 공작님. 저 사람이 바로 호랑이를 깔아뭉개던 안토니오입니다."

"정말 대단한 해적이었지!" 오르시노가 덧붙인다.

안토니오는 "공작님, 제가 당신들과 싸운 것은 확실하지만 저는 해적이 아닙니다. 제가 구해 주고 데리고 있던 저 청년이 저를 잘 알고 있습니다. 지난 석 달 동안 한 번도 떨어지지 않고 같이 있었습니다"라고 말하며 체사리오를 가리킨다.

그때 문이 열리며 올리비아가 나타나자 오르시노는 마음이 들떠 "정말 정신없는 친구네. 이 청년은 지난 3개월 동안 내 급사로 일한 사람이야. 여하간 후에 보자고"라고 서둘러 대화를 끝낸다.

올리비아가 공작을 보고 어떻게 오셨냐고 묻자, 공작은 어색해서 제대로 인사도 못하고 체사리오에게 집에 가자고 재촉한다. 올리비아는 돌아가려는 체사리오에게 "벌써 잊었어요? 우리 신부님한테 같이 가요. 나의 사랑하는 남편 체사리오!"라고 울먹이며 안으로 들어간다.

"남편? 체사리오, 네가 올리비아의 남편이냐?"

"아닙니다. 공작님." 체사리오는 단호하게 대답한다.

이때 신부가 나타나서 체사리오를 가리키며 "지금 막 이 청년과 백작부인의 혼례를 제가 치렀습니다"라고 말한다. 모두가 어리둥절해하는 가운데 골목에서 터진 머리를 움켜잡은 앤드루 경과 토비가 체사리오를 보자 "나쁜 놈, 그렇게 말로 하자는 데도 이렇게 때려서 속이 시원하냐?"라며 울분을 터뜨린다. 이때 집 안에서 한 청년이 올리비아의 손을 잡고 나오면서 앤드루와 토비를 가리키며 이 두 사람이 먼저 자기를 치기에 할 수 없이 때렸다고 말하며 신부에게 용서를 빈다.

"같은 얼굴에 같은 목소리를 가진 두 사람이구나!" 오르시노는 숨을 헐떡이며 청년과 체사리오를 번갈아 본다. 그런데 갑자기 청년이 "안토니오! 사랑하는 안토니오!"라고 부르며 그에게 달려 간다.

"이 섬에 오셔서 무슨 일이 있었습니까?"

"네가 정말 세바스천인가?" 어리둥절한 안토니오가 묻는다.

"그럼 제가 다른 사람일 수도 있습니까?"

"그러면 네가 두 사람으로 갈라졌느냐?" 안토니오는 비올라를 가리킨다.

세바스천 역시 숨을 몰아쉬며 "저기 있는 사람이요? 저는 남자 형제가 없습니다. 여동생이 있었지만 조난을 당해 잃어버렸죠. 그 런데 당신은 누구요? 이름은? 당신 부모님은 누구시오?"라고 묻 는다.

"저는 매싸리니가 고향입니다. 아버지 이름은 세바스천이었 고, 저의 오빠 세바스천은 폭풍을 만났을 때 잃어버렸습니다. 우 리 오빠도 당신처럼 항상 그런 옷을 입었습니다. 혹시나 이 옷으 로 인해 오빠를 찾을까 해서 저도 같은 옷을 입고 다니는 그의 여 동생 비올라입니다. 그동안 저를 도와주신 배의 선장님께 확인해 보세요."

비올라의 말이 끝나자 세바스천은 올리비아를 돌아보며 "부인, 당신이 내 여동생을 나로 잘못 보았군요! 당신의 사랑은 소녀였지만 결혼은 남자와 했습니다"라고 말한다.

공작은 비올라에게 손을 내밀며 "생전에 여인을 사랑하지 않겠다는 당신의 말과 나를 사랑한다는 말이 이제 이해가 가오"라고 말하며 그녀가 가지고 있는 여자 옷을 보고 싶다고 한다. 비올라는 그의 손을 맞잡으며 자기가 입었던 옷은 자신을 구해 준 배의 선장이 가지고 있는데, 올리비아의 집사 말보리오가 그에게 소송을 걸어 감옥에 있다고 말한다. 올리비아는 당장 말보리오를 찾아 선장을 감옥에서 데려오라고 명한다. 그리고 말보리오가 올리비아를 사모해서 벌인 모든 일은 광대들이 꾸민 장난으로 간주하고 그를 용서해 준다.

이렇게 하여 각자가 품었던 의심이 풀리고, 올리비아는 남편 세바스천과 함께 비올라와 오르시노 공작의 결혼을 위해 신부와 함께 집 안으로 들어간다. 그리고 막이 내린다.

십이야

〈십이야〉는 유일하게 두 제목The Twelfth Night & What you will으로 불리던 작품이다. 후에는 '십이야'로 불렸는데, 그 제목은 크리스마스로부터 12일째 되는 1월 6일에 동방박사가 아기 예수께 경배 드리러 온 날 밤을 뜻한다. 크리스마스가 지나고 새해를 맞은 흥분도 가라앉은 주현절에 웃음과 시로 이어지는 축제극이다. 셰익스피어 생전에는 단 한 번 무대에 올린 것이 전부였으나, 오늘날 셰익스피어의 극작품 중 가장 인기가 높은 작품 중의 하나이다. 연극은 먹고 마시고 춤추며 제멋에 취해 노는 축제라고 할 수 있다. 연극으로, 영화로, 텔레비전과 라디오로 공연, 상영되고 있다.

희극의 내용은 일란성 쌍둥이 남매가 폭풍을 만나 헤어지고 다시 만나는 과정에서 빚어지는 사랑 이야기를 그리고 있다. 주인공 쌍둥이 여동생 비올라가 남장을 하고 오르시노 공작의 시동이 된다. 비올라는 주인을 흠모하게 되고, 공작은 죽은 오빠 때문에 두문불출하는 백작부인 올리비아에게 연정을 품고 있다. 이를 참지 못한 공작이 시동인 체사리오를 보내 그의 사랑을 전하는 동안 백작부인은 시동을 사랑하게 된다. 한편, 백작부인의 집사인 말보리오는 백작부인이 자기를 좋아하는 것으로 오해하고 그녀에게 잘 보이려고 온갖 애를 쓰다가 주위 사람들로부터 놀림과 수모를 당하는 얽히고설킨 멋지고 로맨틱한 젊은이들의 이야기이다.

트로일로스Troilus : 트로이의 왕자로 헥토르와 파리스의 동생이다. 사랑하는 신관의 딸 크레시다로부터 배반당하자 복수심에 불탄다.

헥토르Hector : 트로이의 왕자로 그리스의 아킬레우스 장군과 비견할 만한 명장군이다.

파리스Paris : 트로이의 왕자이다. 그가 스파르타의 여왕 헬레네를 유괴함으로써 트로이 전쟁이 촉발된다.

프리아모스Priamos : 트로이 왕으로 헥토르, 파리스, 트로일로스의 아버지이다.

크레시다Cressida : 아름다운 트로이 신관의 딸로, 트로일로스와 결혼까지 약속한다. 그러나 그리스로 망명한 아버지에게 간 뒤 그를 배신한다.

판다로스Pandarus : 크레시다의 삼촌으로 트로일로스와 크레시다를 맺어 주는 역할을 한다.

메넬라오스Menelaos : 그리스 지휘관으로 헬레네의 남편이다.

헬레네Helene : 그리스 스파르타의 여왕이었지만 트로이의 파리스 왕자와 도주한다. 이로 인해 트로이 전쟁이 시작된다.

아가멤논Agamemnon : 그리스의 장군으로 메넬라오스의 형이다.

율리시스Ulysses : 그리스의 지휘관으로 지성적이고 철학적이며 교묘한 술책으로 유명하다.

아킬레우스Achilleus : 그리스에서 가장 명망 높은 장군이다. 그러나 건방지고 심술이 있다. 부하 파트로클로스와 동성애인 사이다.

아이아스Ajax : 유명한 그리스의 장군이나 지성적으로나 전쟁술은 빼어나지 못하다.

캘커스Calchas : 트로이의 신관이자 크레시다의 아버지이다. 전쟁이 시작되자 그리스로 망명한다.

네스토르Nestor : 가장 나이가 많은 그리스의 지휘관이다.

카산드라Kassandra : 트로이의 공주로 예언자이고 미친 사람 취급을 당한다.

파트로클로스Patroclus : 그리스 장병으로 아킬레우스의 친구이자 그의 동성애인으로 죽임을 당한다.

안테노르Antenor : 트로이의 지휘관으로 그리스 군에게 포위된 뒤 크레시다와 교환된다.

11

트로일로스와 크레시다
TROILUS AND CRESSIDA

36~44세 때 작품, 1600~1608년

스파르타의 여왕 헬레네Helene가 트로이의 파리스Paris 왕자에게 유괴당하자 그녀의 남편 메넬라오스Menelaos는 부인을 구해내기 위해 형 아가멤논Agamemnon과 함께 트로이를 친 것이 트로이 전쟁의 발단이다.

전쟁이 시작되고 7년째 되던 해, 파리스의 동생인 트로일로스Troilus는 그리스로 망명한 신관의 딸 크레시다Cressida를 소개받고 나서 그녀를 매우 사랑하게 된다. 왕자는 크레시다를 소개해 준 그녀의 삼촌인 판다로스Pandarus에게 아름다운 크레시다가 꼭 자기 사람이 되게 해 달라고 부탁하고 전장에 나간다. 크레시다는 그와 그의 형 헥토르Hector를 두고 저울질을 하다 삼촌이 더 좋아하는 트로일로스에게 마음이 기울어진다.

그리스 군대 야영지에서는 지휘관 아가멤논과 네스토르Nestor 장군이 그리스 군대의 용맹성을 강조하며 군기 확립에 온 힘을 기울인다. 그러나 술책에 능한 율리시스Ulysses는 아킬레우스Achilleus 장군이 전장에 나갈 생각은 하지 않고 막사 안에서 파트로클로스Patroclus 사병과 희희덕거리며 놀고 있는 것을 예로 들며, 군인들 간에 풍기가 문란하여 부하들이 직속상관의 권위를 존중하지 않는다고 걱정한다. 이때 트로이 진영으로부터 헥토르와 맞붙어 싸울 그리스 장군을 찾는다는 메시지가 전달된다. 율리시스는 아킬레우스가 헥토르와 맞먹는 용장인 것을 잘 알지만 태만한 그를 제쳐 놓고 아이아스Ajax를 그리스의 명장으로 내세우고 날짜를 기다린다. 뒤늦게야 이 사실을 알게 된 아킬레우스는 한칼에 헥토르를 해치울 수 있다고 장담하지만 이미 때는 늦었다.

트로이에서는 프리아모스Priamos 왕과 아들들이 모여 전쟁을 계속할 것인지, 아니면 파리스가 유괴한 헬레네 여왕을 그리스로 되돌려 보내 전쟁의 막을 내릴지를 놓고 일대 토론이 벌어진다. 큰아들 헥토르는 여왕을 돌려보내 두 나라 간의 평화를 유지하자고 주장한다. 그러나 용감한 트로일로스는 전쟁을 주장하고, 예언의 은사가 있는 카산드라Kassandra 공주는 헬레네 여왕을 그리스로 돌려보내라는 의견을 제시한다. 이렇게 의견이 엇갈리자 형헥토르는 여왕을 사랑하는 동생을 위하는 마음으로 전쟁을 계속하는 것으로 결정하고, 동생들에게 트로이의 명예를 걸고 잘 싸우라고 부탁한다.

파리스가 전쟁에 나가기 전 헬레네와 즐거운 시간을 보내고 있을 때, 크레시다의 삼촌인 판다로스가 나타나 왕이 동생 트로일로스를 찾는다는 메시지를 전한다. 한창 사랑에 빠져 흥분한 파리스에게 그런 말이 귀에 들어올 리가 없는 것을 알면서 동생을 찾지 않도록 의도적으로 미리 예방 조치를 한 것이다. 그리고 삼촌은 과수원에서 트로일로스에게 베일을 쓴 수줍은 크레시다를 소개한다. 두 사람은 서로 반하여 좋은 시간을 보내다 삼촌이 마련한 그녀의 아버지 집 침실에서 밤을 보내며 결혼을 약속한다.

한편, 그리스로 망명한 크레시다의 아버지 캘커스Calchas는 딸을 그리스로 데려오기 위해 그리스 지휘관을 찾아가 딸과 트로이 포로와의 교환을 제안한다. 지휘관은 이에 동의하고 다음 날 아침 그리스의 귀족 디모데스Diomedes가 신관의 딸을 데리러 트로

이에 온다. 이 소식을 들은 트로일로스와 크레시다는 크게 놀라지만, 트로일로스 어쩔 수 없이 그의 옷소매를 잘라 그녀에게 주며 그리스 남자들의 유혹에 넘어가지 말라고 신신당부한다. 또 크레시다는 그에게 장갑을 빼 주면서 아버지보다 그를 더 사랑한다며 울면서 트로일로스와 헤어진다.

그날 오후 헥토르의 결투를 보기 위해 트로이 사람들이 몰려든다. 아킬레우스와의 대결을 기대하던 헥토르는 아이아스가 나타나자 그를 거절하는 대신 아이아스와 함께 아킬레우스를 찾아가 두 사람이 먼저 결투를 하고, 이긴 자가 자신과 대결할 것을 제의한다. 이 반가운 소식에 아킬레우스는 오늘은 친구와 싸워 이기고 내일은 적인 헥토르를 죽이겠다고 큰소리친다.

한편, 크레시다를 찾아 그리스 진영에 들어온 트로일로스는 신관 캘커스의 막사가 어디인지를 묻는다. 마침 지나던 율리시스 장군이 트로이 군인을 보고 그녀가 트로이에 애인이 있었는지를 묻는다. 자신이 크레시다와 서로 사랑하는 사이라고 설명하자 장군은 그를 아버지의 막사로 안내한다. 그곳에서 크레시다가 디모데스의 애인이 될 것을 동의하며 자기가 준 옷자락을 건네는 장면을 트로일로스가 목격하게 된다. 이에 트로일로스는 자신의 눈을 의심하며 경악을 금치 못한다.

다음 날, 헥토르는 그의 식구들이 말리는 것을 뿌리치고 비탄에 빠진 동생 트로일로스를 위해 그리스 진영으로 들어간다. 살해당한 동성 애인 파트로클로스 때문에 잔뜩 화가 난 아킬레우스는 사납게 헥토르에게 덤벼든다. 그러나 혼자 그를 감당할 수 없게 되자 그리스 병사들을 동원하여 경고 없이 헥토르를 잡아 죽이고, 그 시체를 트로이 성벽을 따라 끌고 다니게 한다. 명장 헥토르를 잃은 트로이 시민은 힘을 잃고 전쟁은 끝이라고 되뇌며 집으로 향하고, 트로일로스는 형과 크레시다를 잃은 슬픔 속에서 복수를 다짐한다.

트로일로스와 크레시다

〈트로일로스와 크레시다〉는 셰익스피어 작품 중 가장 애매모호한 작품이다. 원작은 우습기도 하고 어리석기도 하지만 풍자적이고 로맨틱한 희극이었으나 후에 대폭 수정되면서 비극적 성향이 강조되어 비극으로 분류되기도 하는, 장르를 구별하기 어렵고 이해하기 힘든 문제작이다. 1609년에 나온 《사절판 Quarto》에 희극으로 분류되어 있고, 셰익스피어 정전에 들어가 있는 작품이다. 기원전 10세기경의 그리스의 시인 호메로스의 〈일리아드〉 서사시의 '트로이 전쟁' 편을 희극으로 각색한 것이다. 동성애인, 불경한 언행의 내용 때문인지 대학에서 즐겨 무대에 올려져 인기를 끄는 작품이다.

내용은 트로이의 파리스 왕자가 그리스의 미녀 헬레네 왕비를 납치한 데서 시작되는 트로이 전쟁에 관련된 사건이다. 그리스와 트로이 전쟁이 7년째 접어들었을 때 파리스 왕자의 동생인 트로일로스가 트로이 신관의 딸 크레시다를 만나 서로 사랑하게 되고 결혼까지 약속한다. 그러나 그리스로 망명한 크레시다의 아버지 캘커스는 딸을 그리스로 데려오기 위해 딸과 트로이 포로와의 교환을 제안하고 추진한다. 이 소식을 들은 트로일로스와 크레시다는 크게 놀라지만 미래를 약속하며 할 수 없이 헤어진다. 그동안 크레시다에게는 다른 애인이 생기고, 크레시다를 되찾으려는 트로일로스의 노력은 헛수고가 된 채 전쟁이 끝나는 전쟁과 사랑 이야기이다.

프랑스 왕King of France : 헬레나가 죽을병에서 살려 낸 왕이다. 그 보답으로 헬레나에게 귀족 중 좋은 사람을 골라 결혼하도록 허락한다.

베르트람Bertram : 왕을 모시는 하원이자 백작의 아들로 사랑하지 않는 헬레나와 결혼한 후, 이탈리아로 도망갔다가 후에 헬레나와 해후한다.

헬레나Helena : 유명한 의사의 딸이지만 아버지가 죽고 고아가 되어 프랑스 남쪽 로실리온에 사는 백작부인의 양녀가 된다. 왕의 중병을 고친 상으로 싫다는 베르트람과 결혼하지만 바로 헤어진다. 여러 가지 역경 끝에 남편과 해후한다.

백작부인Countess : 베르트람의 어머니이자 헬레나를 키운 백작부인이다. 현명하고 분별력 있는 부인으로, 헬레나가 아들과 결혼하도록 돕는다.

래퓨Lafew : 나이든 프랑스 귀족으로 헬레나가 죽었다는 소식을 듣고 자기 딸을 베르트람과 재혼시키려 나선다.

페롤리스Parolles : 베르트람의 친구로 용감한 군인처럼 행동하지만 사실은 겁쟁이다.

디아나Diana : 피렌체에 사는 처녀로 베르트람이 유혹한다. 헬레나를 자기 대신 베르트람과의 잠자리에 보내 임신하게 하고 자신은 처녀의 순결을 지킨다.

과부Widow : 디아나의 어머니이다.

12

끝이 좋으면 다 좋아
ALL'S WELL THAT ENDS WELL

38~39세 때 작품, 1602~1603년

무대는 프랑스의 로실리온과 파리 그리고 이탈리아의 피렌체이다. 6개월 전, 남편 로실리온 백작이 죽고 아들 베르트람Bertram까지 왕의 부름을 받아 파리로 떠나게 된 백작부인은 슬픔에 젖어 있다. 그동안 그녀는 죽은 명의의 딸 헬레나Helena를 양녀로삼아 딸처럼 사랑하며 많은 위로를 받는다. 헬레나는 주인집 아들 베르트람을 좋아하나 그는 평민인 그녀에게 전혀 관심이 없다. 베르트람은 파리로 떠나고, 헬레나는 그를 그리며 외로워하다

베르트람을 따라 파리로 갈 생각을 한다.

당시 로실리온에서는 하인들 간에 아기부터 낳고 혼인식을 올리는 남녀문제가 자주 거론되며 흥미를 불러일으킨다. 하루는 한 하인이 백작부인을 찾아와 헬레나가 베르트람을 사랑한다는 소문이 있다고 귀띔을 한다. 이 말을 들은 백작부인은 헬레나를 불러 노예의 딸인 자신이 한때 귀족에게 열정적인 사랑에 빠졌던 일이 있다며 그녀의 심경을 떠본다. 헬레나는 베르트람을 오빠가 아닌 애인으로 사랑한다고 고백하고, 백작부인은 그녀의 마음을 이해한다.

국왕이 난치병을 앓는다는 소문이 퍼지면서 온 나라가 술렁인다. 전국의 의사란 의사는 모두 동원되어도 왕의 병세는 차도가 없다. 헬레나는 이것을 기회로 생각하고 명의였던 아버지가 남긴 비방의 묘약 중에서 왕을 고칠 수 있는 약을 가지고 베르트람을 찾아가고 싶다고 백작부인에게 말한다. 부인은 적극 찬성하며 그녀가 파리로 갈 수 있도록 여러 방면으로 도움을 준다.

파리 궁에서는 대신이 명의의 딸 헬레나가 왕의 병을 고칠 비방을 가지고 왔다는 소식을 왕에게 알린다. 왕은 별 기대 없이 유명한 의원의 딸이기 때문에 헬레나를 만나기로 한다. 그러나 신하들 중에는 왕의 기력만 약해지는 일이니 그녀를 보지 말라고 간하는 사람이 많다. 이 사실을 알게 된 헬레나는 왕의 병을 고치지 못하면 자신의 목숨을 바치겠다는 뜻을 분명히 알린다. 이 말을 들은 귀족들은 그녀의 진지한 뜻을 받아들이고, 왕은 자신이 회복된다면 귀족 중에서 그녀가 마음에 드는 사람을 골라 결혼시켜 주겠다고 약속한다.

결국 헬레나는 왕의 병을 고친다. 그리고 상으로 베르트람을 남편감으로 고른다. 베르트람은 가난한 평민과 결혼할 수 없다는 이유로 그녀를 거절하지만, 왕이 그녀에게 부와 직위를 주는 조건으로 결혼은 성사된다. 그러나 베르트람은 신방까지는 들기 싫다며 친구 페로리스Parolles와 함께 이탈리아로 가서 피렌체 군대에 입대한다.

그곳에서 베르트람은 헬레나에게 편지를 보낸다. 만일 자기 손에 끼고 있는 반지를 빼 가고, 자신의 아기를 임신하면 부부로 살겠다는 내용이다. 이것은 결국 부부가 되기는 어렵다는 통고나 마찬가지이다. 그리고 어머니에게는 헬레나가 싫어서 집에 돌아가지 않는다는 편지를 보낸다. 헬레나는 베르트람의 편지를 받고 다시 백작부인 집에 돌아온다. 마음이 괴로워 울던 헬레나는 그녀를 사랑하는 백작부인을 두고 몰래 베르트람이 있는 피렌체로 떠난다.

피렌체에서는 젊은 병사 베르트람의 인기가 높다. 그곳에 도착한 헬레나는 한 여인으로부터 베르트람이 그녀의 딸 디아나Diana와 연애 중이라는 말을 듣는다. 헬레나는 그녀에게 자기가 베르트람의 부인이라고 소개하고 그의 마음을 돌릴 수 있도록 도와달라고 부탁한다. 두 모녀는 헬레나를 가엽게 생각하고 그녀를 돕겠다고 나선다. 세 여인이 머리를 맞대고 궁리를 하다 묘안을 생각해 낸다. 디아나를 만날 때마다 같이 자자고 조르는 베르트람에게 잠자리를 승낙하는 조건으로 그의 반지를 받아 내고 깜깜한 밤에 헬레나가 침실에 들어가기로 한다.

다음 날, 찾아온 베르트람에게 디아나는 이미 결혼한 사람이 그 사실을 숨기고 자기와 연애를 했다고 야단을 친다. 베르트람은 결혼보다 사랑이 더 중요하다며 자신의 욕정을 참기 힘들어한다. 디아나가 그가 끼고 있는 반지를 주면 받아 주겠다고 하자, 베르트람은 그것은 조상 때부터 내려오는 반지이기에 줄 수 없다고 한다. 디아나는 자신의 처녀성도 그것 못지않게 중요하다고 말하며 거절한다. 그러자 베르트람은 반지를 빼서 그녀에게 준다. 이로써 두 사람은 동침할 것을 약속한다. 디아나는 한밤중에 그녀의 침실로 오면 아내가 되는 징표로 자기 반지를 그의 손에 끼워주고 동침하겠다고 베르트람에게 약속한다. 모든 일은 여자들의 계획대로 진행되어 간다.

피렌체 교외에서는 헬레나가 죽어서 베르트람이 고향으로 돌아간다는 소문이 자자하다. 로실리온에서도 헬레나가 죽었다는 소식이 퍼지고 백작부인에게 조의를 표하는 사람들도 있다. 그중에 귀족인 래퓨Lafew가 자기 딸을 베르트람과 재혼시킬 계획을 하고, 왕도 헬레나의 죽음을 애도하며 베르트람에게 래퓨의 딸과 재혼하여 새 출발을 하라고 조언한다.

이즈음 피렌체에 머물고 있던 헬레나도 과부 모녀와 함께 로실리온 집으로 향한다. 집에서는 베르트람과 래퓨의 딸이 맺어지는 혼인 자리가 마련되고 주례가 신부에게 줄 선물을 신랑에게 요구한다. 베르트람은 잠자리에서 받은 디아나의 반지를 빼서 준다. 왕은 그 반지가 자신이 헬레나에게 준 반지임을 알아보고 그것을 빼앗는다. 이때 베르트람의 부인으로 자칭한 디아나가 들어와서 남편의 잘못을 고발하며 왕의 심판을 요청한다. 당황한 왕이 베르트람에게 그 부인에 대해 다그쳐 묻자 베르트람은 한때 불장난을 한 거리의 여인이라고 변명한다. 상황이 이쯤 되자 그의 친구 페로리스는 겁이 나서 그들이 결혼을 약속하고 서로 반지를 교환한 사이라고 설명한다. 이 말을 들은 디아나는 결혼은 약속했지만 자신이 반지를 준 적은 없다고 우긴다. 왕은 사실이 밝혀질 때까지 그녀를 감옥에 가두라고 명한다.

이때 임신하여 배가 부른 헬레나가 나타나 베르트람이 요구하던 두 조건을 이행했다고 알린다. 그녀의 손에는 베르트람의 반지가 끼어 있고, 디아나 대신 밤을 같이 보내고 임신한 사실을 알린다. 이에 기세가 누그러진 베르트람은 좋은 남편이 될 것을 약속하고, 그곳에 모인 사람들은 두 사람의 재회를 기뻐하며 잔칫상을 차린다. 그리고 막이 내려간다.

끝이 좋으면 다 좋아

〈끝이 좋으면 다 좋아〉는 보카치오의 《데카메론》에 나오는 이야기에서 소재를 취한 것이다. 방황하는 어리석은 젊은이를 두고 벌인 여인들의 꾀를 그린 문제작 중의 하나이다. 셰익스피어 생전에 무대에 올린 기록은 없다. 그러나 성숙하지 못한 사람에 대해 생각할 여지를 주는 교훈적인 작품이다.

내용은 고아 처녀 헬레나가 주인집 백작의 아들 베르트람을 사모하지만 그는 관심이 없다. 처녀는 의원이었던 아버지의 비방으로 왕의 병을 고친 상으로 주인집 아들과 결혼을 하게 된다. 그러나 남자는 바로 떠나 버리고 여인은 그를 찾아 나선다. 남편이 다른 여인을 만나 구혼을 할 찰나에 그녀 대신 잠자리에 들어가 아기를 가짐으로써 남편을 되찾고 행복해지는 프랑스와 이태리에서 일어난 코미디이다.

'끝이 좋으면 다 좋아' 라는 제목은 모든 일은 결말에 따라 성공 혹은 실패로 판명된다는 뜻이다. 남성 중심의 가부장 사회에서 자신이 원하는 것을 분명히 알고 뜻을 이룬 여주인공의 말이다.

공작The Duke Vincentio : 수도사의 옷을 입고 관활 구역을 살피는 신뢰와 덕망을 갖춘 공작이다.

안젤로Lord Angelo : 자비심이 없고 무섭게 사람을 다루는 악한 성격의 소유자이다. 이사벨라에게 오빠를 살려 준다는 조건을 걸고 잠자리 제안을 하고는 또 그 뒤에는 약속을 어긴 이중인격자이다. 두 가지 계교에 걸려 그의 비행이 폭로된다.

이사벨라Isabella : 수녀가 되는 수업을 받는 사형수의 동생이다. 오빠의 간통죄를 인정하면서도 오빠를 구하기 위해 헌신적으로 애쓴다.

클라우디오Claudio : 이사벨라의 오빠로 결혼 전에 약혼자에게 임신시킨 죄로 사형을 받게 된다.

줄리엣Juliet : 아기를 임신한 클라우디오의 약혼자이다.

마리아나Mariana : 안젤로의 약혼자였으나 조난으로 혼인 지참금을 잃게 되자 그로부터 파혼을 당했다가 후에 공작의 도움으로 그와 결혼하게 된다.

13

법에는 법으로
MEASURE FOR MEASURE

40세 때 작품, 1604년

14년간 빈을 통치해 온 빈센티오Vincentio 공작은 사회가 문란해지는 것을 보면서 자신의 통치력이 무능함을 통감한다. 만연해 가는 도덕적, 사회적 부패를 혼자 통제하기 어렵다고 생각한 그는 귀족들을 모아 놓고 자신이 폴란드로 여행하는 동안 성심껏 주민을 보살피도록 부탁한다. 특별히 부관 안젤로Angelo에게는 14년간이나 시행되지 않았던 법령을 되살리는 데 주력하고 그의 능력을 발휘하는 기회로 삼으라며 행정 대행 업무를 맡긴다. 그러고 나서 공작은 여행을 떠나는 대신 수도원을 찾아가 수도사의 옷을 빌려 입고 실정을 파악하기 위해 도시를 살핀다.

풍기 문란을 싫어하고, 자신이 결정한 일은 흔들리지 않고 끝을 보는 깐깐하고 고지식한 안젤로는 공작의 대행을 맡아 제일 처음 떠오른 일이 빈이 성적으로 너무 자유스럽고 문란하다는 점이다. 그래서 공작이 없는 동안 사창가를 없애고, 사생아의 출생을 막으려는 결심을 한다. 그리고 이에 대한 법들을 더욱 강화하여 엄하게 다스릴 계획을 세운다.

여기에 결혼을 약속한 줄리엣Juliet에게 임신시킨 클라우디오Claudio가 걸려든다. 안젤로는 빈 시민에게 본보기를 보여 주기 위해 그에게 사형을 선고한다. 클라우디오의 누이 이사벨라Isabella는 수녀원에 들어갈 무렵에 오빠가 체포되었다는 소식을 듣는다. 죄목은 약혼녀 줄리엣에게 임신을 시켰다는 것이다. 정숙하고 덕망이 높으며 신앙심이 깊은 이사벨라는 오빠의 잘못은 인정하면서도 한편으로 그것이 사형을 받을 만한 죄는 아니라고 생각한다. 그래서 안젤로를 찾아가 오빠를 용서해 달라며 그의 관대한 처분을 구한다.

안젤로는 오빠를 사형에 처하는 것은 법이지 자신이 아니라며 자신의 친척, 형제, 자신도 그러한 죄를 지으면 형을 면치 못할 것이라고 못을 박는다. 그러자 이사벨라는 그런 죄를 지은 사람은 많을 텐데 그중에 사형을 받은 사람이 있는지를 묻는다. 이에 안젤로는 그것이 형을 집행하는 이유라고 말하며 최초의 범법자를 엄하게 처벌했다면 이런 일이 다시 없었을 것이라고 설명한다.

강경하게 말을 하면서도 안젤로는 당돌하고 아름다운 이사벨라에게 마음이 흔들리기 시작한다. 다음 날 다시 만날 약속을 하고 이사벨라는 떠나고, 안젤로는 자신의 신념을 위해서 유혹에 빠지지 말아야 한다고 다짐을 한다. 그러나 그럴수록 그녀를 떨쳐 버릴 수가 없다. '대체 유혹하는 자와 유혹당하는 자 중에서 누구의 죄가 더 무거운가? 음탕한 여자보다 정숙한 여자에게 더 정욕이 생기는 이유는 무엇일까? 그 여자가 순결하기 때문에 더 럽히고 싶은 욕망인가?'라는 질문들로 혼란스러워하다가 '아! 다시 한 번 그녀의 목소리가 듣고 싶다! 그녀의 눈이 보고 싶다!'고 생각하며 욕망을 억누르지 못한다.

다음 날 찾아온 이사벨라를 보자 안젤로는 더 이상 법이나 죄를 따질 것도 없이 자기와 잠자리를 같이하면 오빠를 풀어 주겠다고 제안한다. 이사벨라는 조금도 주저함 없이 거절한다. 그리고 당장 오빠를 풀어 주지 않으면 지금 그가 한 말을 온 세상에 알리겠다고 협박한다. 그러나 안젤로는 이 세상에서 그녀의 말을 믿을 사람이 어디 있겠느냐고 조금도 흔들리는 기색이 없다. 이사벨라는 속으로 오빠가 이 말을 들으면 자기가 차라리 죽음을 자

처하고 나설 거라고 생각한다.

한편, 공작은 사제 차림으로 감옥에 갇혀 있는 줄리엣을 찾아가 클라우디오가 사형을 당할 것이라는 소식을 알려 준다. 그러자 줄리엣은 거의 실신한다.

한편, 이사벨라는 안젤로와의 문제를 혼자 해결할 수 없다고 생각하고 사제를 찾아가 이제까지의 일을 털어놓는다. 사제는 먼저 감옥에 있는 오빠 클라우디오는 죽음이 너무 무서워 여동생의 순결 같은 것은 안중에도 없으니 오빠에 대한 기대는 아예 버리라고 강조한다. 그리고 안젤로가 전 애인 마리아나Mariana에게 결혼을 약속했지만 조난으로 혼인 지참금을 잃게 되자 그녀와 파혼했던 사실을 알려 주며 묘안을 낸다. 이사벨라가 안젤로와 잠자리를 같이한다는 요구를 들어준다는 약속을 하고 침실에는 마리아나를 들여보내자는 것이다. 두 사람이 밤을 보낸 후 안젤로가 클라우디오를 석방시키면, 사실을 밝히고 법에 의해 안젤로와 마리아나를 결혼시키자는 의견이다.

모든 일이 계획대로 잘 진행되어 안젤로는 이사벨라 대신 마리아나와 밤을 즐겼지만 후환이 두려워 클라우디오를 감옥에서 내보내지 못한다. 사형 집행 날의 새벽에 안젤로는 사형 간수에게 사람을 보낸다. 매사를 관찰하던 공작은 당시 법에는 공작이 죄수에게 특별 사면을 베풀 수 있는 권한이 있기 때문에 그가 클라우디오를 살리기 위해 보낸 특사로 생각한다. 그러나 공작의 기대는 빗나간다. 그의 전갈은 클라우디오의 목을 새벽 5시까지 자신에게 보내라는 내용이었다. 공작은 급하게 사형 간수에게 자기 신분을 밝히고 클라우디오 대신 살인자의 목을 잘라 안젤로에게 보내라고 명한다. 감옥 간수는 아직도 살날이 창창한 젊은 살인자는 제쳐 놓고 클라우디오와 얼굴이 비슷한 늙은 해적의 목을 잘라 안젤로에게 보낸다.

공작은 수도사의 옷을 벗고 빈의 자기 권좌로 돌아온다. 그동안에 있었던 안젤로의 업무 보고를 받고 공작은 그의 공적을 칭찬한다. 이때 이사벨라가 찾아와 자신이 겪은 수모와 안젤로의 음란한 행실을 고발한다. 공작은 그녀의 말을 믿지 않는 것은 물론이고 엄하게 그녀를 나무란다. 이사벨라는 어쩔 수 없이 수도사를 증인으로 내세우겠다며 마리아나와 안젤로와의 관계를 폭로한다. 이에 불려 나온 마리아나는 안젤로의 약혼녀이었던 사실과 최근 이사벨라 대신 그와 동침한 사실을 고백한다.

공작은 마침내 자기가 수도사로 분장해 도시의 실정을 살폈던 사실을 밝힌다. 안젤로는 자신의 잘못을 고백하며 자신은 마땅히 사형감이라고 회개한다. 그러자 공작은 마리아나와 결혼하는 조건으로 그를 용서한다. 그리고 간수장에게 클라우디오를 데려오도록 하고 간수장은 베일을 씌운 클라우디오를 데리고 나온다. 공작은 이사벨라에게 베일을 쓴 사람이 오빠와 같은 사람이라면 오빠의 죄를 용서하겠다며 베일을 벗긴다. 이렇게 하여 모두의 기쁨 속에 클라우디오와 줄리엣의 결혼은 인정되고, 공작은 아름다운 이사벨라에게 "내 모든 것이 당신 것이고, 당신의 것이 내 것이요"라는 말과 함께 손을 내밀어 그녀에게 청혼한다. 그리고 막이 내린다.

법에는 법으로

〈법에는 법으로〉는 지능적이고 지성적인 연극으로 희극이라 불리기가 좀 어려운 문제작이다. 주제나 인물, 결론이 인습적이지 않기 때문에 오랫동안 빛을 보지 못하다가 교리나 사회 정의보다는 개인적인 가치에 중점을 두는 현대에 새롭게 인정을 받고 있는 작품이다.

이야기는 빈의 공작으로 14년 동안 다스리던 빈센티오가 법이 해이해지고 사회가 문란해지는 것을 걱정하면서 그의 부관인 안젤로 경에게 통치권을 맡기고 수도사로 변장하고 도시의 사정을 살피는 것으로 시작된다. 책임을 맡은 안젤로는 법을 강화하여 범법자들을 처벌하되 특별히 성 범죄자는 사형에 처하는 중벌을 내린다. 그 과정에서 수녀가 되려는 사형수의 여동생 이사벨라에게 육욕을 품은 안젤로 자신이 두 가지 간교에 넘어가 그의 비행이 폭로된다. 하나는 '잠자리bed trick'로 이사벨라 대신 자기가 버린 약혼녀와 잠자리에 들고, 두 번째는 '꾀head trick'로 자기가 죽이려는 사형수 클라우디오 대신 늙은 죄수의 목을 자른 웃지 못할 일이 벌어진다.

이렇게 고귀하고 깨끗한 척 오만을 떨던 고관의 뒷이야기가 속속 드러나는 웃어야 할지 울어야 할지 모를 또 하나의 문제작이다.

셰익스피어의 역사극

1589~1613

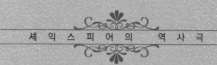

셰익스피어(1564~1616)는 엘리자베스 1세(1533~1603) 여왕과 동시대인이라고 할 수 있다. 여왕은 1588년 여름, 영국을 침범했던 스페인 무적함대를 무찌른 이후부터 국민의 애국심과 군사들의 자긍심을 고양시키는 문화 활동을 강조했다. 그것의 일환으로 100년 내지 300년 전의 사건을 당대 왕의 이름을 제목으로 쓰게 한 작품이 바로 역사극이다.

여왕은 주인공이 역사적인 실재 인물보다 확신에 찬 영웅으로 표현되기를 바랐다. 이에 저자가 실재 인물보다 더 극적으로 묘사하고, 역사적인 사실보다는 실책을 더하고, 연대를 자유롭게 압축하고 장소를 바꾸고 시대착오를 가하고, 동기를 다르게 꾸미고, 인물을 재조성하는 등 관중의 흥미를 돋우는 데 초점을 맞추어 썼다.

지금도 독자나 연극을 보는 관중 중에 뛰어난 문학적인 구성과 표현 때문에 연극의 인물을 역사상의 실재 인물로 착각하는 사람들을 보면서 문학의 위력을 재삼 깨닫는다. 그 한 예가 극악무도한 '리처드 3세'나 왕 중의 왕으로 알려진 '헨리 5세'는 실재 인물과는 현저하게 다르다는 것이다.

11편의 역사극 중 10편이 《초판》에 들어갔고, '에드워드 3세'만

이후에 셰익스피어 정전 목록에 올랐다.

역사극은 비슷한 시기에 쓰인 4편의 연결된 작품인 4부작이 두 개이고, 그 사이에 프랑스에 있는 영국령을 모두 잃고 독살당한 13세기의 '존 왕', 14세기 중반 흑태자의 영웅적인 활동을 그린 '에드워드 3세'와 셰익스피어 말년에 쓰인 엘리자베스 여왕의 아버지에 대한 이야기인 '헨리 8세'가 있다.

1589년부터 1593년까지 쓰인 '첫 번째 4부작The Minor Tetralogy'은 '헨리 6세 1부' '헨리 6세 2부' '헨리 6세 3부'와 '리처드 3세'이다. 이것은 30년에 걸친 랭커스터가(홍장미)와 요크가(백장미)의 내란을 그린 것이다.

헨리 6세의 장미 정원에서 시작되어 리처드 3세 때 끝나는 장미전쟁은 강한 지도자 없이 파벌싸움을 벌이는 영국 귀족 사회의 일면을 그린 것이다.

1595년부터 1599년까지 쓰인 '두 번째 4부작The Major Tetralogy'은 '리처드 2세' '헨리 4세 1부' '헨리 4세 2부'와 '헨리 5세'이다. 이것은 영국과 프랑스 간의 백 년 전쟁 초기를 그리고 있다.

서정적이고 강하지 못한 리처드 2세로부터 왕위를 찬탈한 헨리 4세는 끊임없이 배반과 반란에 시달린다. 그에 더해 아들 헨리Hal 왕자까지 팔스타프Falstaff와 어울려 놀기 좋아해서 근심에 휩싸이지만 왕자가 왕위에 올라 헨리 5세가 되면서 영웅으로 완전히 변신하여 랭커스터가의 흥성과 영국의 번영기를 이끈다.

역사극 중 대표적인 작품은 〈헨리 5세〉로, 그는 셰익스피어 작품에 등장하는 인물 중 가장 완전한 영웅으로 평가된다.

역사극은 역사서가 아니라 역사를 소재로 한 문학 작품임을 다시 한 번 강조한다.

역사극을 요약하고 쓰인 순서대로 소개하면 다음과 같다.

작품이 쓰인 연도	작품명	왕정 기간	주요 주제
첫 번째 4부작			
1. 1589~1590	〈헨리 6세 1부〉	1422~1461	백 년 전쟁
2. 1590~1591	〈헨리 6세 2부〉		장미 전쟁 시작
3. 1590~1591	〈헨리 6세 3부〉		장미 전쟁
4. 1592~1593	〈리처드 3세〉	1483~1485	장미 전쟁 종결
5. 1595~1596	〈존 왕〉	1199~1216	프랑스에서 전쟁 왕권 찬탈
6. 1590~1594	〈에드워드 3세〉	1327~1377	백 년 전쟁 시작
두 번째 4부작			
7. 1595	〈리처드 2세〉	1377~1399	왕권 찬탈
8. 1596~1597	〈헨리 4세 1부〉	1399~1413	반란과 팔스타프의 등장
9. 1598	〈헨리 4세 2부〉		
10. 1599	〈헨리 5세〉	1413~1422	백 년 전쟁 승리
11. 1612~1613	〈헨리 8세〉	1509~1547	엘리자베스 여왕 탄생

• 영국 편 •

헨리Henry 6세 : 헨리 5세의 아들로 어린 나이에 왕위에 올라 귀족들의 섭정을 받는다. 귀족이나 고문관들의 이견 때문에 그들의 싸움에 자주 휘말린다. 서퍽 백작의 소개로 만난 프랑스의 마거릿 공주와의 결혼도 결국 정치적으로는 도움이 되지 못한다.

글로스터Gloucester 공작 : 헨리 6세의 숙부로 왕이 성인이 되기까지 섭정을 맡는다.

베드포드Bedford 공작 : 영국의 장군으로 탤벗을 돕기 위해 프랑스에 간다. 늙은 후에도 좋은 충고와 자문으로 영국이 승리를 거두는 데 도움을 준다.

서머싯Somerset 공작 : 영국의 귀족이다. 리처드 플랜태저넷, 요크 공작과 의견이 맞지 않는다. 요크 공작에게 군대를 보내지 않아 탤벗을 죽게 한 장본인이다.

윈체스터Winchester 주교 : 영국 교회의 우두머리로 글로스터 공작의 대적이다. 후에 돈으로 추기경이 된 뒤부터는 영국에서 가장 힘센 권력자 중 한 사람이 된다.

서퍽Suffolk 백작 : 영국의 귀족으로 프랑스가 싸움에 질 때 프랑스의 마거릿을 생포한다. 그녀의 아름다움에 반해 서로 사랑하다가 그녀를 헨리 6세에게 소개하여 왕비가 되게 한다. 이로 인해 서퍽은 영국 전역에 세력을 편다.

모티머Mortimer : 리처드 플랜태저넷의 삼촌이다. 조카가 요크 공작 직위를 받을 자격이 있음을 알려 준다.

엑서터Exeter 공작 : 영국의 귀족으로 영국 내외에서 벌어지는 분쟁과 당파로 갈린 싸움에 대한 해설자이다.

워릭Warwick : 영국의 귀족으로 판사이다. 서머싯과 리처드 플랜태저넷 간의 논쟁과 프랑스 포로 잔 다르크의 심판을 다룬 재판장이다.

리처드 플랜태저넷Richard Plantagenet/요크York 공작 : 에드워드 3세의 5남의 손자로 흰 장미 기장을 단다. 후에 감옥에 있는 삼촌 모티머에게서 아버지가 몰락하게 된 이유를 듣고 헨리 6세로부터 요크 공작 직위를 얻어 낸다.

탤벗Talbot 경 : 프랑스에 주둔한 영국군의 장군으로 프랑스의 여러 도심을 점령하여 요새지로 만든 당시의 가장 용맹한 군인이다. 프랑스의 여걸 잔 다르크와 맞서 싸우다 본국의 지원을 받지 못하고 죽는다.

존John : 탤벗 장군의 아들로 아버지의 충고를 마다하고 전쟁터에서 적과 싸우다 아버지와 함께 전사한다.

솔즈베리Salisbury : 오를레앙 싸움에 참여한 영국군이다.

• 프랑스 편 •

마거릿Margaret : 영국의 서퍽 경의 포로로 잡힌 프랑스 공주이다. 영국의 헨리 6세와 결혼한다.

샤를Charles 왕세자 : 프랑스의 왕세자로 프랑스의 영국령을 빼앗으려고 노력한다. 여장부 잔 다르크Joan와의 내기에서 지고 그녀에게 사랑을 고백하지만 거절당한다. 그러나 피비린내 나는 전쟁 끝에 프랑스 내의 영국령의 반을 되찾고, 인명 피해를 막기 위해 싸움을 중지하고, 영국과 평화 협정을 맺는다.

잔 다르크Jeanne d'Arc : 양치기의 딸로 태어난 'Joan of Arc(여장부 아마존)'으로 알려진 프랑스의 여장군이다. 요크에게 체포되어 화형당한다.

부르고뉴Burgundy : 프랑스 귀족이면서 영국군인 탤벗의 군대와 동조한다. 그러나 후에 잔 다르크가 그를 유혹하여 프랑스군에 돌아오게 함으로써 탤벗의 군대를 약화시킨다. 이로 인해 탤벗은 다음 전장에서 프랑스군에 의해 죽게 된다.

르네René : 샤를을 반대한 프랑스의 귀족으로 마거릿의 아버지이다.

목자Shepherd: 잔 다르크의 아버지이다. 재판정에서 잔 다르크가 자신의 딸이라고 밝히지만, 잔 다르크는 자신이 그런 낮은 가문의 딸이 아니라고 부인한다.

1

헨리 6세 1부
HENRY VI PART 1

25~26세 때 작품, 1589~1590년

헨리 5세의 장례식에 참석한 귀족들이 서거한 왕의 업적을 기리며 왕의 어린 아들을 새 왕으로 공포한다. 헨리 6세가 아홉 살의 어린 나이로 등극하자 친척 글로스터Gloucester 공작과 윈체스터Winchester 주교가 섭정을 하지만, 두 사람의 사이가 좋지 않아 서로를 헐뜯는다. 이들의 말싸움은 돌팔매질로 번지고, 다시 권력을 잡으려는 귀족 친척들까지 합세하여 당파싸움으로 이어진다. 이것을 말리기 위해 런던 시장이 나서고 왕에게까지 이 사실이 알려지자, 헨리 왕은 싸움으로 인한 국력의 소모가 심각하다고 여기고 집안의 어른들에게 살상의 싸움을 멈추고 평화를 지키라고 간곡히 부탁한다.

프랑스에서는 샤를 황태자Dauphin Charles가 샤를Charles 7세로 왕위에 오르면서 프랑스의 영국령을 다수 점령한다. 이에 대항하던 영국의 장교 탤벗Talbot 경이 프랑스에서 체포되어 감옥에 갇히는 일이 일어난다. 이 소식을 들은 영국의 귀족들은 그제서야 프랑스에서 일어나는 일의 시급함을 깊이 깨닫고 이에 대응하기 위해 조직을 재편성한다. 먼저 베드포드Bedford 공작이 출진 준비를 하는 책임을 맡고, 글로스터 공작은 무기와 탄약 재고를 담당하고, 엑서터Exeter 공작은 왕의 신변의 안전을 위해 경비를 강화하고, 윈체스터 주교는 왕국이 나아가야 할 방향을 제시하는 책임을 맡는다.

프랑스에서는 영국에서 영웅시 하는 탤벗 경은 체포했지만, 그의 상관인 솔즈베리Salisbury 장군을 여전히 무서워하고 있다. 이때 원래 목자의 딸이었지만 성모 마리아의 은총을 받고 여전사가 되었다고 주장하는 신비의 여인 잔 다르크를 샤를 왕에게 소개한다. 왕 앞에 나온 잔 다르크는 왕에게 프랑스의 승리를 약속한다. 그리고 영국을 향해 돌진한다.

포로였던 탤벗 경은 영국 베드포드 공작이 잡은 프랑스 귀족 포로와의 교환으로 겨우 석방되지만, 열세 번의 승리를 거두었던 그의 상관 솔즈베리는 전장에서 죽는다. 탤벗은 죽은 솔즈베리 장군을 군막에 모시고 자신이 제2의 솔즈베리가 되겠다고 맹세하며 군기를 다진다.

프랑스군은 영국의 장군을 죽이고 승리를 거둔 공로를 잔 다르크에게 돌리며 성대한 파티를 연다. 이 틈을 타서 탤벗은 지치고 배고픈 영국군을 이끌고 오를레앙Orléans 싸움에서 승리를 거둔다. 이로 인해 탤벗 경의 명성이 날로 높아지자 프랑스 오베르뉴Auvergne의 백작부인은 탤벗에게 사람을 보내 만날 것을 요청한다. 탤벗이 성에 들어서자 그녀는 탤벗이 자기 손에 들어왔다고 기뻐한다. 그러나 탤벗은 웃으며 자신은 개인이 아니라 군대이니 개인의 함정에 빠질 일은 없을 것이라고 답하는 동시에 그의 병사들이 몰려든다. 이로써 탤벗을 잡으려는 그녀의 계획은 무산된다.

다시 탤벗이 프랑스 북부 도시 루앙을 침략하여 승리를 거둔다. 이에 잔 다르크는 탤벗의 힘을 약화시킬 계획을 세운다. 우선 프랑스 귀족이면서 탤벗군과 동조하고 있는 부르고뉴Burgundy를 유혹하여 프랑스군에 되돌아올 것을 요청한다. 결국 이에 응한 부르고뉴는 헨리 왕에게 조국(프랑스)의 황폐함과 동포의 처절한 비탄을 묵과할 수 없기 때문에 프랑스의 샤를 왕에게 돌아간다는 편지를 보낸다. 전갈을 받은 왕은 분노에 차서 외숙인 부르고뉴의 배반을 철저히 응징하라고 탤벗에게 단단히 부탁한다.

런던에서는 귀족들이 의회 밖 정원에서 법조항을 놓고 논쟁을 벌인다. 요크 가문의 플랜태저넷Plantagenet은 순백의 백장미 기를, 랭커스터가의 서머싯Somerset은 핏빛 나는 홍장미 기를 들고 다른 의견을 주장하며 서로 싸운다. 그들을 따르는 추종자들도 패가 갈려 워릭Warwick은 백 장기를, 서퍽Suffolk 백작은 홍 장기를 든다.

하루는 리처드 플랜태저넷Richard Plantagenet이 감옥에 있는 삼촌 모티머Mortimer를 찾아가 현황을 의논하다가 그의 아버지가 한때 왕가였지만 그의 권리를 찾으려다 죽었다는 사실을 알게 된다. 그리고 삼촌은 막강한 랭커스터 집안을 조심하라는 경고를 남기고 감옥에서 죽는다.

이 말을 들은 플랜태저넷은 워릭 재판관을 찾아가 아버지와 삼촌에 관련된 일에 대한 항의를 표시한다. 결국 재판관은 두 사람의 직위를 감안하여 플랜태저넷에게 요크 공작의 직위를 내린다.

헨리 6세가 프랑스 파리에 도착하여 처음으로 본국에서 벌어지고 있는 흰 장미의 요크와 빨간 장미의 서머싯 사이의 싸움을 알게 된다. 왕은 친척인 그들의 분쟁이 영국군의 힘을 약화시키게 되니 나라를 위해 잠잠하도록 설득하고 서로 화목할 것을 부탁한다. 그리고 두 사람에게 새로운 임무를 부여하여 요크는 영국 군대의 대장으로, 서머싯은 기마 부대의 대장으로 임명한다. 왕은 어떤 기장을 달든 간에 두 파를 똑같이 사랑한다는 말과 함께 무심히 서머싯의 빨간 장미를 집어들어 단다. 결국 이 행동은 요크 공작을 섭섭하게 했고, 이후에 요크 공작과 대적 관계가 되고 만다.

탤벗 장군이 프랑스 남서부의 항구 보르도 성 앞에 도착하자 그곳에는 이미 포격 준비를 마친 1만의 프랑스군이 기다리고, 뒤에는 샤를 군대가 따라와 탤벗의 군대는 독 안의 쥐가 된 상태에 놓인다. 탤벗은 황급히 부하를 요크에게 보내 기마병을 부탁한다. 그러나 요크에게는 기마병이 없어 서머싯에게 부탁을 하지만 서머싯이 시간을 끌다가 결국 긴급한 상황을 넘기지 못하고 탤벗과 그의 아들 존John이 전장에서 죽게 된다. 이로 인해 영국군은 패배하고 헨리 5세가 어렵게 얻은 땅도 잃게 된다. 결국 탤벗의 죽음은 요크와 서머싯 두 귀족의 씻지 못할 수치로 남는다.

한편, 왕의 섭정이었던 글로스터 공작은 교황으로부터 영국과 프랑스의 화해를 촉구하라는 편지를 받는다. 프랑스의 샤를 왕이 영국과 화해할 의사를 표하고 기다리는 동안, 영국의 서머싯과 요크의 연합군은 프랑스군을 침략하여 잔 다르크가 요크에게 포로로 잡힌다. 요크와 워릭은 프랑스의 영웅 잔 다르크를 심판대에 세우고 심문을 시작한다. 먼저 그녀의 출신이 양치기의 딸인지를 묻자 잔 다르크는 대답 대신 자신이 처녀라는 사실이 알려지기를 원한다. 이 말이 통하지 않자 잔 다르크는 별안간 임신 중이라며 자신이 살아야 할 이유를 댄다. 그런 노력에도 불구하고 요크와 워릭은 그녀에게 화형을 선고하고, 그녀는 영국을 저주하며 끌려간다.

결국 영국의 탤벗 경은 잔 다르크에 밀려 죽고, 프랑스에서 영국을 몰아내겠다고 장담하던 프랑스의 환상의 여인 잔 다르크도 영국 요크 공작에게 잡혀 화형을 당한다. 이 무렵, 서픽 백작은 프랑스의 시골 공주인 마거릿Margaret을 포로로 잡는데, 그녀의 아름다움에 반하고 만다. 이미 기혼자인 그는 그녀와의 사랑을 뒤로 하고 마거릿을 헨리 6세와 결혼시킬 생각을 한다. 백작은 마거릿을 데리고 런던에 도착하여 왕에게 그녀를 소개하고, 왕은 마거릿을 신부로 맞을 것을 약속한다. 그러나 숙부 글로스터가 나서서 왕이 이미 프랑스 샤를 왕의 친척과 약혼한 사실을 알리며 가난한 소수당인 르네René의 딸 마거릿과의 결혼은 바람직하지 않다고 말린다. 그럼에도 왕은 그녀와의 결혼을 감행한다. 이렇게 해서 마거릿은 왕을, 왕은 마거릿을 다스리게 되었고, 일을 성사시킨 서픽은 "왕비와 왕과 영토 모두를 내가 다스리게 되었다"고 떠벌린다.

1부는 여기에서 막을 내린다.

헨리 6세 1부

〈헨리 6세 1부〉는 장미 전쟁에 중점을 둔 첫 번째 4부작의 시작이다. 이 작품으로 인해 세익스피어의 재능이 알려지게 되어 그가 방대한 역사극을 다루게 된 기반이 되었다고 할 수 있다. 헨리 6세 3부작 중에 2부와 3부가 먼저 쓰였고 1부가 후에 쓰였지만, 1부가 1592년 로즈Rose 극장에서 제일 먼저 공연되었다.

이 작품의 배경은 영국과 프랑스와의 싸움인 백 년 전쟁의 마지막과 장미 전쟁의 시발의 조짐이 나타난 1422년부터 1445년으로, 헨리 5세의 장례식부터 이야기가 시작된다. 선왕의 서거로 어려서 왕이 된 헨리 6세는 성인이 될 때까지 서로 대립 세력인 두 친척 어른들, 즉 숙부인 글로스터 공작과 영국 교회의 우두머리인 원체스터 주교의 섭정을 받는다. 이 기간 동안 왕위계승권을 둘러싸고 붉은 장미를 문장紋章으로 한 랭커스터가와 흰 장미를 문장으로 한 요크가가 싸움을 벌이는 장미 전쟁이 시작될 당시의 귀족들의 실상을 그리고 있다. 영국군의 장교 탤벗 경을 영웅시 하고 프랑스의 여걸 잔 다르크를 마치 마녀처럼 다룬 것이 주목할 만하다.

헨리Henry **6세** : 어려서 왕이 되어 성인이 될 때까지 삼촌인 글로스터 공작이 섭정한다. 1부에서는 아버지 헨리 5세가 차지한 프랑스의 영국 땅을 지키려 애쓰고, 2부에서는 그 땅을 완전히 잃게 된다.

마거릿Margaret **여왕** : 프랑스 여인으로 헨리 6세의 왕비가 된 뒤부터 왕을 무시하고 마음대로 조종한다. 서퍽 공작과 애인 사이로 글로스터를 살해한 배후의 인물이다.

글로스터Gloucester **공작** : 왕의 삼촌으로 어린 왕의 섭정이 된다. 항상 서퍽, 마거릿 여왕과 긴장 관계에 있다가 결국 그들의 모략에 의해 죽음을 당한다.

서퍽Suffolk **공작** : 법정 귀족으로 글로스터를 죽인 죄로 추방당해 도망가다 바다에서 해적을 만나 목이 잘린다.

서머싯Somerset **공작** : 랭커스터파로 요크와 대적 관계이다. 글로스터를 살해하는 모험에 가세한다.

버킹엄Buckingham **공작** : 왕의 편이자 서머싯의 동맹자이다.

보퍼트Beaufort **추기경** : 왕의 증조부이다. 글로스터를 살해하고 자신도 병으로 죽는다.

리처드Richard/**요크**York **공작** : 헨리 6세에게 자신이 왕위에 오를 서열이었다고 주장하며 왕좌를 되찾으려 한다. 알바니 싸움에서 이기고 헨리 6세를 찾아 런던으로 향한다.

잭 케이드 Jack Cade : 소농의 지주로 요크가 고용한 용감한 무사이다. 민중을 선동하여 왕위를 찾으려는 요크의 대행 인물이다.

솔즈베리Salisbury **백작** : 요크파이다.

워릭Warwick **백작** : 솔즈베리 백작의 아들로 요크파이다.

여 공작 : 야심에 찬 글로스터의 부인이다.

볼링브로크Bolingbroke **마술사** : 여 공작이 고용한 마술사로 왕의 미래를 점치다 잡힌다.

클리퍼드Clifford **귀족** : 왕의 충신으로 요크와 싸우다 전장에서 죽는다.

스태퍼드Stafford : 궁중 귀족으로 그의 형제들이 잭 케이드와 싸우다 죽고 그들의 시체가 런던까지 케이드 말에 끌려 다닌다.

2

헨리 6세 2부
HENRY VI PART 2

26~27세 때 작품, 1590~1591년

　　1445년부터 10년간을 다룬 제2부는 헨리 6세가 왕비를 맞는 화려한 결혼 준비에서부터 시작된다. 왕이 귀족들과 함께 법정에 들어간다. 서퍽Suffolk 공작은 프랑스에서 포로로 잡은 아름다운 마거릿Margaret을 왕에게 소개한 다음, 프랑스에 소재한 영국령 앙주와 메인을 마거릿의 아버지 앞으로 돌려준다는 협정을 의회에 올린다. 왕은 이에 찬성하고 글로스터Gloucester, 워릭 Warwick, 요크York 들은 헨리 5세가 어렵게 정복한 땅을 쉽게 내

주는 것에 대해 화를 내며 서퍽 경의 협정에 반대한다. 그러나 보퍼트Beaufort 추기경을 위시한 왕의 파당은 이들을 무시하고 협정에 따라 두 곳을 바로 프랑스에 넘길 것을 촉구한다.

귀족 중 솔즈베리Salisbury와 그의 아들 워릭 백작은 자신만만한 서퍽 공작과 보퍼트 추기경의 영향력을 막으려고 애를 쓴다. 그러나 요크 백작만은 자신이 왕위를 차지할 날을 기다리며 그들의 의견을 조용히 경청한다. 그리고 솔즈베리와 워릭에게 혈통을 따진다면 자신이 헨리 6세보다 왕이 되는 데 서열이 앞선다는 사실을 인식시킨다. 두 백작은 작은 소리로 요크를 왕이라 부르며 그에게 충성을 맹세한다.

글로스터 공작은 새로 맞은 마거릿 왕비로 인해 자신의 권세가 약해진 것을 실감하지만, 공작의 부인은 여전히 제일인자로서의 권력에 대한 꿈을 버리지 못하고 마술사를 불러 헨리 6세의 미래를 점쳐 본다.

왕과 신하들이 프랑스에 주둔할 영국령의 통치자 결정을 두고 글로스터 공작의 소견을 묻자, 공작은 요크 백작을 추천하려다 '요크가 앞으로 왕이 된다'는 뜬소문 때문에 서머싯Somerset 공작을 추천한다. 마거릿 왕비는 서머싯 이름이 거론되는 것이 불쾌하여 그가 아직도 왕의 섭정인지 아느냐고 글로스터를 나무라다 그의 부인에게까지 모욕적인 언사를 퍼붓는다.

한편, 글로스터의 부인은 마녀와 마술사를 불러 왕의 통치 기간이 얼마나 지속될 것인지에 대해 묻는다. 마술사가 애매한 답을 내놓고 있는데, 요크와 서퍽, 그리고 서머싯이 들이닥쳐 점을 치고 있는 여 공작을 체포한다. 법정에서 왕과 신하들은 불법 행위를 한 여 공작에게 추방령을 내린다. 떠나는 부인을 보기 위해 글로스터 공작이 행렬을 기다리는데, 부인이 그에게 다가와서 왕의 신하들이 남편을 체포하러 오는 중이니 빨리 피하라고 말한다. 그러나 명예를 존중하는 글로스터 공작은 피하기를 거부하고 부인에게 작별인사를 한다.

런던 교외에서 왕은 그의 신하들과 회의를 연다. 그때 서머싯 공작이 프랑스에 있는 영국령 모두를 빼앗겼다고 보고하고 그 책임을 글로스터 공작에게 돌린다. 이리하여 글로스터는 바로 체포되고 왕은 그에게 무죄를 증명하라고 기회를 주지만, 공작은 이런 상황에서 무슨 변명이 통하겠느냐고 하며 입을 다문다. 이렇게 해서 글로스터 공작은 끌려 나가고, 헨리 6세는 삼촌도 구할 수 없는 자신의 신세를 한탄한다. 그동안 신하들은 글로스터 공작을 어떻게 살해할 수 있을지 그 방법을 의논한다.

글로스터 공작은 그의 자택에서 죽는다. 왕은 죽음의 원인과 살인자를 찾아 재판을 하려 하지만, 서퍽의 만류로 절차 없이 공작의 죽음을 자연사로 공포한다. 그가 죽자 헨리 왕은 몹시 괴로워한다. 민중도 글로스터 공작의 죽음이 석연치 않다고 소란을 떨며 살인을 규명하라는 목소리를 높임에 따라 결국 부검을 하게 된다. 결과는 글로스터 공작이 살해된 것으로 판명되고, 민중은 살인의 주범을 서퍽으로 지목한다. 왕은 민중의 뜻에 따라 서퍽을 국외로 추방하여 마거릿과 서퍽 두 사람은 어쩔 수 없이 헤어지게 된다. 그사이 왕의 증조부이자 글로스터 살해의 주범인 보퍼트 추기경은 병이 들어 침상에서 헛소리를 하다 비참하게 세상을 하직한다. 그리고 추방령을 받고 프랑스로 도망가던 서퍽은 바다에서 해적에게 잡혀 목이 잘리고, 마거릿 여왕은 형체 없이 돌아온 서퍽의 시체를 붙잡고 애통해한다.

한 메신저가 아일랜드에서 일어난 폭동에 대한 뉴스를 요크에게 알린다. 요크는 아일랜드에 군대를 지원하도록 명령을 내린다. 그리고 자신이 아일랜드로 떠나기 전 소지주인 잭 케이드Jack Cade를 충동하여 그에게 왕실의 계승자인 요크의 이름을 걸고 내란을 일으키도록 명한다. 만일 민중의 반응이 긍정적이라면 자신이 돌아와 왕위를 차지할 계획이다.

요크의 대행 인물 케이드는 민중에게 자신을 왕위를 이을 사람으로 소개하며 예술가나 문인들보다 노동자 계층이 사회의 중축이라는 점을 강조하면서 영국에 큰 변화가 올 것을 장담한다. 궁중 귀족인 스태퍼드Stafford와 그의 형제들은 근거 없이 떠드는 케이드를 설복시키려 노력하지만, 말이 통하지 않자 군대를 불러들여 결국 전쟁이 시작된다. 싸움에서 승리한 케이드는 스태퍼드와 그의 형제들의 시체를 말에 매달아 런던까지 끌고 간다.

헨리 왕은 케이드가 내란을 일으킨 소식을 듣고 잠시 도시를 떠날 결심을 한다.

케이드의 난동은 갈수록 포악해져 처음에 동조하던 그의 추종자들까지 그를 배반하고 떠나 버린다. 상황이 이렇게 되자 케이드는 숲으로 도망가 숨어 살다가 도둑으로 몰려 죽게 되고, 왕은 궁으로 돌아와 케이드에게 동조했던 민중을 모두 용서한다.

요크가 군대를 이끌고 런던에 돌아오자 자기 대리인으로 내란을 일으켰던 케이드는 죽고 글로스터 살해 건으로 투옥된 것으로 알고 있던 서머싯 공작이 자유인으로 활동하고 있는 것을 본다. 이에 분한 감정을 억누를 수 없는 요크는 바로 헨리 왕을 찾아가 자격 없는 왕이라고 비난을 퍼부으며 자신에게 왕좌를 내놓으라고 당당하게 요구한다. 이에 서머싯 공작은 곧바로 요크를 체포하도록 한다. 요크는 저항하지 않고 끌려가면서 그의 아들들과 솔즈베리 그리고 워릭 백작에게 이 일을 잘 처리하도록 부탁한다. 이들은 요크에게 충성할 것을 거듭 맹세하면서 헨리 왕과의 싸움을 공포한다.

이것이 계기가 되어 랭커스터파와 요크파의 싸움인 장미 전쟁이 시작되어 30년 동안 산발적으로 지속된다. 이 싸움에서 서머싯 공작과 클리퍼드Clifford는 죽고, 요크가 승리를 거두자 왕과 마거릿 여왕은 이들을 피해 안전한 곳으로 피신한다. 무리는 승리를 자축하고, 요크는 왕좌에 오를 준비를 한다. 그리고 연극은 막 이내린다.

헨리 6세 2부

〈헨리 6세 2부〉는 헨리 6세 3부작 중에서 가장 뛰어난 작품으로 알려져 있다. 작가는 프랑스와의 반목에서 영국의 주도세력인 랭커스터 왕국에 요크가를 도전시킴으로써 국내의 위험을 불러일으키는 이야기를 전개한다. 또한 왕족의 정통성과 왕가의 합법적 승계자를 따짐으로써 당시 늘그막에 후계자가 없던 엘리자베스 1세 여왕의 연극이 화제의 중심이 되고 정치적으로도 첨예한 문제로 떠오르게 했다.

연극의 배경은 1445년부터 1455년까지의 마거릿이 황후로 공포되는 날부터 10년 동안이다. 장미 전쟁이 야기되고, 당대의 현인이자 귀족인 험프리 Humphrey 공작이 쇠퇴하고 요크 공작이 득세한다. 프랑스 공주를 부인으로 맞고부터 헨리 6세의 힘은 흔들리기 시작하고, 서퍽 공작은 탄핵을 당해 프랑스로 도망가다 해적에게 잡혀 죽게 되고, 요크 공작은 공공연히 왕위를 되찾으려 한다.

요크York 공작 : 헨리 6세는 리처드 2세 동생의 후손이고, 요크 공작은 리처
드 2세 큰형의 자손이기 때문에 서열을 따지면 요크가 왕위에 오를 차례이
다. 이것을 이유로 요크는 〈헨리 6세 1부〉에서 요크의 존재를 알리고, 2부에
서는 목숨을 걸고 법정에서 싸워 헨리 6세가 서거하는 대로 자신에게 왕위
를 물려주겠다는 약속을 왕으로부터 받아 낸다.

헨리Henry 6세 : 의지가 강하지 못한 왕은 신하들과 부인 마거릿에게 휘둘리
다 선친 헨리 5세가 이룩한 프랑스의 영국령을 모두 잃고 만다. 의견이 다른
신하들에 의해 두 번이나 왕위에서 밀려나고, 두 번의 투옥을 겪고, 다시 왕
좌에 올라 전장에 나갔다가 스코틀랜드로 도망간다. 이런 고난을 겪으면서
왕은 평민이 되기를 원한다. 결국 감옥에서 리처드에 의해 살해당한다.

에드워드Edward : 요크의 큰아들로 왕위뿐 아니라 아버지의 고통도 이어받는
다. 아버지가 전장에서 죽자 잠시 에드워드 4세가 되지만, 그레이 부인과 결
혼한 이유로 워릭, 프랑스 왕과 사이가 멀어진다. 감옥에 갇혔다가 리처드의
도움으로 풀려나 다시 왕위에 오른다.

조지George/클래런스Clarence 공작 : 요크의 둘째 아들이자 에드워드의 동생이
다. 아버지가 죽은 후 프랑스에서 돌아와 형을 돕다가 형이 그레이 부인과 결
혼하자 워릭 편으로 간다. 후에 다시 형과 힘을 합쳐 워릭을 무찌른다. 형으
로부터 'Clarence' 공작 칭호를 받는다.

리처드Richard/리처드 3세Richard III : 에드워드와 조지의 동생으로 아버지 요크
의 왕권을 열렬히 주장한다. 등이 굽고 다리를 저는 그는, 여인들보다 왕이
되는 것에 집착한다. 여러 차례 피비린내 나는 과정을 거쳐 헨리 6세 왕을 죽
이고 홀로 왕위에 올라 뛰어난 언변으로 민중을 사로잡고 유명한 리처드 3세
가 된다.

러틀랜드Rutland : 요크의 막내아들로 클리퍼드에게 죽임을 당한다. 마거릿은
그의 피를 손수건에 묻혀 아버지 요크에게 눈물을 닦으라고 준다.

워릭Warwick 백작 : 요크의 큰아들 에드워드를 왕위에 앉히는 데 중요한 역할을 한다. 에드워드와 프랑스 왕의 여동생 보나 부인과의 결혼 협상을 위해 프랑스에 가 있는 동안, 에드워드가 다른 여인과 결혼하자 다시 헨리 왕 쪽의 마거릿 군대에 가담한다. 결국 전장에서 에드워드 군대에 의해 살해당한다.

마거릿Margaret 여왕 : 서픽이 소개한 헨리 6세의 부인이다. 마음이 여린 헨리 왕이 요크에게 왕위를 넘기자 마거릿이 군대를 일으켜 요크와 싸우다 그를 칼로 찔러 죽인다. 요크의 아들 에드워드가 왕위에 오르자 프랑스에 가서 구원병을 청하는 등 헨리 왕 편의 군사들에게 크게 영향을 미친다.

에드워드 왕자Prince Edward : 마거릿과 헨리 왕 사이에 태어난 아들이다. 전장에서 요크의 아들들에게 잡혀 죽임을 당한다.

클리퍼드Clifford 귀족 : 2부에서 클리퍼드의 아버지가 요크에게 살해당하자 클리퍼드는 피의 전사가 되어 요크의 막내아들 러틀랜드와 요크를 살해한다. 이로 인해 리처드와 원수지간이 된다. 화살 독으로 인해 죽게 된다.

그레이 부인Lady Grey : 엘리자베스 우드빌이 본명이었으나 남편이 죽자 에드워드 4세와 결혼한다.

루이Louis 왕 : 프랑스의 왕으로 보나 부인의 오빠이다.

리치몬드Richmond 귀족 : 리처드 3세를 처부수고 장미 전쟁을 종결시킨 인물로 후에 헨리 7세가 된다.

보나 부인Lady Bona : 프랑스 왕의 여동생으로 에드워드와 결혼할 뻔하다 그레이 부인에게 신랑을 뺏긴다. 그 이후 에드워드를 넘어뜨리기 위해 오빠 루이 왕에게 구원병을 청한다.

몬태규Montague : 워릭의 친척으로 요크를 지지하다 에드워드와 그레이 부인이 결혼하자 헨리 편에 가담했다가 전장에서 죽는다.

3

헨리 6세 3부
HENRY VI PART 3

26~27세 때 작품, 1590~1591년

　왕을 찾던 요크York 공작이 아들들과 함께 궁에 들어오자 그곳에 있던 워릭Warwick은 서둘러 요크를 왕좌에 앉힌다. 왕과 신하들이 놀라 요크를 왕좌에서 끌어내리려 하자 왕은 그들을 말리며 요크에게 내려오라고 명한다. 요크는 자신이 왕위를 받을 사람이라고 주장하며 헨리Henry 왕이 차지한 왕관과 왕위는 잘못된 것이라고 항변한다. 왕이 자신이 죽은 다음에 그에게 왕위를 물려주겠다고 약속하자 요크는 왕좌에서 일어나 나간다. 신하들은 그것은 장자 상속권을 무시하는 처사라고 왕에게 반대 의견을 낸다. 이때 마거릿Margaret 여왕이 도착하여 자신은 신하들과 같은 생각이라며 무리하게 왕위를 뺏은 사람은 훌륭한 통치자가 될 수 없다고 요크를 마음에 두고 쓴소리로 못을 박는다.

한편, 요크의 고향에서는 그의 아들 에드워드Edward와 리처드Richard 그리고 충신 몬태규Montague가 모여 왕이 죽을 때까지 기다리지 말고 바로 왕좌를 뺏으라고 요크를 선동한다. 그러나 요크는 왕과의 약속을 지키겠다고 버티고, 아들들은 그런 맹세는 있으나 마나 한 것이라고 아버지를 설득하기 위해 애쓴다.

그사이 요크의 막내아들 러틀랜드Rutland가 클리퍼드Clifford에게 잡혀 죽고, 마거릿의 군대가 요크에게 도전하기 위해 나타난다. 요크는 힘없이 마거릿과 클리퍼드에게 잡히고 마거릿은 그의 막내아들 러틀랜드의 피를 적신 손수건을 주며 눈물을 닦으라고 한다. 이에 요크는 사악하고 짐승만도 못한 인간이라고 여왕에게 저주를 퍼붓자, 마거릿은 칼을 들어 요크를 찔러 죽인다.

그 자리를 피해 나온 에드워드와 리처드는 죽은 아버지를 그리며 수평선 너머 3개의 일몰을 보면서, 에드워드는 요크의 3형제가 하나로 뭉치는 상징으로 생각하고, 리처드는 형제 모두가 자기를 떠받드는 것으로 생각한다. 이들은 워릭과 몬태규를 만나 함께 예비 군대를 모집하고, 요크의 둘째 아들 조지George 군대의 도움을 받아 마거릿 군대를 향해 행진한다.

한편, 마거릿과 클리퍼드 그리고 그의 동지들은 요크 타운에서
헨리 왕에게 요크와의 약속을 취소하고 왕위는 꼭 아들에게 계승
할 것을 강경하게 요구한다. 그러나 왕은 장자이기 때문에 아버
지 헨리 5세로부터 왕위를 물려받은 자신을 돌아보며 장자 상속
권이 꼭 좋다는 것에 확신을 갖지 못한다. 이때 요크의 아들 에드
워드와 추종자들이 갑자기 난입하여 왕좌를 요구한다. 헨리 왕이
자신의 뜻을 알리려 하자 마거릿이 왕을 가로막는다. 에드워드는
내란에 대한 책임을 마거릿에게 돌리며 그녀에게 선전포고를 한
다. 이 싸움에서 클리퍼드는 부상당해 죽는다.

그곳을 피한 왕은 멀리서 전쟁의 형세를 살핀다. 두 병사가 죽
은 동료의 시체를 끌고 가는가 하면, 시체 주머니를 뒤지는 사람,
죽은 병사의 무기를 거두는 사람, 아버지를 못 알아보고 죽인 것
을 알고서 통곡하는 아들, 아버지가 아들을 죽인 상황 등 참상을
지켜보면서 나라가 이 지경에 이른 것을 한탄하며 슬퍼한다. 이
때 왕의 아들 에드워드 왕자가 나타나 왕을 황급히 피신시킨다.

한편, 요크의 큰아들 에드워드는 마거릿과의 싸움에서 승리를
거두고 헨리 왕을 찾다가 눈에 띄지 않자 자신이 왕이라 자칭하
며 동생 리처드와 조지에게 새로운 직함을 부여하기 위해 런던으
로 향한다. 그리고 프랑스에 워릭을 보내 도움을 요청하도록 한

다. 그동안 헨리 왕은 숲 속을 헤매다가 에드워드파의 두 남자에게 붙잡히고, 마거릿 여왕은 도움을 청하기 위해 프랑스로 간다.

그사이 런던에서는 우드빌Woodville의 부인이었던 그레이 부인 Lady Grey이 그녀의 땅을 돌려 달라고 에드워드를 찾아갔다가 두 사람은 한눈에 반해 곧바로 결혼을 약속한다. 에드워드의 형제들은 그의 갑작스런 결혼 통지를 받고 불쾌하게 생각하지만, 리처드만은 왕위에 오를 것만을 꿈꾸면서 아무런 관심이 없다. 꼽추에 팔까지 굽은 불구의 몸으로 군중 앞에 선다는 것이 쉽지 않을 것을 예상하고 리처드는 형제들의 호감을 사는 데 노력하는 한편, 자신이 왕위에 오르는 데 걸림돌이 되는 인물을 하나둘 제거하기 시작한다.

워릭과 마거릿 여왕이 동시에 프랑스에 도착하여 루이Louis 왕에게 도움을 청한다. 루이 왕은 그의 누이 보나 부인Lady Bona의 결혼 상대자인 에드워드의 편을 돕기로 하고 마거릿의 요청을 거절한다. 그러나 에드워드가 그의 누이가 아니라 다른 여인과 결혼한다는 소식을 듣게 되자 생각이 바뀐다. 프랑스 왕은 마거릿 군대를 도와 에드워드와 싸우게 된다.

영국에서는 에드워드와 그레이 부인의 결혼 준비가 한창이다.

프랑스에 사절로 보낸 워릭이 변심하여 마거릿에게 합세했다는 소식을 듣고 형의 결혼에 불만을 가졌던 동생 조지도 서머싯과 함께 에드워드를 떠나 워릭 군대에 가담한다. 그것도 모르고 전쟁 준비 중에 포로가 된 에드워드가 동생 조지가 적의 편에 있는 것을 보고 크게 실망하여 왕위를 포기하고 순순히 워릭에게 항복하고 감옥에 갇힌다. 그러나 리처드와 헤이스팅스Hastings는 감금된 형을 바로 감옥에서 빼낸다.

조지와 워릭 편의 귀족들은 런던 탑에서 헨리 왕을 빼냈지만 왕은 통치를 원하지 않고 그 두 사람에게 실무를 맡긴다. 그동안 숨어 지내던 에드워드가 곧 군대를 강화하여 되돌아올 것이라는 소문이 퍼진다. 에드워드파와 계속 싸우던 워릭은 전장에서 부상을 당해 죽고, 그의 남은 충신 서머싯과 옥스퍼드Oxford는 마거릿 군대에 가담한다. 싸움의 승리는 에드워드에게 돌아가고, 에드워드는 충신들을 보내 헨리 왕의 아들 에드워드 왕자를 살해하고 슬픔에 찬 마거릿을 감옥에 가둔다. 밤에 리처드가 런던 탑에 있는 왕(헨리 6세)을 찾아간다. 왕이 그를 보자 수많은 사람이 그로 인해 죽고 다칠 것이라는 예언을 하자, 리처드는 그 순간 왕을 죽인다.

이미 헨리 왕과 에드워드 왕자가 죽었으니 리처드의 다음 목표는 둘째 형 조지와 큰형 에드워드를 제거하는 일이다. 리처드에게는 더 이상 혈통이나 형제가 문제되지 않는다.

이야기는 리처드 3세로 이어진다.

헨리 6세 3부

〈헨리 6세 3부〉는 처음에 '요크의 리처드 공작의 참혹한 비극과 선왕 헨리 6세의 죽음'이라는 제목이 붙여졌다. 미움과 배반, 유혈참사가 주된 내용인 장미 전쟁의 혼란과 경과가 묘사된다. 희곡은 1455년부터 1471년 사이의 혼란기를 총괄적으로 그리고 있다. 저자는 역사의 흐름을 따라가면서 사건에 중점을 두었다. 이 작품에서의 사건은 누가 정통적이고 합법적인 왕인가를 따지면서 일어난 것이다. 이 작품은 당시 영국을 다스리던 승계자가 없는 엘리자베스 여왕에게 경종이 되었다. 요크 공작의 큰아들 에드워드가 여자를 밝히고 성격이 고약한 셋째 아들 리처드 때문에 요크가를 싫어하는 많은 사람과, 헨리 6세 연극을 좋아하고 후에 헨리 7세가 된 리치몬드 백작을 칭찬하는 여왕을 면면이 엿볼 수 있는 저자의 의도가 담겨 있다. 헨리 7세는 엘리자베스 여왕 1세의 할아버지이다. 헨리 3부작에 이어 '리처드 3세' 편이 이어진다.

주요
인물

리처드Richard 3세 : 신체적으로 불구인 데다 마음까지 사악한 가학적인 인물이다. 사람들을 교묘하게 속이고 자신이 왕이 되기 위해서는 수단과 방법을 가리지 않는 악한의 대표적 인물로 머리가 뛰어나게 명석하다. 정치적으로 명민하고 언어 사용이 놀라울 정도로 뛰어나 군중을 사로잡는 힘이 있다. 리처드는 결국 리처드 3세가 된다.

앤Anne : 헨리 6세의 아들 에드워드 왕자의 부인이다. 남편이 죽자 몹시 미워하던 리처드와 결혼하게 된다.

리치몬드Richmond 백작 : 랭커스터가의 귀족으로 정의 구현을 위해 리처드를 무너뜨리는 반대파를 결성하여 헨리 7세 왕이 되어 셰익스피어 시대인 튜더Tudor 왕조의 시조가 된다.

엘리자베스 공주Young Elizabeth : 에드워드 4세와 엘리자베스 왕비 사이에 태어난 딸이다. 르네상스 양식의 귀족 사회를 즐기면서 으르렁대는 요크가와 랭커스터가의 연합을 위해 애쓴다. 랭커스터가의 리치몬드와 결혼한다.

에드워드Edward 4세 : 요크의 맏아들로 리처드와 클래런스의 형이다. 에드워드는 랭커스터가를 뒤엎은 잔인한 요크가의 주도자였지만, 왕이 된 후에는 여러 당파를 자신의 통치권에 통합하기 위해 헌신적인 노력을 한 왕이다. 동생 리처드가 자신의 일을 훼방한다는 사실을 알지 못한다.

그레이 부인Lady Grey/엘리자베스Elizabeth 왕비 : 그레이 부인이었으나 에드워드 4세와 결혼하여 엘리자베스 왕비가 된다. 두 왕자와 큰딸을 두었고, 매우 총명하고 강한 여인이기 때문에 리처드가 언제나 적으로 의식하는 인물이다.

클래런스Clarence 공작 : 요크의 둘째 아들로 에드워드 4세의 동생이자 리처드의 형이다. 온순하고 믿을 만한 사람이나 리처드가 자신이 왕위에 오르기 위해 형인 그를 죽인다.

요크York 여 공작 : 리처드, 클래런스, 에드워드 4세의 어머니이자 엘리자베스의 시어머니이다. 며느리와 손자 손녀를 극진히 사랑하고 보호하며 극악무도한 아들 리처드를 미워한다.

버킹엄Buckingham 공작 : 리처드 3세의 오른팔로 리처드만큼이나 부도덕하고 야심이 크다.

마거릿Margaret 여왕 : 헨리 6세 왕의 미망인으로 암살된 에드워드 왕자의 어머니이다.

헤이스팅스Hastings : 에드워드 4세에 대한 충성을 지키며 리처드의 잘못을 일깨우는 운동을 벌인다.

스탠리Stanley/더비Derby 백작 : 리치몬드의 의붓아버지로 리처드로부터 아들을 보호하기 위해 애쓴다.

런던 시장Lord Mayor of London : 런던시의 시장으로 리처드와 버킹엄 사이를 오가며 리처드가 왕이 되도록 바람을 잡은 호인이다.

4

리처드 3세
RICHARD III

28~29세 때 작품, 1592~1593년

헨리 6세에 이어 요크York 공작의 큰아들 에드워드Edward가 에드워드 4세로 등극한 뒤, 요크가와 랭커스터가 사이는 평화를 유지한다. 그러나 에드워드의 동생 리처드Richard가 형의 세력과 그 주위의 행복한 모습을 시기해 자신이 왕이 되는 꿈을 키우면서 새로운 역사가 만들어진다.

왕이 되고 싶은 욕망으로 헨리 6세를 살해한 리처드는 곱사등에 다리를 절고 한쪽 팔을 잘 쓰지 못하지만, 비상한 머리의 소유자였다. 그는 왕이 되는 데 걸림돌이 된다고 생각하는 사람은 일 말의 양심의 가책도 없이 가차 없이 없애기 시작한다. 둘째 형 클 래런스Clarence를 죽인 후 병상에 있는 큰형 에드워드 4세에게 누 명을 씌움으로써 왕은 즉시 병이 악화되어 죽는다. 에드워드 4세 에게는 두 아들이 있었는데, 이들이 성인이 될 때까지 삼촌인 리 처드가 섭정을 맡게 되었다.

그러나 헨리 6세의 아들인 에드워드 왕자의 부인인 앤Anne과 결혼한 리처드는 점차 왕자들을 보살피는 궁중 귀족들과 친척, 또 왕자의 어머니인 엘리자베스Elizabeth 여왕의 측근들을 체포하 고 처형하여 여왕과 두 왕자를 고립시킨다. 이런 상태에서 리처 드는 그의 심복 버킹엄 공작Lord Buckingham과 함께 왕위에 오르 기 위한 작업을 시작한다.

이렇게 잔인한 일을 저지르면서도 리처드의 궁중에서의 모습 은 판이하게 다르다. 매일 주교들과 함께 경건한 예배를 드리고, 신부들과 명상을 한다. 손에 기도서를 들고 영적인 양식을 쌓기 위해 기도에 전념하는 독실한 신자로서의 모습을 보여 줄 목적 으로 런던 시장까지 불러들인다. 이 모습을 보고 감탄한 시장과 버킹엄은 그에게 이 나라의 주인이 되어 달라고 간청한다. 그러 나 리처드는 "이 나라 왕실은 훌륭한 열매를 남겨 놓았으니 세월 이 흘러 그 열매가 익으면 왕위에 오를 것이오. 여러분이 나에게 얹으려는 왕관을 나는 세자의 머리 위에 얹고 싶소. 그것이 세자의 운명이자 권리요. 그것을 감히 내가 뺏다니! 하느님께서도 용서하지 못하실 일이요"라며 겸손하게 거절한다. 속마음을 감추고 철저히 연극을 하는 것이다.

리처드의 힘이 강해지면서 그를 보필하는 간신들이 선조의 고결한 혈통을 잇기 위해 그가 왕이 되어야 한다고 주장한다. 리처드는 마지못해 간청을 수락하는 척하며 왕위를 잇는 것은 자신의 본의가 아니라고 명백히 밝힌다. 그리고 간신들에게 어떤 불상사가 생길 경우를 대비하라고 단단히 부탁하고 대관식을 다음 날로 잡는다. 그러고 나서 주교들과 함께 드리던 예배를 계속한다. 다음 날 리처드는 리처드 3세로 즉위한다.

왕이 된 리처드는 바로 살인자를 고용하여 감옥에 가둔 두 왕자를 죽이고, 그들의 시체와 매장까지 거듭 확인한다. 이제 궁중의 여인들은 리처드를 두려워하며 뒤에서 그의 비행을 거론하며 한탄한다. 헨리 6세의 미망인 마거릿Margaret은 "나에게는 에드워드 왕자가 있었으나 리처드가 죽였다. 나에게는 해리Harry라는 남편이 있었으나 리처드가 죽였다. 두 어린 왕자도 죽었지, 클래런스도 죽었지, 이런 참극을 구경만 하던 놈들도 모두 죽었으니…… 리처드!! 너도 머지않아 처참하게 갈 날이 곧 오리라! 하느님, 그놈의 목숨을 끊어 주소서!"라고 악담을 퍼붓는다. 리처드의 친어머니마저 "네가 내 뱃속에 있을 때 질식시켜 죽여 버렸더라면 그동안 네가 저지른 온갖 처참한 살인을 막을 수 있었을 것이다. 형, 클래런스를 찾아내!"라고 질책한다.

그동안 리처드는 힘을 더욱 강화하기 위해 부인 앤 여왕을 죽이고, 죽은 형 에드워드 4세와 엘리자베스 여왕 사이에서 난 조카 딸 엘리자베스와 결혼하기를 원한다. 이것을 알게 된 여왕은 딸을 보호하기 위해 비밀리에 어린 엘리자베스를 친척인 리치몬드 Richmond 백작과 결혼시키려고 한다.

이쯤 되자 영국의 백성과 귀족들이 난폭한 리처드를 싫어하는 정도가 아니라 두려움에서 그를 멀리하기 시작하고 권력에 눈이 어두운 버킹엄까지도 그를 떠나게 된다. 영국뿐 아니라 프랑스에서도 그를 반대하는 무리가 생겨나고, 그에 동조하는 귀족들이 늘어 간다. 대표적인 도전자가 같은 랭커스터가의 리치몬드 백작이다. 드디어 리치몬드와 리처드는 각각 군대를 이끌고 보즈워스 들판에 진을 치고 결판을 내기로 한다.

먼저 리치몬드가 국왕 군대의 삼분의 일밖에 안 되는 군대를 이끌고 도착한다. 그는 부하들에게 다음 날의 작전을 부탁하고 모두에게 잘 쉬라는 인사를 마치고 자신도 군막에 든다. 이어서 무장한 백작들과 함께 리처드 왕이 도착하여 리치몬드 군대의 규모가 어느 정도인지를 묻는다. 자신의 군대의 삼분의 일이라는 말을 듣자 안심하고 병사들에게 지형지물을 잘 이용하여 내일 잘 싸우라고 부탁한다. 그리고 직속 부하에게 머리가 무겁고 기력이 없다고 하며 술을 한 잔 청한다.

리치몬드의 군막 앞에 양아버지인 스탠리Stanley가 나타나 어머니가 계속 기도를 드리니 안심하고 잘 싸우라는 부탁을 하고 사라진다. 리치몬드는 무릎을 꿇고 "저희 군대를 하늘을 대신한 응징의 군사로 삼으시어 승리를 거두게 해 주십시오. 제 영혼을 맡기오니 저희를 지켜 주십시오"라는 간절한 기도를 올리고 잠이 든다.

모두가 잠든 고요한 밤에 죽은 헨리 6세, 그의 아들 에드워드 왕자, 클래런스, 두 어린 왕자, 앤 여왕의 망령들이 군막과 군막 사이에 차례로 나타난다. 그리고 리처드에게는 "절망 끝에 죽을 것이다!"라는 저주를, 리치몬드에게는 "기운을 내라!"라는 말을 던지고 홀연히 사라진다.

리처드는 악몽에 놀라 벌떡 일어나 '난 이제 절망이다. 내 편을 드는 놈은 하나도 없으니 내가 죽어도 동정할 이도 없다. 이제 망령 모두가 나에게 복수를 하겠다고 협박을 하니 내가 죽을 것이 확실하다. 아! 두렵다 두려워!'라고 절규한다. 그러고는 혹시 장병들까지 자신을 배반하고 도망간 것이 아닌지 확인하기 위해 한밤중에 군막을 돌아보고 온다.

한편, 단잠을 푹 자고 일어난 리치몬드는 리처드가 죽인 사람들의 혼령이 자신의 군막에 나타나서 승리를 축수한 꿈을 꾸었으니 그 덕분에 용기가 솟는다며 출동을 준비하라고 명령한다. 그러고는 하느님과 민중이 자신들 편이라는 확신을 장병들에게 일깨워 준다.

다음 날 아침, 리처드는 흐린 날씨를 탓하며 출진 준비를 명한다. 그리고 "헛된 꿈을 겁낼 것 없다. 양심이란 겁쟁이 놈들이 하는 소리이고 강한 자를 위협하기 위해서 꾸며 낸 말이다. 나의 강한 이 팔이 양심이며, 이 칼이 법이니라!"라고 혼잣말을 하며 싸움에 나선다. 그러나 이 싸움에서 그는 최후를 맞는다.

스탠리 백작은 죽은 리처드 머리에서 왕관을 벗겨 리치몬드에게 올린다. 왕관을 쓴 리치몬드는 죽은 부하들의 장례를 치르도록 명하고, 에드워드 4세의 딸 엘리자베스와의 결혼을 공포한다. 그리고 "하느님의 뜻으로 나, 리치몬드와 왕비 엘리자베스로 하여금 백장미와 홍장미가 하나로 결합하는 데 힘이 되게 하시고,

이제 내란의 상처를 씻어 주시고, 당신의 가호로 자자손손 화목한 나라가 되어 번영과 평화를 영원히 누리게 하소서!"라고 기도를 올린다. 이렇게 장미 전쟁의 종결을 알리는 기도를 올리고 모두가 퇴장한다.

리처드 3세

〈리처드 3세〉는 어수룩한 실제 모습과는 달리 극작가가 폭력과 유혈의 참극을 빚는 악한 중의 악한으로 창조해 낸 매력적이면서도 혐오감을 주는 주인 공으로 유명한 작품이다. 헨리 6세의 마지막 시기부터 14년 동안의 이야기이며, 첫 번째 4부작의 마지막 편이다. 끝부분에서 장미 전쟁이 마침내 막을 내린다. 리처드 3세와 싸워 이긴 리치몬드는 무력으로 왕좌를 빼앗은 오점이 있지만, 괴물 같은 리처드 3세를 제거한 것만으로도 칭송과 환영을 받고 헨리 7세로 등극하여 랭커스터가와 요크가를 싫어하는 사람들로 결성된 튜더 왕가(1485~1603)의 시조가 된다. 이 왕조는 결혼하지 않고 아이가 없었던 소녀인 엘리자베스 1세 여왕까지 이어진다.

주요 인물

존John 왕 : 서열을 어기고 조카 아서 대신 왕위에 오른 것이 문제가 되어 로마로부터 파문 통고를 받는다. 아서를 수도원에서 죽게 하고 자신도 수도사에게 살해당한다.

아서Arthur : 존 왕의 조카로 법적으로 왕위를 이어받을 인물이다. 어머니 콘스턴스는 아서를 왕좌에 앉히기 위해 친척인 프랑스의 필립 왕으로부터 군대를 지원받고 교회의 힘을 빌렸지만 성공하지 못한다. 살해되기 전에 실수로 성에서 떨어져 죽는다. 정치보다는 자연을 벗하며 편히 살기를 원한다.

엘리너Eleanor 여왕 : 존 왕의 어머니로 왕위 순위를 놓고 아서의 어머니와 계속 다투면서 아들이 왕권을 지킬 수 있도록 온 힘을 기울인다.

콘스턴스Constance : 아서의 어머니로 국내외로 도움을 청해 아들이 왕위에 오를 수 있도록 애를 쓰지만 성공하지 못한다.

필립Philip 왕 : 프랑스의 왕이다. 영국의 존 왕에게 조카 아서에게 왕위를 이양하라고 촉구하다 존 왕의 가족과 사돈 간(루이와 블란치의 결혼)이 된다. 프랑스와 영국을 오가면서 군대를 많이 잃고, 이로 인해 프랑스의 힘이 약화된다.

필립Philip The Bastard : 사자왕 리처드Richard the Lionheart의 서자이다. 그러나 서자가 아니라 친자로 알려지자 받은 유산을 동생에게 주고, 존 왕으로부터 기사 작위를 받고 끝까지 존 왕에게 충성한다. 필립Philip The Bastard이라는 이름은 '나쁜' 존 왕에게 예의를 갖추고 충성하는 인물로 묘사한 셰익스피어가 만들어낸 이름이다.

루이Louis(Lewis) : 프랑스 필립 왕의 아들로 야망이 크고 냉정하다. 존 왕의 조카 블란치와 결혼하고 영국 왕실의 또 다른 상속인이 된다.

블란치Blanche : 존 왕의 조카이다. 프랑스 왕자와 결혼함으로써 존 왕과 필립 왕이 친척으로 맺어진다.

판돌프Pandolf(Pandulph) : 교황이 보낸 메신저이다. 영국의 존 왕에게는 파면 통지를 보내고, 프랑스 필립 왕에게는 존 왕과 관계를 끊지 않으면 파면하겠다고 협박한다. 늦게나마 존 왕이 교황의 요구를 받아들여 두 나라 간의 평화 협정을 이끌어 낸다.

후버트Hubert : 수도원에서 아서를 죽이는 책임을 맡게 되나 아서의 순진한 면을 보면서 차마 죽이지 못한다. 아서는 사고로 죽는다.

팔컨브리지 부인Lady Falconbridge : 사자왕 리처드와 불륜의 관계를 맺어 낳은 아들이 바스타드Bastard라고 증언하여 그가 친자로 인정받는다.

헨리 왕자Prince Henry : 존 왕의 아들로 헨리 3세 왕이 된다. 아버지의 신하들이 그에게 충성을 맹세한다.

5

존 왕
KING JOHN

31~32세 때 작품, 1595~1596년

1199년부터 1216년까지 17년 동안 영국을 다스린 존 왕은 헨리 2세의 막내아들이다. 부왕의 재임 시 그의 형 리처드Richard(사자의 심장을 지녔다고 하여 사자왕으로 불린다)와 합세하여 반역을 일으켜 형이 왕이 되고, 그 뒤 형의 위임으로 존이 왕이 되었다. 그러나 서열을 따진다면 큰형의 아들인 아서Arthur가 왕이 될 차례이다. 이에 분개한 아서의 어머니는 친척인 프랑스 필립Phillip 왕에게 이 사정을 알리고, 필립 왕은 영국 존 왕에게 특사를 보내 조카에게 왕위를 이양하지 않으면 영국을 침공하겠다고 협박한다. 그러나 존 왕은 전쟁은 전쟁으로, 피는 피로 갚겠다며 꿈쩍도 하지 않는다. 존 왕의 어머니 엘리너Eleanor도 프랑스까지 끌어들인 아서의 어머니이자 며느리인 콘스턴스Constance를 비난하고 나서 두 사람 간에 심한 갈등이 빚어진다.

한편, 전왕인 사자심왕 리처드의 서자 바스타드Bastard가 유산 문제로 법정에 서게 된다. 존 왕은 서자도 아버지의 유산을 받을 수 있다는 이유로 그에게 땅에 대한 권리를 부여한다. 그러나 바스타드가 서자가 아니라 친자로 알려지자 존 왕은 그에게 기사 작위를 하사하고 이름을 'Bastard of Richard the Lionheart'로 고칠 것을 권한다. 이에 바스타드는 존 왕에게 충성할 것을 다짐한다.

프랑스에서는 존 왕에게 보낸 협박 편지에 대한 반응이 없자 필립 왕과 그의 군대는 프랑스 내의 영국 영토인 앙제Angers를 칠 준비를 하면서 먼저 양국의 왕들은 앙제 시민을 모아 놓고 영국과 프랑스 중 어느 나라의 시민이 되기를 원하는지 묻는다. 그들은 훌륭한 왕을 원할 뿐이지 어느 한쪽을 지지할 의사가 없음을 분명히 밝힌다.

할 수 없이 필립(불)과 존(영)의 군대가 싸움을 시작하려 할 때

바스타드가 자기 뜻을 따르는 양국의 군인들을 모아 앙제를 정복하고 두 나라 간의 중재에 나선다. 이에 앙제 시민은 필립(불)의 아들 루이Louis와 존(영)의 조카 블란치Blanche의 결혼을 제안한다. 두 사람의 결혼이 성사되면 존 왕의 편에서는 국토를 유지할 수 있고, 루이 편에서는 자기 영토에 있는 영국령을 관할하는 힘이 생기는 이점이 있다. 그리하여 양국은 기쁘게 두 사람의 결혼을 받아들인다.

교황에게는 아직도 두 나라의 문제가 심각하다. 교황은 판돌프Pandolf를 영국에 보내 교황 말을 듣지 않은 존을 파면하고, 프랑스에는 존 왕을 쳐부술 것을 촉구한다. 그러나 존(영)은 멀리 떨어져 있는 교황 명령을 무시하고, 필립(불)은 사돈 관계이기 때문에 주저한다. 판돌프는 계속 파면을 주장하다 할 수 없이 존과의 결별을 공포하고 떠난다.

아서 때문에 크고 작은 전쟁을 치르던 존 왕은 아예 그를 죽일 생각을 한다. 그래서 바스타드를 수도원에 미리 보내 경비를 완화시키고, 아서를 생포하여 그곳에 가둔다. 그리고 적당한 때에 은밀히 죽이라고 명한다. 수도원에서 아서를 감시하는 후버트Hubert는 그의 순진함에 매혹되어 차마 죽이지 못하고 차일피일 미룬다. 그사이 프랑스에서는 영국을 치라는 교황의 명을 더 이

상 미루지 못하고, 메신저 판돌프에게 영국을 침략하겠다고 통고
한다.

수도원을 다녀온 바스타드는 수도원에 징수한 과한 세금 때문
에 머지않아 존의 왕권이 무너질 것이라고 왕에게 보고한다. 그
러나 왕은 아서를 죽였기 때문이라고 후버트에게 책임을 전가한
다. 그러자 후버트는 할 수 없이 아서가 살아 있다고 고백한다. 존
왕은 그제야 마음을 놓고 바스타드에게 신하들의 움직임을 잘 살
피도록 명하고, 교황의 메신저 판돌프와 협상을 시작한다. 존 왕
의 신하들이 아서를 석방시키자는 의견을 내고 왕도 이에 동의한
다. 그러는 사이 아서는 사고로 성에서 떨어져 죽고, 신하들은 아
서가 암살당한 것으로 생각한다.

이후로 존의 신하들 간에 의견이 나누어진다. 왕의 지지자들은
프랑스군과 싸우기를 원하고, 존을 떠난 신하들은 이미 프랑스
루이에게 충성을 맹세한 후이다. 이때 바스타드 자신이 존 왕의
지지군 선두에 서서 루이앙제LouisAngers 군을 쳐부수겠다고 나선
다. 이에 루이 편에서도 프랑스 귀족에게 불상사가 생기면 프랑
스 내의 영국 귀족들 모두를 죽이겠다고 강경하게 맞선다. 그때
판돌프가 프랑스에 도착하여 존 왕이 로마와 화해한다는 뉴스를
전하고, 두 나라의 협상을 강조한다.

이미 바다에서 많은 군사를 잃은 루이는 싸움을 해 보았자 승리는 거의 불가능하다고 생각한다. 그때 존 왕이 수도사에게 독살당했다는 소식이 전해진다. 이에 바스타드도 맥이 빠져 버린다. 이런 상황에서 바스타드와 루이는 판돌프의 중재에 동의하고 평화 협정을 맺게 된다.

 죽은 존 왕의 뒤를 이어 그의 아들 헨리가 왕으로 추대되어 헨리 3세에 오른다. 바스타드와 그의 신하들은 내분이 없는 한, 영국이 절대로 외국에 넘어가지 않을 것을 장담하고 새 왕에게 충성할 것을 맹세한다.

 존 왕의 왕정 기간은 영국의 왕권 찬탈, 프랑스와의 전쟁, 로마로부터 파문 통지, 귀족들의 반란, 국민의 권리와 자유를 인정하는 마그나카르타(대헌장) 인준 등 극적인 순간들의 연속이다.

존 왕

〈존 왕〉은 결정투성이 왕에 대한 연극이어서인지 얼마 동안 방치되어 셰익스피어 생전의 공연 기록이 없지만, 18세기와 19세기에 인기 있었던 작품이다. 존 왕은 왕위 계승자로부터 왕위를 찬탈한 잔악한 군주이다. 그의 악정과 높은 세금 때문에 귀족들이 합세하여 1215년 국민의 권리와 자유를 인정하고 왕권을 약화시키는 마그나카르타 대헌장을 만들고, 존 왕의 서명을 받아냈다. 프랑스와 로마 가톨릭교가 끊임없이 영국을 협박하는 것을 묘사한 시사적인 연극이라 할 수 있다.

존은 왕의 승계자인 형의 아들 아서로부터 왕좌를 찬탈하기 전부터 아버지에게 맞서는 형 리처드에게 합세했다가 막상 형이 왕이 되자 그를 반역하는 배반자로 역사에서 낙인찍힌 인물이다. 그가 왕좌를 빼앗자 프랑스 왕이 아서의 편을 든다. 이에 분노한 존 왕이 아서를 납치하고 죽이는 등 그의 악정이 17년간이나 계속된다. 존 왕의 프랑스 침략, 교회의 파문 선고, 프랑스에 있는 영국령을 거의 모두 잃은 점, 로마와의 협정 등 역사보다 주제에 중심을 둔 연극이다. 존 왕이 죽자 왕좌는 그의 아들 헨리 3세가 이어받고 나라의 혼란은 계속된다.

· 영국 편 ·

에드워드Edward 3세 : 영국 왕으로 스코틀랜드의 침략을 막아 내고, 어머니 쪽의 프랑스 혈통을 이용해 아들의 왕권을 요구한다. 워릭 백작의 딸, 솔즈베리여 백작에게 반해 구혼하지만 거절당한다. 백 년 전쟁을 일으킨 장본인이다.

흑태자/에드워드 왕자Prince Edward : 에드워드 3세의 아들 에드워드 왕자는 검은색 가죽 옷을 늘 입고 다니기 때문에 일명 흑태자로 불린다. 크레시Crécy와 푸아티에Poitiers 전투에서 승리를 거두고 용기백배하다.

워릭Warwick 백작 : 결혼한 딸인 솔즈베리 여 백작을 왕이 부인으로 맞고 싶어하는 문제로 고민한다.

솔즈베리Salisbury 백작 : 프랑스에 주둔한 영국군 지휘관이다.

솔즈베리Salisbury 여 백작 : 워릭 백작의 딸로 솔즈베리 백작의 부인이다. 에드워드 왕의 유혹을 재치 있게 거절한다.

오들리Audley 백작 : 에드워드 3세의 연로한 고문으로 에드워드 왕자와 함께 프랑스와의 전쟁에 참전했다가 부상당한다.

· 프랑스 편 ·

존John 왕 : 전쟁에서 에드워드 왕에게 패하고 포로가 된다.

노르망디의 샤를Charles of Normandie : 존 왕의 큰아들로 전장에서 아버지와 같이 싸운다.

필립Philip : 존 왕의 둘째 아들로 전장에서 포로가 된다.

로레인Lorraine 공작 : 존 왕의 위용을 위해 영국으로 보내진다.

· 스코틀랜드 편 ·

데이비드David 왕 : 프랑스에 있는 영국령을 점령하고 솔즈베리 여 백작을 생포한다.

6

에드워드 3세

EDWARD III

1327년부터 반세기 동안 영국을 통치한 에드워드 3세는 아버지 에드워드 2세가 폐위되고 살해당하자 14세에 왕위에 오른다. 그의 어머니 이사벨Isabel은 프랑스의 왕 필리프Philippe 4세의 딸이다. 에드워드 3세는 첫아들인 에드워드Edward 왕자가 스코틀랜드의 폭동을 진압하고 전쟁에서 대승리를 거두자 어머니 쪽의 프랑스 혈통을 주장하며 프랑스 왕으로 앉히려고 욕심을 부린다. 그러나 프랑스에서는 여자의 혈통으로 왕위를 계승할 수 없다는 살리 법Salic Law을 내세우며 거절한다. 이에 화가 난 왕은 전쟁으로 해결할 수밖에 없다고 답하고 궁중 귀족 더비Derby 백작에게 유럽에서 영국 동맹국을 찾아보도록 명하고, 큰아들 에드워드 왕자와 신하에게 군대를 파견하여 프랑스와 싸우라고 명령한다.

한편, 스코틀랜드의 데이비드David 왕이 프랑스에 있는 영국령을 침공하여 솔즈베리Salisbury 여 백작을 포위했다는 말이 런던에 전해진다. 이 소식을 들은 왕이 급히 영국군 지휘관이 주둔한 록스벌그 성에 도착하자 솔즈베리 여 백작에게 수작을 걸던 데이비드 왕은 급히 북으로 도망친다. 에드워드 3세가 도주하는 데이비드를 쫓아가려고 하자 여 백작은 왕을 말리며 잠시 휴식을 취하라고 권한다. 이 말을 들은 왕은 그녀의 따뜻함과 아름다움에 취해 그곳에 머물면서 점점 더 여 백작에게 빠져든다. 왕은 자신이 느끼는 연정을 시로 써 달라고 비서에게 부탁하나 그 시가 마음에 들지 않자 그녀에게 자신이 직접 사랑을 고백한다.

그러나 여 백작은 왕에게는 사랑하는 부인이 있고 자기에게는 남편이 있으니 서로 사귈 수 없다고 우아하게 그러나 당돌하게 잘라 말한다. 그녀에 대한 미련을 여전히 버리지 못한 왕은 여 백작의 아버지인 워릭Warwick 백작을 불러 그의 딸을 왕의 여인으로 만들게 해 달라고 요청한다. 백작은 왕의 명령과 딸의 결정을 놓고 고민하다 딸에게 정절보다 목숨이 더 귀하지 않겠느냐며 딸을 달랜다. 딸은 왕은 사리를 모르는 사람이라고 나무라며 화를 낸다. 이런 딸을 본 아버지는 그녀를 칭찬하며 마음을 놓는다.

이때, 에드워드 왕자와 더비 백작, 오들리Audley 고문이 왕 앞에 나와 프랑스를 정복할 준비가 끝났다고 보고하지만 여 백작을 마음에 둔 왕의 귀에는 들리지 않는다. 이에 여 백작이 왕 앞에 나서서 왕의 요청에 대한 답이라며 두 개의 칼 중 하나는 왕에게 주고, 하나는 자신의 심장에 갖다 대며 만일 왕이 자신에 대한 연정을 버리지 못한다면 자신이 먼저 자결하겠다고 분명하게 말한다. 이에 놀란 왕은 그녀를 크게 칭찬한 후, 아들과 신하들의 보고에 경청한 뒤 전략을 검토한다.

백 년 전쟁은 1339년 프랑스 북부에 위치한 라인 강 하구에 정착한 프랑스 함대를 영국 함대가 공격한 사소한 다툼에서 비롯된 두 나라의 싸움이다. 이때 항상 검은색의 갑옷을 입어서 흑태자로 불리는 왕의 맏아들인 에드워드 왕자가 노르망디에 상륙하여 당시 유명한 프랑스 기사군을 격파하고 항복시킨다. 왕은 이 자랑스러운 왕자를 프랑스 왕위에 앉히려는 계산까지 하면서 두 나라의 관계는 더욱 악화된다. 그 뒤 양국에 흑사병이 유행한 데다 재정 사정이 악화되어 한때 전쟁이 중단되기도 한다. 그러나 흑태자가 다시 남프랑스를 침략하여 1356년 푸아티에 전투에서 영국군이 프랑스군을 대파하고 일방적인 승리를 거둔다.

이로 인해 프랑스는 전쟁의 참화를 입은 데다 영국군의 약탈로
농민의 피폐가 극심해진다. 영국에서도 흑사병의 만연과 거듭되
는 전쟁 비용 충당으로 국가 재정이 악화된다. 영국 의회는 국력
약화를 왕의 탓으로 돌리고 의회의 힘을 강화하는 데 노력한다.
그럼에도 불구하고 두 나라는 여러 차례의 휴전과 전쟁을 되풀이
하면서 단속적인 싸움을 116년간 지속한다.

에드워드 3세가 죽고 왕권은 리처드 2세에게 넘어간다.

〈에드워드 3세〉는 최근에야 셰익스피어 정전에 들어간 작품이다. 아버지 에 드워드 2세가 국왕 자리에서 폐위되고 살해되면서 에드워드 3세는 14세에 왕위에 올라 50년을 다스린다. 프랑스와 영국과의 싸움에 뛰어들어 법을 고 치고 귀족들을 화해시키며, 특별히 흑태자로 불리는 첫아들 에드워드 왕자를 영웅으로 내세워 대내외적으로 과시한다. 어머니 쪽으로 이어져 있는 아들의 프랑스 왕좌를 주장하나 여자의 상속권을 인정하지 않는 살리 법 때문에 성 공하지 못한다. 에드워드 3세는 솔즈베리 여 백작에게 반하여 구혼하나 거 절당한다. 스코틀랜드를 경멸하는 대목 때문에 공연이 금지되기도 했다.

리처드Richard 2세 : 에드워드 3세의 아들인 흑태자 에드워드 왕자의 아들이다. 왕의 위엄과 신분은 갖추었지만, 정치나 백성보다는 시와 시어에 관심이 많고 재주가 뛰어나다. 정치에 무력함을 느낀 왕은 사촌 헨리 볼링브로크에게 왕위를 넘겨주고 백성으로부터 단절된 한적한 성에 머물다 암살당한다.

이사벨Isabel 여왕 : 리처드 왕의 부인으로 프랑스 왕손이다. 왕이 폐위되자 프랑스로 도망간다.

헨리 볼링브로크Henry Bolingbroke : 허포드Herford 공작이자 곤트의 존의 아들로 리처드 2세와 사촌지간이다. 능력 있는 활동가로 귀족과 백성 사이에 인기가 높아지자 혁명을 일으켜 리처드 2세를 뒤엎고 헨리 4세가 된다.

존John of Gaunt : 랭커스터Lancaster 공작이자 리처드 2세의 삼촌이다. 또한 헨리 볼링브로크의 아버지이다.

토머스 모브레이Thomas Mowbray : 노픽Norfolk 공작이다. 헨리 볼링브로크가 싫어하여 빛을 보지 못하고 죽는다.

헨리 퍼시Henry Percy : 노섬벌랜드 백작이다. 영주들과 합세하여 볼링브로크 파벌에 가담하여 리처드 왕을 몰아낸다.

7

리처드 2세
RICHARD II

31세 때 작품, 1595년

플랜태저넷Plantagenet 왕가의 마지막 왕인 리처드 2세는 에드워드 3세의 큰아들인 에드워드 흑태자의 아들이다. 아홉 살 때 아버지가 세상을 떠나고, 1년 후인 1377년에 할아버지 에드워드가 서거하자 열 살 때 왕위를 이어받는다. 리처드 왕은 아름다움과 추함을 동시에 추구하는 복잡한 성격을 가졌다. 시인 초서Chaucer를 후원하고 웨스트민스터 공회당을 재건하는 등 문화 활동에 힘쓰지만 매사에 자신이 없어 항상 불안해하고 결단력이 약하다.

또한 내각 선정을 잘못하여 나라와 국민과의 소통이 잘 되지 않고, 전쟁 비용을 충당하기 위해 땅을 세놓는 등 국민이나 귀족들로부터 환영받지 못할 일을 많이 한다. 이런 일 때문에 야심에 찬 귀족들이 끊임없이 문제를 일으키고, 그들로부터 시달림을 당한다. 왕은 역대 왕들의 비극을 감득하여 스스로 자신의 죽음을 의식한다. 1396년 첫 왕비가 죽자 여덟 살인 프랑스 공주 이사벨 Isabel과 결혼함으로써 프랑스와의 관계는 평화를 유지한다.

어느 날, 왕은 사촌 헨리 볼링브로크Henry Bolingbroke와 토머스 모브레이Thomas Mowbray 공작이 심하게 다투는 것을 목격한다. 왕은 그들을 불러 싸우는 이유를 묻는다. 사촌은 토머스 모브레이 공작이 궁중 재정을 축내고, 왕의 삼촌인 글로스터Gloucester 공작을 살해했다고 고발한다. 그러나 모브레이 공작은 볼링브로크의 아버지, 존John of Gaunt을 살해하려 한 적은 있지만 글로스터 공작의 살해는 모르는 일이라고 강경히 부인한다. 왕은 자기가 살해한 글로스터 공작의 살해 사건 이야기가 나오자 기분이 좋지 않다. 왕은 서로 용서하고 잊어버리라고 두 사람을 달래지만 그들이 말을 듣지 않자 결투를 통해 결론을 내리라고 명령한다. 그러나 왕은 마음속으로 사촌의 승리를 원한다. 막상 결투가 시작되려 하자 왕은 결투를 중지시키고 사촌에게는 10년 형, 모브레이에게는 종신 추방령을 내린다. 모브레이가 왕의 평결을 받아들이자 곧바로 사촌 볼링브로크에게는 6년으로 감형한다.

볼링브로크가 형을 받고 감옥에 갇히자 병중에 있는 그의 아버지 존 공작은 아들을 보지 못하고 죽는 것이 한스럽다. 그 소식을 들은 왕은 삼촌을 방문한다. 공작은 왕에게 글로스터 공작부인이 자기를 찾아와 남편의 원수를 갚아 달라고 간청하던 일을 왕에게 말하면서 남편을 죽인 사람이 바로 지금의 왕이라고 그녀에게 알려 주었다고 고백한다. 그리고 글로스터 공작을 죽인 것은 영국 역사에 남을 수치라고 조카를 나무라고 숨을 거둔다. 그의 보고를 들으면서 심기가 몹시 불편해진 왕은 그의 죽음을 다시 확인한 후 그의 재산을 전부 몰수해 버린다.

그 후 왕이 아버지의 유산을 가로챈 것을 안 헨리 볼링브로크는 군대를 동원하여 영국의 북부 해안을 점령한다. 그렇지 않아도 왕이 나라를 잘못 다스리고 있다고 불만이 가득한 백성에게 볼링브로크는 구원의 신으로 떠오른다. 헨리 볼링브로크는 그들의 지지에 힘입어 결국 영국 전체를 차지하게 된다.

왕은 집행인을 불러 유언장을 작성하려다, 자신이 남길 것은 자신의 무덤뿐이라는 사실을 깨닫고 그만둔다. 그리고 필요한 것은 매일의 양식과 슬픔을 나눌 수 있는 친구뿐이라며 자신에게 딸린 병사들을 모두 해산시키라고 명한다.

왕을 찾아온 헨리 볼링브로크에게 "그대 것은 그대의 것, 그리고 나도 그대의 것, 또 다른 모든 것도 그대의 것이오…… 공은 과인의 상속자가 될 만한 나이가 되었으니 공이 갖고 싶어 하는 것 모두를 내주리다"라고 말한다.

왕의 이러한 제의를 받은 헨리 볼링브로크는 웨스트민스터 대성당에 왕을 모시고 만인 앞에서 왕관을 양도받는다. 왕에서 리처드로 강등된 왕은 새로 등극한 헨리 4세에게 은총과 태평성세를 빌고, 그의 눈이 닿지 않는 곳으로 가기를 원한다. 헨리 볼링브로크는 리처드를 런던 탑(감옥)으로 보낼 것을 약속한 뒤 대관식 날을 정한다.

리처드 2세의 왕비 이사벨은 호위병에 호송되어 오는 남편 리처드를 붙잡고 슬퍼한다. 왕은 왕비에게 지난날은 한낱 꿈에 지나지 않으니 슬퍼하지 말고 남편은 죽었다고 생각하고 프랑스로 돌아가 수녀원에서 독실한 신앙생활을 할 것을 권한다. 이때 현 왕의 편인 노섬벌랜드Northumberland 백작이 그들 앞에 나타나, 리처드를 런던 탑 대신 폼프레트 성으로 보내고 왕비는 즉시 프랑스로 떠나라는 헨리 4세의 명령을 전한다. 그래서 왕과 왕비는 생이별을 하게 된다.

폼프레트 성에 홀로 사는 리처드는 독백을 하며 자신의 외로움을 달랜다.

"세상 사람들은 변덕쟁이여서 도무지 만족을 모른다. 더구나 상류층 사람들은 종교를 앞세워 의심과 피를 섞어 말을 만들고, 또 그 말을 거역한다. 이를테면 하느님이 나를 부르셨다고 하고는 내가 천국에 들어가기는 낙타가 바늘귀 들어가는 것보다 어렵다고 떠든다. 체념에 빠진 이는 다른 사람들이 앞서 겪은 불행을 떠올리며 운명의 노예가 된다. 나는 왕으로서 백성의 가락을 듣지 못했고 때를 맞춘 정치를 하지 못했다. 나는 이제까지 시간을 낭비했고, 지금은 시간이 나의 생을 소멸시키고 있구나."

이때 마부가 나타나 "전하 만세!"를 외친다. 왕은 그를 반기며 누구인지를 묻는다. 마부는 자신이 왕실의 마부였던 것을 밝히고 대관식 날 헨리 4세가 리처드 왕이 사랑하던 갈색 바바리 말을 타고 런던 거리를 지났다는 말을 전한다. 그 말에 리처드는 바바리 말에게 역정을 낸다. 그러고는 바로 "용서하거라. 사랑하는 말이여! 넌 인간에게 길들여지고 그 인간을 등에 태우기 위해 태어났지? 나는 말도 아닌데 노새처럼 무거운 짐을 지고 매정한 헨리에게 시달림을 당하고 있다"고 한탄한다.

잠시 후, 간수가 들어와 마부를 쫓아내고 음식을 탁자 위에 던져 놓는다. 이어서 창칼을 든 자객들이 뛰어든다. 리처드는 자객의 칼을 빼앗아 그를 죽이고 다음의 자객도 죽인다. 그러나 그는 세 번째 자객이 후려친 칼에 맞고 "천상으로 올라라 내 넋이여!

내 비천한 육체는 지하에 가라앉으리라"라는 혼잣말을 하고는 왕위에 오른 지 22년 만에 죽는다.

살인자는 기세등등하여 리처드 왕의 시신을 헨리 4세에게 가져간다. 기뻐할 줄 알았던 헨리 왕은 반기기는커녕 자신에게 쏟아질 비방거리를 또 만들었다고 살인자를 나무란다. 그리고 여러 사람 앞에서 리처드 왕의 죽음을 사죄하고 신하들로 하여금 상복을 입고 추모하도록 명한다. 그리고 자신은 죄를 씻기 위해 성지 순례를 떠난다.

리처드 2세

〈리처드 2세〉는 가장 서정적인 역사극이다. 리처드 2세는 열 살 때 할아버지 에드워드 3세로부터 왕위를 이어받아 리처드 2세가 된다. 그의 아버지 에드워드 흑태자는 그가 왕위에 오르기 일 년 전 죽는다. 리처드 2세는 시인 초서를 후원하고 웨스트민스터 의회당을 재건하는 등 문화 발전에 크게 기여한 왕이다. 그러나 사촌이자 후에 헨리 4세가 된 헨리 볼링브로크의 세력이 강해지면서 왕위에서 폐위되고 암살당한다.

〈리처드 2세〉는 피를 흘리며 왕권을 다투는 힘과 힘의 대립이기보다는 왕 스스로가 정치적 무력감을 느끼고 비굴하고 절망스런 인간으로 바뀌는 왕의 심리적 변화를 그린 작품이다.

헨리Henry 4세 : 내란을 일으켜 리처드 2세를 전복하고 왕위에 올랐지만, 죄책감에서 벗어나지 못한다. 그에 더해 내부 분쟁은 더 큰 내란을 초래하고, 말썽쟁이 큰아들 해리 왕자의 무책임한 행동 때문에 힘들어하지만, 슈루즈베리Shrewsbury 전쟁에서 왕자가 승리를 거두자 크게 기뻐한다.

해리 왕자Prince Harry : 헨리 4세의 아들로 왕의 후계자이다. 해리의 직위는 웨일스의 왕자Prince of Wales이지만 친구들은 그를 할, 해리 또는 헨리라 부른다. 팔스타프와 한패가 되어 한때 깡패, 도둑, 창녀들과 어울려지내다 이후에 당당한 헨리 5세 왕이 된다.

핫스퍼Hotspur : 노섬벌랜드 백작의 상속자요, 우스터Worcester 백작의 조카이다. 당당한 집안의 아들 핫스퍼는 헨리 퍼시Henry Percy가 진짜 이름이다. 처음에는 헨리 4세를 등극시키는 데 크게 공헌했지만, 후에는 원수지간이 된다. 성질이 급하고 명예와 직위를 중요시한다.

팔스타프Sir John Falstaff : 런던 교외의 술집을 드나드는 뚱뚱한 늙은이다. 해리 왕자와 재담이 통하는 가까운 친구이자 선생이다.

퀵클리Quickly : 팔스타프와 그의 친구들이 드나드는 술집의 호스티스이다.

웨스트모어랜드Earl of Westmoreland 백작 : 귀족이자 군 지도자이다. 헨리 4세의 중요한 친구이다.

랭커스터의 존Lord John of Lancaster : 헨리 4세의 작은 아들이다. 해리 왕자의 동생으로 전장에서 용감하고 지혜롭기로 유명하다.

토머스 퍼시Thomas Percy : 우스터의 백작으로 핫스퍼의 삼촌이다. 왕에게 반기를 들도록 핫스퍼를 충동한 사람이다.

헨리 퍼시Henry Percy : 노섬벌랜드의 백작으로 핫스퍼의 아버지이다. 퍼시 편의 군대를 일으키고 음모를 꾸미지만, 실제로 전장에 나오지는 않는다.

이드몬드 모티머Edmund Mortimer : 리처드 2세의 상속자이다. 반역자 오언 글렌도워에게 잡혀 그의 딸과 결혼한다. 역사적으로 모티머와 마치March 백작은 같은 사람이다.

오언 글렌도워Owen Glendower : 웨일스의 지도자이다. 퍼시 편에서 헨리 왕을 반대하는 폭동에 가담한다. 마술을 부리는 능력이 있는 지식인이다.

아치볼드Archibald : 더글러스Douglas 백작이다. 헨리 왕의 반대파인 스코틀랜드의 용감한 군 지휘자로, 퍼시 편에 서서 목숨을 걸고 싸운다.

8

헨리 4세 1부
HENRY IV PART 1

32~33세 때 작품, 1596~1597년

영국의 에드워드 3세가 죽고 그의 손자 리처드 2세가 왕위에 올라 22년간을 다스린 후, 1399년 랭커스터가의 헨리 4세가 왕위에 오른다. 리처드 2세를 살해한 죄를 속죄하기 위해 왕이 예루살렘 여행을 준비하는 중에 리처드 2세의 후계자였던 모티머Mortimer가 웨일스의 반란군인 오언 글렌도워Owen Glendower에게 잡혔다는 것과 이어서 그의 측근 노섬벌랜드Northumberland 백작의 아들 핫스퍼Hotspur가 스코틀랜드에서 대승을 거두었다는 전갈을 받는다. 왕은 이런 소식들을 듣고 핫스퍼와 왕위를 이어받을 자신의 아들 할Hal 왕자를 비교하면서 한숨을 쉰다.

이 무렵 할 왕자는 팔스타프Falstaff와 어울려 술을 마시며 친구들과 유흥에 빠져 있다. 팔스타프는 팔자걸음을 걷는 배불뚝이로 술값을 벌기 위해 으슥한 곳에 숨었다가 헌납하러 가는 순례자로부터 제물을 뺏는 도둑질과 거짓을 일삼는 재치 있고 예술적인 기사이다. 이런 팔스타프와 함께 지내는 동안 할 왕자는 서민을 접하고 이해하면서 백성이 원하는 왕이 되는 준비를 한다. 그러나 아버지인 왕은 그것을 상상조차 하지 못한다.

왕은 아들보다 뛰어난 핫스퍼를 소환하여 북에서 잡은 포로들을 양도하지 않은 이유를 묻는다. 핫스퍼는 왕에게 리처드 왕을 전복할 때 자신의 헌신적인 공헌에 대한 보상을 따지면서 그때 가졌던 자신의 섭섭함을 왕에게 표한다. 또 한편으로 퍼시Percy 가문을 결집하여 헨리 왕을 전복할 계획을 세운다. 이에 헨리 4세의 한숨은 더 깊어진다.

할 왕자가 주막에서 일하는 사람들과 농담을 주고받을 때 왕이 보낸 특사가 내란의 조짐이 보인다는 메시지를 그에게 전한다. 다음 날 할은 궁으로 돌아가 왕을 만난다. 아들에 대한 분노와 걱정에 싸여 있던 아버지 왕은 건달들과 어울리다 위엄을 잃고 죽임까지 당한 리처드 왕의 예를 들면서 용맹스런 핫스퍼가 할 왕자보다 왕이 될 자질과 가능성이 높다고 말하며 울음을 터뜨린다. 왕자는 아버지의 말을 듣고 때가 온 것을 직감하고 이제까지의 생활을 청산하고 전쟁에 나가 핫스퍼를 무찌르고 자신의 명예를 되찾겠다고 아버지에게 약속한다. 그리고 술집으로 돌아가 빚을 갚아주고 팔스타프에게 군악대의 지휘를 맡긴다.

나라는 몹시 혼란스럽다. 곳곳에서 왕에게 불만을 가진 퍼시 가족들, 스코틀랜드와 웨일스의 모반자들, 군대의 지도자들이 동맹을 결성하고 한자리에 모여서 현왕을 폐위하는 일에 힘을 모은다. 그리고 일이 성사되면 글렌도워, 모티머, 핫스퍼 셋이 나라를 똑같이 나누어 다스리자는 말이 오간다. 그러나 핫스퍼가 자신의 몫이 너무 적다고 불만을 표하는 데다 왕의 배반자로 알려질 경우 바로 징집되어 전쟁에 내보낸다는 소문 때문에 왕을 폐위시키는 일은 적극적으로 추진되지 못한다. 또한 동맹의 결성도 든든한 기반을 다지지 못하고 세월만 흘러간다.

1403년, 잉글랜드 슈롭셔 주의 수도인 슈루즈베리에서 퍼시가를 중심으로 한 내란이 크게 일어나 핫스퍼도 병든 아버지를 막사에 남긴 채 전장에 나갈 결심을 한다.

그 무렵, 왕의 편인 월터 블룬트Walter Blunt 경이 나서서 의견이 분분한 적병들을 안심시키고 왕의 뜻인 평화 협정을 제시하지만, 해결책 없이 싸움은 계속된다. 이에 할 왕자도 자신이 전장에 나가 싸울 수밖에 없다는 판단을 하고 팔스타프Falstaff를 찾아간다. 팔스타프는 여전히 술독에 빠져 있으면서도 전쟁에 쓸 만한 자들을 눈여겨보아 두었다가 그들을 전쟁에 내보낼 준비를 시킨다. 이는 왕자에게 큰 힘이 된다.

할 왕자는 전장에 나가 열심히 싸워 아버지의 신임을 되찾는다. 그러나 여전히 적과의 승부가 나지 않자 할이 핫스퍼에게 둘만의 결투를 신청한다. 대결은 할 왕자의 승리로 끝나고, 핫스퍼는 죽음을 맞는다. 이로 인해 퍼시 가족들이 많이 죽게 되고, 왕 진영의 승리로 끝을 맺는다.

헨리 4세 왕은 승리의 트럼펫 소리가 울리는 가운데 퇴거를 명령하고, 또 다른 반란군들에게로 진군의 방향을 돌린다.

헨리 4세 1부

〈헨리 4세 1부〉는 두 번째 4부작의 두 번째 에피소드로 논의의 여지가 많은 복잡 미묘한 역사극이다. 14~16세기 사이에 영국을 휩쓸던 교훈적인 연극으로, 엘리자베스 시대에 인기가 높았다.

요크가의 힛스퍼가 헨리 4세의 왕위 합법성과 리처드 2세의 살인 소문을 거론하며 왕위에 도전한다. 이 상황에서 헨리 4세는 술 좋아하고 놀기 좋아하는 팔스타프와 어울려 시간을 허비하는 헨리 왕자에 대해 크게 걱정한다.

이 연극을 보고 엘리자베스 여왕이 팔스타프에게 매혹되어 셰익스피어에게 부탁하여 쓴 팔스타프의 사랑 이야기가 바로 〈윈저의 유쾌한 아낙네들The merry Wives of Windsor〉이다.

헨리 왕자에서 헨리 5세 왕으로 변해가는 모습을 보는 재미가 크다는 이유로 이 작품은 오늘날 4부작의 하나로 자주 공연되고 있다. 역사적인 사실에 거의 부합하는 〈헨리 4세 1부〉는 왕의 군대와 반란군들의 계속된 싸움을 그리고 있는데, 양측의 우열을 판가름하기 어려운 상태에서 끝이 난다.

주요 인물

헨리Henry 4세 : 정치적인 불안에 시달리며 방탕한 후계자 때문에 점점 병세가 악화되고 거동이 불편해진다. 임종을 눈앞에 두고 왕관 때문에 왕자를 잠시 오해했으나 바로 화해한다.

할Hal 왕자 : 할, 헨리 왕자, 해리, 해리 왕자, 해리 몬머스Harry Monmouth, 웨일스의 왕자the Prince of Wales 등 여러 이름으로 불린다. 아버지 헨리 4세가 서거한 뒤 헨리 5세가 된다.

왕자들 : 존 왕자Prince John, 랭커스터 백작Duke of Lancaster, 험프리Humphrey, 글러스터 백작Duke of Gloucester, 토머스Thomas, 클래런스 백작Duke of Clarence 등 모두가 헨리 4세의 아들들이자 할 왕자의 형제들이다.

대법관The Lord Chief Justice : 영국에서 가장 세력 있는 대법관이다. 판단력과 통찰력, 지성을 겸비한 신중한 인물이다. 헨리 4세의 고문으로, 헨리 4세가 죽은 후 헨리 5세를 아들처럼 돌본다.

헨리 퍼시Henry Percy : 노섬벌랜드 백작이다. 노섬벌랜드 혹은 퍼시로 불린다. 세력이 막강한 북쪽의 귀족 가문의 자제로 우스터Worcester와 형제간이고 헨리 4세 군대와 싸우다 죽은 핫스퍼의 아버지이다.

요크의 대주교Archbishop of York : 헨리 4세에 반대한 요크의 대주교이다.

팔스타프Sir John Falstaff : 뚱뚱하고 재치 있고 유머가 넘치지만 법법도 많이 한다. 할 왕자가 왕위에 오르자 기대에 부풀었지만, 왕자로부터 외면당한다.

퀵클리Quickly : 런던 교외에 있는 싸구려 술집의 마음 착한 호스티스이다.

페이지Page : 할 왕자가 정해 준 팔스타프의 급사이다.

9

헨리 4세 2부
HENRY IV PART 2

34세 때 작품, 1598년

　잉글랜드 북쪽의 요크에서는 헛소문이 자자하게 퍼진다. 노섬
벌랜드의 아들 핫스퍼Hotspur가 슈루즈베리 전장에서 크게 이겼
다는 말이 돌더니, 이어서 헨리Henry 왕과 할Hal 왕자가 죽었다는
소식까지 들린다. 그러나 조금 후, 메신저가 와서 핫스퍼가 의식
을 잃었다고 보고하고 다시 그가 죽은 것이 확실하다고 알린다.
아들을 잃은 노섬벌랜드Northhumberland 백작은 몹시 슬퍼하며
복수를 결심한다. 전장에서 살아남은 대주교, 모브레이Mowbray,

헤이스팅스Hastings 등이 갈리아 숲에 모여 다시 정부군과 싸울 계획을 세우고 있지만, 죽은 핫스퍼의 부인은 시아버지에게 싸움에 휘말리지 말고 병사들과 물자만 지원하라고 권고한다. 이리하여 노섬벌랜드는 싸움에 참가하지 않는다.

할 왕자가 즐겨 찾는 런던 교외의 술집에서는 팔스타프Falstaff가 술값을 내지 않아 소동이 벌어진다. 그러나 아무리 싸워도 돈이 나올 리 없는 것을 아는 퀵클리Quickly는 경찰을 부르러 사람을 보낸다. 그사이 떠들썩한 소리가 들리고 대법관이 나타나 먼저 팔스타프에게 아직도 전장에 나가지 않은 이유를 묻자 퀵클리가 나서서 자기와 결혼할 사람이라고 변명해 준다. 대법관은 그 말은 들은 척도 하지 않고, 할 왕자를 찾아 왕의 신병이 악화된 것을 알리고 떠난다. 할은 곧바로 궁으로 돌아갈 준비를 한다.

왕은 나라에 대한 걱정으로 잠을 이루지 못하고 왕위가 얼마나 어려운 자리인지를 절감한다. 머지않아 노섬벌랜드가 패할 것이니 걱정할 것 없다고 안심시키던 워릭Warwick 백작의 말이 위로는 되지만, 리처드 2세를 제거하기 위해 온 힘을 다해 자기에게 충성하던 핫스퍼가 자신을 없애려고 앞장섰던 일을 떠올리며 왕은 다시금 걱정과 노여움에 몸을 떤다.

갈리아 숲에 모였던 대주교, 모브레이, 헤이스팅스의 군대들은 만반의 준비를 마치고 스코틀랜드까지 진격한다. 이때 정부군의 웨스트모어랜드Westmoreland는 왕의 셋째 아들 존John의 명령으로 휴전을 선포한다. 많은 사람이 전쟁이 한창인 때 휴전하는 이유를 따지면서 과거의 왕의 처사까지 들먹이며 불평을 늘어놓는다. 그럼에도 웨스트모어랜드의 우격다짐으로 휴전이 성사된다. 휴전 후, 존 왕자는 반대군의 지휘자들을 개인적으로 만나 그들의 요구를 들어주며 군대를 해체하여 집에 돌아가게 한다. 그리고 반대 의견을 고집하는 사람은 반역죄로 체포하여 처형해 버린다.

할 왕자가 런던으로 떠날 때 팔스타프는 자신의 앞날을 부탁하고, 자신의 장밋빛 미래를 상상하며 또 술을 퍼마신다.

왕은 침실에서 불량한 친구들과 함께 술에 빠져 흥청망청하고 있을 할 왕자를 생각하고 슬퍼하다 병이 더 악화되어 치료실로 잠시 옮겨진다. 이때 왕자가 도착하여 아버지가 없는 침상 옆에 놓인 왕관을 들어 제 머리에 써 본다. 잠시 후, 정신이 든 왕은 왕관을 찾다가 왕관이 없자 왕자의 소행으로 생각하고는 '반역이 이렇게 쉬운 일이구나'하며 한탄한다.

왕자가 돌아오자 왕은 인내심이 그렇게 없어서야 어떻게 왕이 되겠느냐며 아들을 호되게 야단친다. 또 그가 앞으로 다스릴 영국을 생각하며 구슬프게 운다. 왕자는 아버지를 죽게 만든 자를 나무라기 위해 왕관을 잠시 머리에 얹어 보았을 뿐이라고 용서를 빈다. 이에 왕은 아들을 용서하고 외국과 좋은 관계를 맺고 평화롭게 나라를 잘 다스리라는 마지막 조언를 한다. 왕자는 책임 있는 왕이 되겠다고 아버지와 단단히 약속하고, 왕은 조용한 치료실에서 그의 침실로 다시 옮겨져 숨을 거둔다. 왕의 서거가 알려지기 전에 왕자는 대법관을 찾아가 앞으로 해야 할 모든 일들을 의논하고, 그의 가르침을 받는다.

헨리 4세의 서거 소식을 듣자 팔스타프는 채비를 하고 런던에 도착한다. 대관식을 하기 위해 헨리 5세가 웨스트민스터 교회당에 나타나자 팔스타프는 "나의 사랑하는 친구여 하느님의 축복이 있을 지어다!"라고 소리친다. 이에 대법관이 조용히 하라고 명령하자, 그는 개인적으로 왕을 만나야 한다고 떠들어 댄다. 젊은 황제는 "짐을 옛날의 나로 기대하지 마시오"라고 담담하게 팔스타프를 거절한다. 대법관은 군대가 재편성될 때까지 팔스타프를 군함에 위치한 감옥에 가두게 한다.

왕위에 오른 헨리 5세는 찾아온 팔스타프에게 "나는 그전의 내가 아니오"라고 한마디하고 프랑스 점령 계획을 의논하기 위해 궁으로 들어간다. 이어서 존 왕자가 나와 "헨리 5세가 국회를 소집하고 일 년 내에 프랑스와의 전쟁을 공포 할 것"이라고 군중에게 알린다. 그리고 막이 내린다.

헨리 4세 2부

〈헨리 4세 2부〉에서도 낭비와 놀기 좋아하는 성격의 팔스타프 기사의 됨됨이가 조명되지만, 1부에서 보여 준 미워할 수 없는 사랑스런 인물과는 달리 거만한 희극적인 인물로 추락한다.

희곡 자체도 1부보다 인기나 공연 횟수가 훨씬 뒤떨어지지만, 헨리 왕에 관한 연속 작품으로 계속 공연되고 있다. 헨리 4세의 일생은 죽을 때까지 반란과 침략으로 점철되었으나 할 왕자는 아버지가 서거하자 극적으로 변하여 왕의 자리를 굳게 지킨다. 뚱뚱한 기사 팔스타프의 위치도 점점 흔들리기 시작하고, 왕자가 헨리 5세 왕이 되고 나서는 그를 외면한다.

헨리Henry 5세 : 젊고 명석하고 언변이 좋은 용감하고 책임감이 강한 영국의 왕이다. 어려서는 해리Harry 혹은 할Hal이라고 불린 방종한 젊은이였지만, 아버지로부터 왕위를 이어받아 헨리 5세가 된 후에는 용맹스런 군인이자 유능한 전략가, 웅변가로 완전한 지도자상으로 칭송받는다. 프랑스 대군을 물리친 후, 프랑스 공주 캐서린과 결혼하여 낳은 아들이 왕위를 이어받아 헨리 6세가 된다.

캐서린Katherine : 프랑스 샤를 6세의 딸이다. 영국과 프랑스가 우의를 견고하게 하는 조건으로 영국의 헨리 5세와 결혼하게 된다.

공작들Exeter, Westmorland, Salisbury, Warwick : 군사지도자들로 왕에게 충실한 고문들이다. 특별히 엑서터Exeter 공작은 왕의 삼촌으로 프랑스 왕에게 친서를 보내는 위임을 받는다.

공작들Clarence, Bedford, Gloucester : 헨리 왕의 3형제들로 모두 무관이다.

캔터베리Canterbury 대주교와 일리Ely 주교 : 부와 세력을 겸한 영국의 막강한 사제들이다. 헨리 왕이 프랑스를 점령하는 데 결정적인 역할을 한 인물들이다.

귀족들Cambridge, Scroop, and Grey : 왕의 친지들이다. 프랑스로 가는 길에 왕을 죽이려는 음모를 꾸미다 살해당한다.

요크와 서퍽York and Suffolk : 왕의 사촌들이다. 아쟁쿠르 전장에서 죽는다.

샤를Charles 6세 : 프랑스 왕이다. 아들과 달리 헨리 5세를 얕보지 않는다.

이사벨Isabel : 프랑스 샤를Charles 6세와 결혼한 여왕. 그의 딸 캐서린이 영국의 왕 헨리 5세와 결혼한다.

왕세자The Dauphin : 프랑스 샤를Charles 6세의 아들로 영국의 헨리 5세를 얕본다.

앨리스Alice : 프랑스 캐서린 공주의 시녀이다.

10

헨리 5세
HENRY V

35세 때 작품, 1599년

헨리 4세가 1413년에 죽고 할Hal 왕자가 바로 아버지의 왕위를 이어받아 헨리 5세에 즉위한다. 궁에서는 캔터베리Canterbury 대주교와 일리Ely 주교가 용감하고 활기찬 젊은 왕자를 현명한 군주로 만들기에 바쁘다. 할 왕자의 등극을 거부하던 사람들도 헨리 5세가 용감한 군인으로, 능숙한 전략가로, 또 훌륭한 웅변가로 실력을 과시하고 애국심을 호소하자 모두가 한마음이 되어 왕에게 충성하고 영국의 황금기를 꿈꾼다.

왕은 프랑스 왕권에도 관심이 있어 여자가 왕위 계승이 안 되는 살리법안Salic law에 대해 자세히 묻는다. 대주교는 현재의 프랑스 왕이 여인으로부터 왕권을 이어받았다며 증조할머니인 에드워드 3세의 부인 이사벨라Isabella 여왕부터 계열을 따져 보라고 알려 준다. 이때부터 헨리 5세는 먼 친척 중 프랑스 왕족과의 관계를 자세히 따지고 연구하여 그들의 몫으로 프랑스 영토의 일부를 요구한다. 그러자 프랑스의 왕세자는 헨리 5세에게 어처구니없는 일을 벌이고 있다고 모욕적인 편지를 보낸다. 이에 분개한 헨리 왕은 군대를 동원하여 프랑스를 점령할 계획을 세우지만, 그의 뜻에 따르는 사람은 많지 않다.

왕은 작은 무리를 이끌고 프랑스로 향한다. 그러나 세 귀족, 케임브리지의 얼Earl of Cambridge, 스크루프 경Lord Scroop과 토머스 그레이Thomas Grey 경은 프랑스로부터 뇌물을 받고 노상에서 왕을 죽이려는 음모를 꾸민다. 그 사실을 알게 된 왕은 과감하게 그들을 살해한다. 이때부터 왕은 뜻에 맞지 않는 사람들을 주저하지 않고 제거한다.

도중에 왕은 런던에서 사귀던 술집 친구들을 만나 팔스타프Falstaff가 중병에 걸려 누워 있다는 소문을 듣고, 이어서 그가 죽었다는 소식을 듣게 된다. 왕은 마음 놓고 떠들 친구가 죽은 것을 아쉬워하며 슬퍼한다.

왕은 계속 프랑스로 진군하면서 승리를 거둔다. 1415년 아쟁쿠르Agincourt 전장에서는 왕이 일반 사병으로 변장하고 적의 실정을 자세히 살핀 덕분에 승리를 거두고 프랑스를 항복시킨다. 두 나라의 싸움은 1420년까지 계속되다가 트로이 협정에 의해 전쟁이 종결되고, 헨리 5세에게 프랑스 왕권이 인정된다. 이로 인해 프랑스 왕 샤를Charles 6세가 몹시 화가 난 상태에서 헨리 5세가 그의 딸 캐서린Katherine을 만난다.

프랑스 궁에서는 캐서린 공주가 그녀의 수행인 앨리스Alice로부터 영어를 배우느라 한창 바쁘다. 샤를Charles 왕(불)은 그를 찾아온 헨리 5세(영)와 그의 수행원들을 궁중으로 안내한다. 양국의 정상들이 모인 자리에서 버건디Burgandy(불) 공작은 프랑스가 당하는 수모를 슬퍼하며 두 나라가 영원히 평화롭게 지낼 수 있도록 도와 달라는 간절한 기도를 올린다. 헨리 왕은 프랑스의 요구사항을 묻고 그에 답하며 프랑스와의 평화적인 유대관계를 약속한다.

귀족들이 토의 사항들을 재검토하기 위해 나간 사이, 방에는 헨리 왕과 캐서린 공주 두 사람만 남게 된다. 왕은 영어와 불어를 섞어 가며 공주에게 구애하고 그녀에게 키스를 하자 공주는 결혼 전에 키스는 허용되지 않는다고 거절한다. 그러자 헨리 왕은 왕에게는 그런 규율이 통하지 않는다고 맞받아친다. 이렇게 시작된 두 사람의 만남은 사랑으로 이어지고, 프랑스 왕은 영국과의 평화를 조건으로 그의 딸과 영국 왕 헨리 5세와의 결혼을 승낙한다. 헨리 왕은 공주에게 다시 키스를 하며 서로에게 진실할 것을 맹세한다.

헨리 5세가 1422년에 죽은 후, 그의 어린 아들이 헨리 6세로 등극하여 대를 잇는다.

헨리 5세

〈헨리 5세〉는 두 번째 4부작의 마지막 작품으로 세익스피어 작품 중 가장 애국적인 작품이다. 두 개의 4부작 중에서 〈헨리 5세〉만이 국가의 번영을 다루고 있다. 희곡은 1413년 그가 왕위를 계승하면서부터 죽기 2년 전인 1420년 프랑스의 캐서린 공주와 결혼할 때까지의 이야기를 다룬다.

할 왕자가 헨리 5세로 즉위하자마자 왕은 프랑스에 있는 영국령의 주권을 요구하고, 프랑스에 군대를 파병하여 승리를 거둔다. 이런 국가적 영예뿐 아니라, 프랑스 왕의 딸 캐서린의 사랑을 차지하게 되어 헨리 5세는 군주 중의 대왕이 된다. 헨리 5세는 신앙이 돈독하고 전쟁 전에는 법적 또는 도덕적 정당성을 중요시하고 따지지만, 일단 전쟁이 일어나면 물불을 가리지 않는 용장으로 변하는 위대한 정복자인 동시에 국민의 영웅이다.

〈헨리 5세〉는 랭커스터 왕가의 역사적인 승세를 다룬 것으로 당시 귀족들의 언어, 전쟁에서의 영웅적인 싸움, 용감한 전술, 겸손하고 유머가 넘치는 지도자상을 그린 작품으로 유명하다.

연극은 세익스피어가 살아 있는 동안 내내 인기가 높았지만, 18세기 초에 인기가 다소 사그라지다가 1730년 이래로 꾸준히 공연되고 있다.

헨리Henry 8세 : 독재 군주로 교황이 캐서린 여왕과의 이혼을 인정하지 않자 로마와 인연을 끊고, 앤 불린과의 결혼을 추진한다.

울지Wolsey 추기경 : 세력이 막강한 대법관으로 왕과 프랑스 공주와의 결혼을 마음에 두고 캐서린 여왕과의 이혼을 정당화시킨다. 그사이 왕은 앤 불린을 만나 추기경의 반대에도 불구하고 결혼을 추진한다. 이로 인해 울지는 왕과 멀어져 세력을 잃고 오래 살지 못하고 죽는다.

캐서린Katherine 여왕 : 캐서린은 스페인의 공주로 헨리 8세와 결혼하기 전에 왕의 형과 결혼한 적이 있다. 이런 이유로 울지 추기경은 왕과의 이혼을 촉구하고 여왕은 왕으로부터 이혼을 당하고도 끝까지 위엄을 잃지 않는다.

앤 불린Anne Boleyn : 왕이 캐서린 여왕과의 이혼 과정 중에 만난 여인으로 교황의 승인은 받지 못했지만, 헨리 왕의 사랑을 받고 결혼하여 엘리자베스를 낳는다. 이 아기가 엘리자베스 1세 여왕이 된다.

버킹엄Buckingham 공작 : 아버지가 리처드 3세에게 죽임을 당한 사람으로 울지 추기경의 매도로 런던 탑에 갇힌다. 이후에 헨리 8세에게 사형을 선고받는다.

크랜머Cranmer 대주교 : 캔터베리Canterbury의 대주교인 크랜머는 왕을 대신하여 그의 이혼을 정당화하는 데 힘을 다한다. 아기 엘리자베스에게 세례를 준 신부이다.

노퍽Norfolk 재판관 : 울지 추기경을 탓하는 버킹엄 공작을 믿지 않았지만, 그가 모반죄로 죽자 울지 추기경을 의심하고 그를 고발한다. 아기 세례에 참석한다.

서퍽Suffolk 재판관 : 울지 추기경이 추락한 후 진급되어 크랜머 대주교와 한편이 된다.

크롬웰Cromwell : 울지 추기경의 친구이다. 울지가 쇠퇴한 후에도 명예와 겸손을 지키라는 친구의 조언에 따라 크랜머를 지지한다.

아기The child : 헨리 왕과 앤 왕비 사이에서 태어난 여아로 '엘리자베스'라는 세례명을 받고 후에 엘리자베스 1세 여왕이 된다.

헨리 8세
HENRY VIII

48~49세 때 작품, 1612~1613년

런던 궁에서는 헨리 8세와 캐서린Katherine 왕비, 대신들이 모인 회의가 열린다. 먼저 버킹엄Buckingham 공작이 나서서 울지 Wolsey 추기경을 가리키며 개인의 이익을 위해서 프랑스로 호화로운 여행을 하고, 권력을 남용하는 사람이라며 비난을 퍼붓는다. 옆에 있던 노퍽Norfolk 공작은 막강한 울지 세력이 두려워 그에게 조용히 하라고 경고한다. 기다릴 새도 없이 울지는 곧바로 버킹엄을 체포하도록 하여 감옥인 런던 탑으로 보낸다.

이 장면을 보는 여왕은 울지 추기경의 처사를 매우 못마땅하게
여긴다. 더욱이 백성이 극심한 고통을 겪는 이유가 가혹한 세금
때문이라고 왕의 탓으로 돌릴 때는 그가 더더욱 마음에 들지 않는
다. 여왕은 왕에게 추기경을 조심하고, 국왕의 위엄이 흔들리지 않
도록 조심하라고 조언한다. 왕도 울지에게 버킹엄을 감옥에 보낸
이유를 따지고 들고 싶지만 참는다. 높은 세금 때문에 백성의 원
성이 높아지고 있다는 울지의 보고에 대해서만 묻지만 그는 대답
을 회피한다. 답을 기다리던 왕이 세금 인상은 철회하라고 명한다.
그때서야 울지는 취소에 대한 대가를 왕에게 은근히 요구한다.

궁에서 열리는 가면무도회에 단장을 한 귀부인들과 여왕의 시
녀였던 앤 불린Anne Boleyn이 참석한다. 헨리 왕 역시 가면을 쓰
고 무도회에 참석하여 앤 불린과 춤을 추면서 그녀의 우아함에
홀딱 반한다. 그 후 궁에서는 왕이 캐서린 여왕과 이혼하고 앤 불
린과 결혼할 거라는 소문이 파다하게 퍼진다. 그러나 당사자 앤
은 여왕을 가엾게 여기며 그런 소문을 일축해 버린다.

여왕은 자신이 왕의 충실한 아내였음을 강조하고 이혼이 성사
되지 못하도록 온갖 애를 쓴다. 그러나 헨리 8세는 캐서린 왕비가
첫 번째 아내이지만 오랫동안 후계자가 없어 걱정한다. 이에 더
해 감옥에 있는 버킹엄이 왕에게 세자 없이 죽을 것이라는 충격
적인 말을 하자 왕은 충동적으로 그에게 사형을 선고한다. 귀족

간에 의견이 분분한 가운데, 결국 버킹엄은 리처드Richard 3세에게 죽은 아버지를 언급하며 자신도 헨리 왕에게 억울하게 죽는다는 연설을 남기고 죽음을 맞이한다.

왕을 피하던 앤은 왕이 후계자 문제로 매우 고민하고 있다는 사실을 알고 나서 마음을 바꿔 왕의 구혼을 받아들인다. 왕비가 될 결심을 한 앤은 왕에게 캐서린 왕비와의 이혼을 정식으로 요구하고, 왕으로부터 현여왕과의 혼인을 무효화하겠다는 약속을 받고 나서야 왕을 가까이한다. 이혼의 근거는 캐서린이 형과 이미 결혼했던 사람으로 형에게 순결을 잃었으니 헨리 8세와의 결혼은 레위기(20:21)에 어긋나는 비非 성경적인 결혼이라는 것이다. 헨리 8세는 캐서린과의 혼인 무효를 교황청에 요청하면서 다른 여성과의 결혼을 허락해 달라는 내용까지 포함한다. 그 여성은 사실상 앤을 의미하는 것이다.

한편, 왕을 프랑스 공주와 결혼시키려고 캐서린과의 이혼을 열심히 주장하던 울지 추기경은 왕이 앤과 결혼하려고 하자 교황에게 캐서린과의 이혼을 연기해 달라는 편지를 보낸다. 이제까지 극성스럽게 캐서린과의 이혼을 주장하던 울지가 반대 의견을 내놓자 귀족들이 그 이유를 추궁하고, 울지는 왕과 프랑스 공주를 맺어주고 싶어서라고 고백한다. 이로 인해 울지는 왕과 귀족들의 신임을 잃고 그의 세력은 추락하고 만다.

결혼 문제로 로마 교황청과 극심하게 대립하면서 헨리 8세는 완강하게 첫 번째 부인과의 결혼을 무효로 선언하고, 앤 불린과의 결혼을 결정한다. 로마 교황청은 왕을 파문하고, 왕은 로마 가톨릭의 지배에서 벗어나 국왕이 교회의 우두머리가 되는 영국 성공회를 만든다. 그리고 성공회의 신부 크랜머Cranmer 대주교에게 궁의 모든 일을 맡긴다.

왕은 앤 불린과의 결혼을 정식으로 공포하고, 군중은 여왕의 대관식을 보러 거리로 몰려나온다. 이제 캐서린은 여왕의 자리에서 귀부인Princess Dowager으로 강등되고, 죽을 날을 기다린다. 이혼의 말이 나오기 시작한 것이 울지 때문이라고 탓하던 캐서린은 막상 그가 죽자 마음속으로 그를 용서한다.

앤 왕비가 여아를 출산했다는 소식이 알려지고, 왕은 크랜머 대주교에게 아기의 대부가 되어 줄 것을 부탁한다. 대중이 왕의 딸이 세례 받는 것을 보기 위해 광장에 모인다. 대주교는 공주에게 영국의 번영과 천수를 누릴 여왕이 될 것을 예언하고, 왕은 후계자를 얻은 기쁨을 조물주와 그곳에 모인 백성에게 돌린다. 크랜머 대주교는 아기에게 엘리자베스Elizabeth란 세례명을 주고 왕과 아기를 축복한다. 군중은 박수갈채로 이에 환호하고 막이 내린다.

헨리 8세

〈헨리 8세〉는 셰익스피어의 말기에 쓰여진 작품이자 역사극의 마지막이다. 왕의 생존에서부터 한 세기가 지나고, 또 그의 딸 엘리자베스 1세 여왕이 죽은 지 10년이 지나서 쓰인 작품이다. 울지 추기경의 흥망성쇠, 형의 부인이었던 캐서린 왕비와의 이혼, 앤 불린과의 결혼, 엘리자베스의 출생 등 엘리자베스 1세 여왕의 출생 준비 이야기라고 할 수 있다. 프랑스 왕과 헨리Henry 왕, 또 캐서린 공주와의 흥미로운 장면들 때문에 제일 처음 영화로 만들어졌지만, 너무 의식적이고 세심하지 못해 지금은 거의 공연을 하지 않는 작품이기도 하다.

Tragedy

셰익스피어의 비극

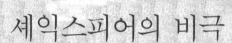

1594~1608

셰익스피어의 비극은 남녀의 사랑에서부터 정치적 야심으로 인해 벌어지는 인간 심리의 변화를 그리고 있다. 비극의 주인공들은 대부분 역사적 인물이다.

셰익스피어의 전성기는 엘리자베스 여왕의 마지막과 제임스 왕의 취임 5년간인 1600년부터 1608년을 잡는데, 이 기간 동안 쓴 10개의 작품 가운데 6개가 비극에 해당한다.

1600~1601년에 쓰인 〈햄릿Hamlet〉을 시작으로 1604년에 발표한 〈오셀로Othello〉, 1605년에 쓰인 〈맥베스Macbeth〉 그리고 일 년 후의 작품 〈리어 왕King Lear〉이 셰익스피어의 4대 비극이다. 이 모두가 이기적인 동기 때문에 착한 사람들이 허무하게 죽어 가는 슬픈 이야기이다. 셰익스피어가 비극에 몰입하게 된 동기는 1603년에 엘리자베스 여왕이 죽은 역사적인 사건과 가정적으로는 아들 햄닛이 열한 살에 죽고, 1601년에 아버지가 돌아가신 큰 충격들로 인한 것으로 추정된다.

쓰인 순서대로 작품을 소개하면 다음과 같다.

티투스 안드로니쿠스 Titus Andronicus : 로마의 전쟁 영웅이다. 자신의 딸 라비니아가 성폭행을 당하고 불구가 되자 장군은 복수자로 돌변한다. 먼저 딸을 망친 키론과 드미트리우스를 없애고 딸의 수치와 그녀에 대한 자신의 슬픔을 잊기 위해 딸까지 죽인다. 그리고 자신도 왕에게 살해당한다.

타모라Tamora 황후 : 고트Goth 족의 여왕으로 야만적이고 호색을 탐하는 여인이다. 포로로 잡혀온 후 사투르니누스의 황후가 된다. 그 이후에도 흑인 애인 아론과 사랑을 나누며 아이까지 낳는다. 큰아들을 참사한 티투스 안드로니쿠스 장군에게 앙심을 품고 그 집안을 무너뜨린다.

아론Aaron : 타모라의 흑인 애인으로 그와 여왕 사이에 아이까지 있다. 타모라의 아들들을 시켜 황제의 동생 바시아누스를 죽이게 하고, 혐의는 티투스 아들들에게 씌운다. 결국 새 황제로부터 생매장 선고를 받고 굶어 죽는다.

라비니아Lavinia : 티투스 안드로니쿠스의 외동딸이다. 로마 황제의 동생인 바시아누스를 사랑해 그와 함께 도망친다. 그러나 숲에서 키론과 드미트리우스의 습격을 받아 애인은 죽고, 자신은 성폭행을 당하여 불구자가 된다. 후에 아버지의 칼에 죽는다.

마르쿠스 안드로니쿠스 Marcus Andronicus : 티투스 안드로니쿠스의 동생으로 로마의 호민관이다. 형제 중 마르쿠스만이 살인과 폭력에 관여하지 않은 이성적이고 조용한 인물이다.

사투르니누스Saturninus 황제 : 로마 황제의 큰아들로 티투스 안드로니쿠스의 지지로 새 황제가 된다. 포로인 타모라를 여왕으로 맞고 로마를 피폐시키고, 티투스 가족을 파괴한다.

바시아누스Bassianus : 사투르니누스 황제의 동생으로 라비니아의 연인이다.

루시우스Lucius : 티투스 안드로니쿠스 장군의 아들로 그의 누이 라비니아가 바시아누스와 가출할 때 도와준다. 타모라의 음모로 추방당한 후, 고트 족을 이끌고 로마로 돌아와 시민의 환영을 받고 황제로 추대된다.

키론Chiron과 **드미트리우스**Demetrius : 타모라의 아들들로, 고트의 왕자들이다. 바시아누스를 죽이고, 라비니아를 성폭행하고 불구로 만든다. 결국, 티투스에게 목을 잘리고, 피와 뼈와 머리는 음식이 되어 어머니 타모라가 먹게 된다.

1

티투스 안드로니쿠스
TITUS ANDRONICUS

30세 때 작품, 1594년

로마 근교에서는 누가 로마 황제가 될 것인지를 놓고 민중의 의견이 분분하다. 이때 로마의 호민관인 마르쿠스 안드로니쿠스 Marcus Andronicus가 군중 앞에 나와 그의 형 티투스 안드로니쿠스Titus Andronicus 장군이 고트 족을 정벌하고 로마에 입성한다는 소식을 알린다. 이어서 장군이 그의 아들들과 포로들을 이끌고 들어온다. 포로 중에는 고트의 여왕 타모라Tamora와 그녀의 세 아들, 또 여왕의 애인인 흑인 아론Aaron도 포함되어 있다. 장군은 먼저 가족의 묘지를 찾아가 전장에서 죽은 자신의 아들의 장례를 치르고, 타모라의 큰아들을 죽여 제물로 바친다.

이어서 호민관 마르쿠스가 형 티투스에게 로마인들이 그를 황제로 모시기를 원한다는 말을 전한다. 그러나 장군은 왕위를 거절하고 전 황제의 큰아들 사투르니누스Saturninus가 왕위에 오르도록 돕는다. 왕위에 오른 사투르니누스는 장군의 딸 라비니아Lavinia를 왕비로 삼으려 했지만, 그녀는 이미 그의 동생 바시아누스Bassianus와 눈이 맞아 숲으로 도망간 후이다. 왕은 포로인 타모라에게 매력을 느끼고 그녀와 혼인한다. 왕비가 된 타모라는 자신의 큰아들을 죽여 제물로 바친 티투스 안드로니쿠스 장군을 저주하며 복수할 계획을 세운다.

이런 여왕의 속마음을 모른 채 티투스 장군은 그녀의 가족들을 사냥에 초대한다. 숲 속에 들어온 타모라는 애인 아론과 비밀리에 정사를 벌인 후, 발설을 막기 위해 그녀가 데려온 두 아들 키론Chiron과 드미트리우스Demetrius를 시켜 숲에 있는 바시아누스를 죽이고 장군의 딸 라비니아를 겁탈하도록 부추긴다. 그리고 라비니아의 혀와 두 손을 잘라 그 일이 알려지지 않도록 단속한다. 그러고는 티투스의 두 아들을 바시아누스를 죽인 범인으로 지목하는 증인을 세워 그들이 사형 판결을 받도록 한다.

사건의 전말을 모르는 티투스 장군은 나라에 충성했던 자신의 손을 잘라 왕에게 보내며 아들의 사형 선고를 거두어 달라고 부탁한다. 그러나 두 아들의 목과 자신의 손이 되돌아오자 티투스는 마침내 복수를 결심한다.

불구가 된 라비니아는 슬픔에 젖은 아버지와 삼촌 앞에서 막대기를 입에 물고 '폭행, 키론, 드미트리우스'를 땅에 쓴다. 이것을 보고 아버지는 딸이 타모라의 아들들로부터 당한 사실을 알게 되고, 이 사실을 왕에게 알리기 위해 아들 루시우스Lucius를 궁으로 보낸다. 그러나 그가 왕을 만나기도 전에 타모라는 재빠르게 왕을 설득하여 루시우스를 로마에서 추방하도록 한다.

궁전에서는 아기 탄생을 알리는 나팔이 울리고, 보모가 피부가 검은 아기를 데리고 나와 아론에게 주며 아기를 죽이라고 한다. 아론은 아기 대신 보모를 죽이고, 아기를 안고 고트로 도망간다. 어느 날, 폐허가 된 수도원에서 고트 인이 한 남자가 "너의 엄마는 황후다"라고 말하며 아기를 달래고 있는 모습을 본다. 이를 이상하게 생각한 그는 아기와 남자를 루시우스 장군 앞에 끌고 온다. 루시우스는 황후를 언급한 이유를 묻다가 아기의 생명을 살려 주겠다는 조건으로 여러 가지 사실을 남자로부터 알아낸다. 그의 이름은 아론이고 아기는 그와 타모라 황후 사이에서 난 아이였다. 타모라의 두 아들이 바시아누스를 죽인 후 라비니아를 강간하고 그녀의 혀와 양 손목을 잘랐다는 사실도 알게 된다. 이에 분개한 루시우스는 이를 갈며 군력을 강화하여 로마 궁을 칠 준비를 한다.

로마에서 추방당했던 티투스 장군의 아들 루시우스가 고트 족을 이끌고 로마에 쳐들어온다는 소식이 전해지자 이에 가장 놀란 사람은 사투르니누스 황제이다. 루시우스가 명장인 데다 민중이 루시우스의 추방을 부당하게 볼 뿐 아니라, 그를 로마 황제로 추대하고 싶어 한다는 말을 여러 번 들었기 때문이다. 두려움에 떨고 있는 황제에게 타모라 황후가 자신이 일을 잘 해결하겠다고 왕을 안심시킨다. 그러고 나서 황후는 루시우스에게 사절을 보내 춘부장 댁에서 만나기를 원한다는 전갈을 보낸다.

루시우스는 자신의 아버지와 삼촌 앞으로 인질을 먼저 보내면 참석하겠다고 답한다. 이리하여 타모라는 아들 키론과 드미트리우스를 데리고 티투스의 집을 찾아간다. 티투스와 협상 날짜를 정하고 타모라는 떠나고, 두 아들은 인질로 남는다. 하인들은 두 형제를 꽁꽁 묶고, 티투스는 단도를, 딸은 손이 없는 팔로 대야를 들고 나타난다. 노인은 그들의 목을 단도로 자르고 딸은 그들의 피를 대야에 받는다. 하인들은 죽은 이들의 뼈를 가루로 만들어 피로 반죽하여 자른 머리를 싸서 오븐에 넣어 굽는다.

협상일이 되어 황제와 타모라 황후가 티투스 장군 집에 도착한다. 모두가 연회장에 앉아 음식을 맛있게 먹은 뒤, 티투스 장군이 왕에게 강간당한 딸을 죽인 옛 아버지의 처사가 옳은 것인지를 묻는다. 황제는 그런 치욕을 당한 딸을 살려 두면 딸의 얼굴을 볼 때마다 아버지의 가슴이 더 아플 것이니 옳은 처사라고 답한다. 티투스는 지당한 말이라고 하며 그 자리에서 딸 라비니아를 죽인다. 황제와 황후가 놀라 "외동딸을 왜 죽였는가?"라고 묻자 티투스는 자신이 죽인 것이 아니라 키론과 드미트리우스가 이미 딸을 죽인 것이라고 답한다. 황제가 노해서 그 아들들을 부르자 티투스는 황후가 먹은 고기만두에 들었다고 말하고 타모라의 목을 벤다. 황후가 쓰러지자 황제가 칼을 빼 그 자리에서 티투스의 목을 치고, 쏟아지는 아버지의 피를 본 루시우스가 사투르니누스 황제를 죽인다.

연회에 참석했던 마르쿠스 안드로니쿠스는 이런 참상을 보며 혼란스런 로마를 걱정한다. 그리고 이를 수습할 사람은 젊은 지도자 루시우스밖에 없다고 말한 뒤 모인 사람들에게 그를 소개하고 안드로니쿠스 가족이 당했던 무서운 일들을 털어놓는다.

이야기의 전모를 들은 군중은 "루시우스 만세! 로마의 인자하신 새 통치자 만세!"를 외치며 그를 황제로 추대한다. 루시우스는 단에 올라 먼저 신에게 감사드리고 혈육에 대한 애도를 표하며 조상에게 용서를 빌고 나서 대중에게 다음과 같은 사항을 명한다.

1. 황제와 친했던 몇 사람이 황제의 유해를 운구하여 종묘에 매장하시오.

2. 아버지와 라비니아의 유해는 집안 묘지에 모시도록 하겠소.

3. 탐욕스런 타모라의 장례식은 없고 들짐승이나 들새의 밥이 되도록 들판에 내버리시오.

4. 악독한 무어 인 아론은 생매장하여 굶어 죽게 하시오.

그리고 새 황제는 이런 비극이 로마에서 다시는 일어나지 않도록 사회 질서 회복에 힘쓰라고 부탁한다. 이를 끝으로 인간의 잔학성을 극단적으로, 또 적나라하게 표현한 중세 이야기는 막을 내린다.

티투스 안드로니쿠스

〈티투스 안드로니쿠스〉는 셰익스피어의 첫 번째 비극으로 피비린내 나는 작품이다. 잔학하고 처참하기가 이를 데 없어 수 세기 동안 많은 학자가 셰익스피어 작품으로 받아들이기를 꺼렸다. 이 작품은 1594년 1월 24일 로즈 극장에서 첫 공연을 한 기록이 남아 있고, 《4절판》에 수록되어 출판되었다.

고대 로마를 무대로 정치적 복수심 때문에 극단적인 인간의 잔학성이 드러난 이 '복수 비극'은 나오자마자 크게 히트를 친 것으로 알려져 있다. 로마 장군 티투스가 그의 딸 라비니아를 능욕하고 불구자로 만든 타모라의 아들 키론과 드미트리우스를 살해하는 것으로 시작하여 다섯 사람이 죽고 자신도 칼에 맞아 죽는다.

이 작품은 통속적인 비극이라는 혹평을 받기도 했다.

로미오Romeo : 베로나에서 존경을 받는 몬태규 가문의 아들로 줄리엣과 사랑에 빠진다. 그러나 연인의 사랑은 죽음으로 이어진다.

줄리엣Juliet : 14세의 캐풀렛 가문의 아름다운 딸로 로미오를 사랑하고 결혼하지만 로미오가 티벌트를 죽이게 되자 본의 아니게 그와 이별하고 만다.

보모The Nurse : 줄리엣이 어머니보다 더 좋아하는 보모로 두 사람의 연애를 돕는다.

에스칼루스Escalus : 베로나의 왕자로 캐풀렛과 몬태규 가문의 화해를 위해 노력한다.

파리스Paris : 줄리엣과 결혼 날짜를 잡은 왕자의 친척이자 백작이다.

몬태규Montague : 로미오의 아버지로 그녀가 죽은 후에 줄리엣을 가문에 받아들일 것을 줄리엣의 아버지와 약속한다.

캐풀렛Capulet : 줄리엣의 아버지이다. 몬태규와의 좋은 추억을 더듬다가도 딸을 생각하면 그에 대한 마음이 엇갈린다.

머큐시오Mercutio : 상황 판단을 잘하고 재치가 있으며 농담을 잘하는 로미오의 친구이다.

베노볼리오Benovolio : 로미오가 어려움에 처할 때마다 구해 준 친구이다. 티벌트가 죽게 된 상황을 로미오에게 유리하도록 변호한다.

티벌트Tybalt : 성질이 급하고 화를 잘 내는 줄리엣의 사촌으로 검술 싸움에서 로미오에게 죽음을 당한다.

로렌스 수사Friar Laurence : 로미오와 줄리엣의 결혼을 진행하고, 만토바에 있는 로미오에게 편지를 보낸다.

존 수사Friar John : 프란체스코 수사로 로렌스 수사가 만토바에 있는 로미오에게 줄리엣이 정말 죽은 것이 아니라고 보내는 편지의 메신저이다.

2

로미오와 줄리엣
ROMEO AND JULIET

30~32세 때 작품, 1594~1596년

이탈리아 베로나에 쟁쟁한 몬태규 가문과 부유한 캐풀렛 가문이 있었다. 한때는 두 주인이 무척 가깝게 지냈으나 지금은 양가의 하인들까지 싸움을 벌이는 앙숙이 되었다. 일단 싸움이 벌어지면 주민까지 양쪽 패로 갈려 편을 들지만 베로나의 통치자인 에스칼루스Escalus 왕자만은 양가를 화해시키려 온갖 애를 쓴다.

어느 날 왕자의 친척인 파리스Paris 백작이 줄리엣Juliet의 아버지를 만나 딸과 결혼하고 싶다는 의사를 밝힌다. 아버지도 그가 마음에 들어 줄리엣이 너무 어리지만 딸이 좋다면 승낙한다는 약속을 하고 서로 사귈 기회를 주기 위해 젊은이들을 초대하여 연회를 베푼다. 하인이 동네 청년들에게 초대장을 보여 준 것이 계기가 되어 몬캐규 가의 아들 로미오Romeo와 그의 친구 대여섯 명이 가면을 쓰고 캐풀렛가의 댄스파티에 참석한다. 줄리엣의 어머니는 딸에게 이번 파티가 신랑을 고르는 기회이지만 특별히 파리스에게 관심을 두라고 단단히 일러둔다.

이 파티에서 로미오가 줄리엣을 발견하고 그녀의 아름다움에 넋을 잃는다. 둘은 재치 있는 대화를 나누다 바로 사랑에 빠져 버린다. 이를 감지한 줄리엣의 보모는 줄리엣이 캐풀렛 집안의 아가씨라는 사실을 로미오에게 알려 주고, 줄리엣은 보모로부터 그의 이름이 로미오라는 것과 몬태규 집안사람이라는 사실을 알게된다. 파티가 끝난 후 로미오는 그 집을 떠나지 못하고 과수원 뜰을 지나 줄리엣의 방 창문 밑에서 서성대다 줄리엣의 독백을 듣게 된다. 이에 용기를 얻은 로미오는 자신을 밝히고 두 사람의 관계는 비밀리에 깊어진다.

로미오는 친구이자 수도사인 로렌스를 찾아가 줄리엣에 대한 연정을 고백하고 결혼식을 부탁한다. 두 집안의 문제를 잘 아는 수도사는 불가능한 일이라고 거절하다가 두 사람의 결혼이 집안의 반목을 해소하는 계기가 될지 모른다는 기대감에 결혼을 승낙한다. 로미오는 바로 줄리엣 보모에게 사람을 보내 수도사의 사무실에서 두 사람이 결혼한다는 소식과 그날 밤 줄리엣의 방으로 들어갈 수 있도록 밧줄을 내려 달라고 부탁한다. 줄리엣은 아침 일찍 로미오가 기다리는 수도사의 사무실로 찾아간다. 그리고 너무 성급하다고 수도사가 말리는 데도 두 사람은 자신들의 의지대로 혼례를 치른다. 집에 돌아온 줄리엣은 로미오를 만날 저녁 시간을 애타게 기다린다.

그날 정오쯤 줄리엣의 사촌이자 몬태규가를 혐오하는 티벌트 Tybalt가 거리에서 몬태규가의 청년들에게 험한 말을 던지다 상대 쪽의 혈기 왕성한 머큐시오Mercutio와 싸움이 붙는다. 결국 심한 싸움 끝에 머큐시오가 죽음을 당한다. 이미 줄리엣과 결혼한 사이인 로미오는 이들과 거리를 두다가 막상 친구가 죽자 더 이상 참지 못하고 티벌트와 격투를 하다 그를 죽이게 된다. 이 소식이 삽시간에 퍼져 베로나를 다스리는 공작을 위시하여 몬태규가와 캐퓰렛가의 어른들이 모인 가운데 공작은 로미오에게 추방 선고를 내린다.

한편, 수도사는 절망에 빠진 로미오를 위로하며 줄리엣과 함께 밤을 보내고 날이 밝는 대로 만토바로 떠나라고 권한다. 줄리엣과 로미오가 안타까운 첫날밤을 보내는 중 줄리엣의 어머니가 온다는 보모의 말을 듣고 로미오는 담을 넘어 떠나고 줄리엣은 가슴이 터질 것 같은 슬픔을 억제하지 못한다. 갑자기 나타난 어머니에게 줄리엣은 죽은 티벌트 때문이라고 변명을 한다. 어머니는 티벌트의 사망 때문에 파리스와의 결혼 날짜를 앞당겨 목요일로 잡았다고 알려 준다. 줄리엣이 혼인을 거절하자 보모까지 나서서 파리스가 로미오보다 더 좋은 신랑감이라고 그녀를 달랜다. 오직 로미오만을 가슴에 품은 줄리엣은 이에 환멸을 느끼고 수도사를 다시 찾아간다.

이미 신랑감 파리스가 수도사를 방문하여 줄리엣이 하루라도 빨리 사촌을 잃은 슬픔에서 헤어나도록 목요일에 혼례를 치르겠다고 알리는 중에 줄리엣이 수도사 방에 들어온다. 그녀는 어색하지 않게 파리스의 인사를 외면하고 수도사는 파리스를 방에서 내보낸다. 수도사는 죽는 길밖에 없다고 우는 줄리엣에게 묘안을 알려 준다.

약제에 환한 수도사는 그녀에게 주려는 약제에 대해 차근차근 설명한다. 결혼 전날인 수요일에 약을 먹으면 목요일 아침에는 완전히 죽은 사람이 되어 캐퓰렛 집안의 장지로 옮겨질 것이고, 그러나 42시간 후면 깨어날 것이라고 말해 준다. 그동안 자기가 로미오에게 사람을 보내 이런 계획을 알리고 그가 장지에 오면 두 사람은 다시 만나게 된다는 내용이다. 줄리엣도 이 계획에 동의하고 수도사로부터 물약을 받아 집으로 간다.

캐풀렛 집안에서는 부모, 보모, 하인들 모두가 잔치 준비에 한창 바쁘다. 수도원에서 돌아온 줄리엣은 아버지의 뜻에 따라 파리스와 결혼하겠다고 말한다. 이에 아버지는 기뻐하며 결혼식을 목요일에서 그 전날인 수요일로 앞당긴다. 어머니는 준비가 미비하다고 반대하지만 아버지는 밤새도록 준비하라고 지시하고 파리스에게 이 소식을 전한다.

화요일 저녁, 어머니와 보모가 줄리엣 방에 들어와 결혼식에 입을 옷을 골라 준다. 줄리엣은 보모에게 기도를 부탁해 다 함께 기도를 올린 뒤 어머니와 보모를 방에서 내보낸다. 혼자 남은 줄리엣은 한편으로 약의 효과가 의심스럽기도 하고, 또 한편으로 로미오가 도착하기 전에 자신이 먼저 깨어나는 경우 시체 냄새가 나고 살인귀가 떠다니는 장지에 혼자 있을 것을 걱정하며 독약을 마신다.

수요일 새벽 3시, 온 집안은 아직도 잔치 준비에 바쁘다. 갑자기 나팔 소리가 나며 파리스가 도착한 것을 알린다. 서둘러 줄리엣을 깨우러 들어온 보모가 줄리엣이 의식을 잃고 침대에 쓰러져 있는 것을 발견하고 놀라 소리친다. 아버지가 먼저 뛰어오고 다음에 어머니가 들어온다. 그리고 파리스와 수도사가 방에 들어온다. 모두가 당황하여 어쩔 줄을 몰라 하다가 상황을 파악하고 비탄에 빠진다. 잠시 후 수도사가 줄리엣이 하늘에 편안히 있다는 기도를 드리자 식구들은 그녀의 죽음을 인정하고 결혼 잔치는 장례 준비로 바뀐다.

불길한 꿈에서 깨어난 로미오에게 베로나에서 온 그의 하인이 줄리엣이 죽었다는 소식을 알린다. 슬픔에 찬 로미오는 베로나로 갈 결심을 하고 하인에게 말을 준비시킨다. 그리고 독약을 파는 상점에 들려 팔지 않겠다는 주인에게 많은 돈을 지불하고 약물을 산다.

한편, 로렌스 수도사는 만토바에 있는 로미오에게 줄리엣이 정말 죽은 것이 아니라는 편지를 써서 존 수사에게 주어 보낸다. 그러나 메신저가 전염병 의심을 받고 베로나의 검역소에 갇혀 편지를 전하지 못한다. 이런 사정도 모르고 로렌스 수도사는 줄리엣이 깨어날 즈음 로미오가 기다리고 있을 캐퓰렛 장지로 향한다. 그곳에서 파리스가 줄리엣 시체 위에 꽃을 뿌리는 것을 목격하고 수도사는 장지 뒤로 숨는다.

잠시 후 로미오와 그의 친구 베노볼리오Benovolio가 연장을 가지고 무덤에 나타난다. 로미오는 친구에게 줄리엣에게 마지막 인사를 하고 싶으니 혼자 있게 해 달라고 부탁하고 장지에 들어간다. 그곳에 먼저 와 있던 파리스는 줄리엣 시체를 더럽히려는 원수로 보고 로미오에게 덤비다가 로미오의 칼을 맞는다. 파리스는 줄리엣 옆에 자신의 시신을 안치해 달라고 부탁하고 눈을 감는다.

　로미오는 죽은 줄리엣을 보면서 그 아름다움에 다시 도취된다. 두 연인이 약속한 대로 그는 영원히 그녀 옆에 있기 위해 독약을 마시고 줄리엣 옆에 쓰러진다.

　조금 뒤 수도사가 나타난다. 그녀 옆에는 피 묻은 칼과 파리스와 로미오의 시체가 있다. 이때 줄리엣이 깨어나 수도사에게 로미오가 어디에 있느냐며 그를 찾는다.

　수도사가 남편은 그녀의 마음에 있다고 달래 보지만 줄리엣은 그곳을 떠나지 않고 계속해서 로미오를 기다린다. 수도사가 잠시 자리를 비운 사이 줄리엣이 로미오를 발견하고 그가 죽은 것을 알게 된다. 마침내 줄리엣은 그의 손에 쥐여진 약병을 마시려다 병이 빈 것을 알고 검을 들어 자결한 후 로미오 옆에 쓰러진다.

수도사와 친구들이 베로나의 통치자인 공작과 양가의 가족들 앞에서 지난 5일간에 있었던 일을 소상하게 설명한다. 그간의 이야기를 모두 들은 공작은 로미오가 자신의 아버지에게 보냈던 두 집안의 화해에 대한 편지를 읽고 나서 두 집안을 화해시킨다.

그리고 막이 내린다.

로미오와 줄리엣

〈로미오와 줄리엣〉은 셰익스피어의 첫 번째 걸작 비극으로 꼽힌다. 엘리자베스 시대의 관중들에게 인기가 높고 관중의 많은 사랑을 받았던 작품 중의 하나이다. 30세의 젊은 저자는 그의 열정을 다해 사랑하는 두 젊은이의 열정적인 사랑을 그렸다. 1597년 《4절판》에 수록되어 출판되었고, 독자들의 큰 호응을 얻었다. 극작가들이 쓴 작품들 중 가장 서정적인 희곡으로 〈로미오와 줄리엣〉이 뽑히고, 셰익스피어의 가장 훌륭한 시로 뽑히는 시가 이 작품에 여러 개 있다.

내용은 이탈리아 베로나의 두 상류집안의 남녀의 비극적인 사랑 이야기를 그렸다. 집안의 어른들은 오랫동안 원수지간이지만 몬태규 집안의 아들 로미오와 캐풀렛 집안의 딸 줄리엣은 한눈에 반하여 서로 사랑하는 사이가 된다. 두 사람은 비밀리에 결혼까지 했지만 그 이상의 운은 주어지지 않는다. 그 과정에서 다섯 명의 젊은이가 죽고 로미오와 줄리엣이 죽는다. 그 이후에 두 집안이 화해는 하지만 주인공들의 죽음으로 안타까움이 지워지지 않아 여운이 남는 작품이다. 뛰어난 시들로 이어진 독백과 대화로 유명하다.

줄리어스 시저 Julius Caesar : 훌륭한 로마의 장군이자 의회 위원으로 전쟁에서 큰 성공을 거두고 독재를 꿈꾸다 공화국 지지자에게 살해된다.

칼푸르니아Calpurnia : 시저의 부인으로 흉몽을 꾸고 남편을 의회에 나가지 못하도록 말린다.

옥타비아누스Octavianus Caesar : 줄리어스 시저의 양자이자 그의 후계자로 정해진 인물이다. 줄리어스 시저가 죽은 후 안토니우스와 함께 카시우스와 브루투스를 대적해서 싸운다. 후에 로마 통치권을 장악한다.

마르쿠스 안토니우스 Marcus Antonius : 줄리어스 시저를 존경하고 따르던 친구이다. 시저의 장례식에서 한 그의 감동적인 연설로 인해 반대파들 중 다수가 시저 편으로 돌아온다.

마르쿠스 브루투스 Marcus Brutus : 이상적인 공화국을 꿈꾸는 사람이다. 줄리어스 시저를 친구로서 사랑하지만 그의 군주적인 독재에 반대하여 시저 암살에 가담한다.

포샤Portia : 브루투스의 부인으로 줄리어스 시저를 반대하는 로마 귀족의 딸이다. 남편의 반대파인 안토니우스와 옥타비아누스가 권력을 장악했다는 소식을 듣자 불에 달구어진 숯을 삼키고 자살한다.

가이우스 카시우스 Gaius Cassius : 시저의 권력을 탐내다가 브루투스를 부추겨 시저 암살에 동참하게 한 권모술수에 능한 사람이다.

레피두스Lepidus : 안토니우스, 옥타비아누스와 함께 삼두 정치를 하게 된다. 안토니우스는 그를 별로 탐탁지 않게 여기지만 옥타비아누스는 그를 신임한다.

키케로Cicero : 로마 의회 위원으로 달변가이다. 후에 안토니우스, 옥타비아누스, 레피두스의 명령으로 죽게 된다.

3

줄리어스 시저
JULIUS CAESAR

35세 때 작품, 1599년

줄리어스 시저Julius Caesar는 정치적 그리고 군사적으로 큰 권력을 휘두른 로마의 장군이다. 그는 갈리아 지역을 정복하고 라인 강을 건너 게르만 족을 치고, 영불 해협을 건너 영국으로 진격했을 뿐 아니라 아프리카, 소아시아, 이집트로 진격해 클레오파트라와 연인 사이가 되었다. 줄리어스 시저가 공화체제의 로마를 군주국으로 만들어 자신이 군주가 되려 하자, 그를 따르던 추종자들은 흔들리기 시작한다. 그중 주도세력이 공화 정치의 전통을 지키려는 브루투스Brutus와 카시우스Cassius이다. 이들은 시저 Caesar를 제거하기로 결정하고, 거사일을 기원전 44년 3월 15일, 장소는 카피톨 신전으로 정한다.

천둥과 번개가 치는 그날, 시저의 아내 칼푸르니아Calpurnia는 남편에 대한 흉몽을 꾸고 남편 앞에 무릎을 꿇고 오늘은 집에서 한 발자국도 나가면 안 된다고 애원한다. 남편은 비겁한 자는 죽기 전에 여러 번 죽지만, 용감한 자는 단 한 번 죽음을 맞는 법이라며 그녀의 말을 무시한다.

시저가 거리에 나타나자 그의 친구 마르쿠스 안토니우스Marcus Antonius가 합류한다. 거리에 모인 군중이 3월 15일을 경계하라고 외치고, 점쟁이가 그의 앞을 막으며 같은 말을 한다. 한편에서는 시저를 왕으로 모시자는 군중의 외침도 들린다.

거리를 지나면서 불만스런 표정을 짓고 무언가 신중하게 이야기를 나누고 있는 브루투스와 카시우스를 본 시저는 "죽을상을 하고 무슨 수작들이야!"라고 아는 체를 한다. 그러고는 '난 세상에 두려운 것이 없지만 카시우스만은 속을 알 수 없어 꺼림칙하단 말이야!' 하며 혼자 중얼댄다. 그리고 계속 원로원으로 향하다 음모를 꾸민 사람들의 칼에 맞는다. 쓰러져 마지막 숨이 끊어지기 직전 시저는 그들 가운데 사랑하는 친구 브루투스가 있는 것을 본다. 그는 "브루투스! 너까지?"라는 말을 남기고 눈을 감는다.

브루투스는 로마의 집정관이자 카이사르의 친한 친구이다. 그러나 독재자가 되려는 시저의 뜻을 막지 못하고 결국 자신의 손으로 그를 죽이게 된 것이다. 브루투스는 살인자들에게 피 묻은 손을 씻으라고 담담하게 명하고, 그들은 손에 묻은 피를 옷에 문지른다.

마르쿠스 안토니우스는 시저의 시신 옆에서 '참 명예로운 죽음이다'라며 눈물을 주체하지 못하고 원수를 갚을 결심을 한다. 그는 살인자들과 일일이 악수를 나누며 장례식에서 할 말이 있느냐고 묻는다. 그사이 브루투스는 자리를 뜨고 한 메신저가 나타나 시저의 양자 옥타비아누스Octavianus가 로마에 도착했다는 소식을 안토니우스에게 알린다.

시저의 시신을 신전에 모시고 먼저 브루투스가 연단에 올라 이성적이고 설득력 있게 시저가 살아서 로마를 다스린다면 자신들 모두가 그의 노예가 될 수밖에 없는 이유를 열거한다. 그리고 다음 연사로 안토니우스를 소개하고 단에서 내려온다.

안토니우스는 조심스럽게 입을 열어 시저의 친구로서 그의 슬픔을 민중에게 호소한다. 먼저 시저가 위대한 인물이었음을 강조하고, 그가 얼마나 민중을 사랑했고 민중 또한 얼마나 그를 흠모했는지를 열거한다. 그리고 시저가 너무 야심이 큰 사람이라고 하지만 사실 시저는 그의 승리를 동료와 나누며 왕관을 세 번이나 거절한 분이라고 대중이 듣고 싶어 하는 말을 정확히 표현한다. 그의 말을 들은 군중은 웅성대기 시작한다. 그러자 안토니우스는 자신이 지금 시저의 공적을 따지자는 것이 아니라고 말한다. 그러나 그의 연설로 동요가 일기 시작하고 군중의 노여움은 한층 더 높아진다.

안토니우스는 피 묻은 시저의 옷을 가리키며 브루투스를 세상에서 가장 잔인하고 뻔뻔한 배신자라고 소리친다. 그러고는 시저의 시체를 덮은 천을 걷는다. 그리고 이 자리에 있을 사람은 시저가 아니라 브루투스라고 덧붙인다. 마침내 군중은 돌을 들고 폭동을 일으킬 기세이다.

성난 군중이 시저의 시신을 높이 들고 신전을 나가는 것을 보며 안토니우스는 모두가 힘을 합쳐 어려운 고비를 넘기자는 말을 하며 흡족해한다. 이때 메신저가 안토니우스에게 옥타비아누스 카이사르가 기다린다는 소식을 전하고, 브루투스와 카시우스는 성난 군중을 피해 도망간다.

안토니우스, 옥타비아누스, 레피두스Lepidus의 세 사람이 모여 앞으로 해야 할 일들에 대해 계획하고 의논하며 바삐 움직이는 와중에 브루투스와 카시우스가 군인을 징집하고 군사력을 키운다는 소문을 듣는다.

한편, 브루투스 캠프에서는 카시우스와 브루투스 사이에 의견이 엇갈려 언성이 높아지고 싸움이 일어난다. 화가 난 카시우스가 칼을 빼서 브루투스에게 주며 시저에게 한 것처럼 자기를 칼로 찌르라고 하자, 놀란 브루투스는 부인 포샤Poetia가 죽은 슬픔 때문에 자기가 옳고 그른 것을 따질 겨를이 없어서 화를 낸 것이라고 사과하고 두 사람은 화해한다.

브루투스가 잠깐 눈을 붙인 사이에 죽은 시저의 망령이 나타나 필리피로 가라는 지시를 한다. 그는 아침 일찍 일어나 군대를 이끌고 그곳을 향해 떠난다.

필리피 평원에는 이미 안토니우스와 옥타비아누스가 진을 치고 전략을 논하고 있다가 브루투스 군대를 보자 맞닥뜨려 싸움이 벌어진다. 카시우스가 안토니우스군에게 맞아 먼저 죽고, 브루투스는 싸움에 지고 자결한다.

안토니우스는 죽은 브루투스의 시신을 보면서 진정으로 로마를 사랑했던 위인이라 칭송하고, 옥타비아누스는 마르쿠스 브루투스의 장례를 예를 갖추어 거행하라고 군중에게 명령하고 싸움은 끝이 난다.

아주 가깝던 세 친구 중 신 같은 존재 줄리어스 시저는 살해되고, 이상주의자인 마르쿠스 브루투스는 허망하게 자살로 끝을 내지만, 선동적인 연설가 마르쿠스 안토니우스는 또 다른 희곡 〈안토니우스와 클레오파트라Antony and Cleopatra〉로 넘어간다.

줄리어스 시저

〈줄리어스 시저〉는 전설적인 장군 줄리어스 시저를 살해한 후 일어나는 격렬한 권력 싸움을 그린 가장 인기 있는 로마 시대 역사극이다. 이 작품은 야망이 큰 로마의 장군 줄리어스 시저가 공화국에서 군주 독재 국가로의 전환을 지향하다가 그의 부하들에게 살해당하고, 그로 인해 충성과 배반이 엇갈리고 권력 싸움과 군중의 집단행동으로 내란을 맞게 되는 상황을 그린 정치적 비극이다.

제목과는 달리 줄리어스 시저는 중간에 사라지고 주위 인물들에 의해 이야기가 진행되는데, 그 대표적인 인물이 이상주의자이면서 끝까지 존경을 받는 브루투스와 그의 적인 안토니우스이다. 1599년 새로 증축한 글로브 극장에서 공연되었고, 《초판》에 실려 출판되었다.

'시저가 죽은 후에도 로마는 여전히 잘 굴러간다'는 여운 때문에, 연로한 엘리자베스 1세 여왕이 자신이 고수하던 원칙으로 인해 시저가 당한 것처럼 자신도 암살을 당할까봐 위협을 느꼈다고 한다.

주요
인물

햄릿Hamlet : 죽은 햄릿 왕의 아들이자 현왕 클라우디우스의 조카로, 독일 비텐베르크Wittenberg 대학에서 공부하는 30대 청년이다. 부고를 받고 고국에 돌아온 그는 어머니가 삼촌과 결혼한 것을 알고 우울하게 지낸다.

클라우디우스Claudius : 당시 덴마크 왕으로 햄릿의 삼촌이다. 계산적이고 야심이 많으며 정치가로서의 욕망과 성적 충동이 강하다.

거트루드Gertrude : 덴마크의 여왕으로 햄릿의 어머니이다. 아들을 진심으로 사랑하지만 속이 얕고, 약한 여인이다. 남편이 죽은 후 바로 시동생인 클라우디우스와 결혼한다.

폴로니우스Polonius : 궁 내성 장관으로 거만하면서도 옳고 그름이 분명하지 않은 노인이다. 레어티스와 오필리아의 아버지이다.

오필리아Ophelia : 아름답고 순진한 여인으로, 폴로니우스의 딸이자 햄릿의 애인이다. 햄릿에 대한 사랑과 아버지와 오빠의 충고에 번민하다가 결국 정신 이상으로 물에 빠져 죽는다.

레어티스Laertes : 오필리아의 오빠로 열정적이고 행동이 빠른 젊은이다. 햄릿에게 결정적인 타격을 입힌 사람이다.

호레이쇼Horatio : 햄릿의 친한 친구로 같은 대학에서 공부한다. 햄릿에게 헌신적이고 햄릿이 죽은 후에 비극적인 이야기를 세상에 알린다.

로젠크랜츠Rosencrantz : 햄릿의 친구이다.

포르틴브라스Fortinbras : 노르웨이의 젊은 왕자로, 그의 아버지가 덴마크의 햄릿 왕에게 죽임을 당했기 때문에 햄릿 왕자와 적대 관계이다.

망령The Ghost : 죽은 햄릿 왕의 망령으로 아들에게 원수를 갚아 줄 것을 부탁한다.

햄릿
HAMLET

36~37세 때 작품, 1600~1601년

노르웨이의 포르틴브라스Fortinbras 왕을 살해하고 노르웨이 국
토의 반을 빼앗은 덴마크의 햄릿Hamlet 대왕이 과수원에서 오수
를 즐기다 독사에 물려 갑자기 죽는다. 왕이 죽자 왕비 거트루드
Gertrude는 왕의 동생인 클라우디우스Claudius와 결혼하여 왕위가
새 남편에게로 돌아간다. 독일에서 유학 중이던 햄릿Hamlet 왕자
가 아버지의 서거 소식을 듣고 돌아왔을 때는 이미 어머니의 결
혼과 왕의 대관식이 끝난 이후다. 햄릿은 복잡해진 가정사뿐만

아니라 국외적으로도 노르웨이가 덴마크에게 빼앗긴 땅을 되찾으려고 만반의 준비를 하고 있는 상태여서 마음의 갈피를 잡지 못하고 괴로워한다.

왕이 서거한 지 두 달이 지난 어느 날, 성안의 보초가 자정을 알리는 시계 소리를 듣고 교체할 사람을 기다리는 동안 채찍질 소리와 긴 발굽 소리 같은 이상한 소리를 듣는다. 교체된 보초 베르나르도Bernardo는 겁먹은 목소리로 사관 마르셀루스Marcellus와 햄릿의 친구 호레이쇼Horatio를 부른다.

"오늘 저녁에도 보았는가?" 도착한 마르셀루스가 묻는다.

"아직은 본 것이 없는데." 베르나르도가 대답한다.

"우리는 이미 두 번이나 보았지만 호레이쇼가 보아야 할 텐데. 저 친구는 아직도 우리가 헛소리한다고 생각하거든."

세 사람은 모닥불 둘레에 앉아 있다가 1시 종이 울리자 두 사람은 전날 저녁 망령이 나타난 곳을 가리키며 호레이쇼에게 눈길을 돌린다.

"조용히 해 봐! 지금 오고 있어." 마르셀루스가 갑자기 긴장한 목소리로 말한다.

"어제와 같아! 돌아가신 왕의 모습이지? 호레이쇼, 그분께 말 좀 해 봐!" 베르나르도가 다급히 말한다.

왕의 망령은 두 병사뿐만 아니라 대학에 적을 두고 미신을 믿지 않는 호레이쇼에게까지 나타났다 사라진다. 호레이쇼는 보초 병들에게 덴마크와 노르웨이와의 관계를 설명하며 나라의 흉조가 아니기를 바란다. 그리고 세 사람은 십자가를 그으며 나라를 지켜 달라는 기도를 올린다.

그날 밤, 호레이쇼가 햄릿을 찾아가 밤에 있었던 일을 설명한다. 시름에 빠진 햄릿은 무장을 한 아버지의 망령이 나타났다는 사실을 믿기 어려워하면서도 아무에게도 말하지 말라고 친구에게 단단히 타이르고 다음 날 밤에 같이 가 보기로 한다.

다음 날 저녁은 유난히 춥고 음산하다. 햄릿은 호레이쇼와 함께 병사들이 망을 보는 망루로 올라간다. 이미 자정이 지났는데도 궁에서는 클라우디우스 왕과 대신들이 만취하여 흥청대는 소리가 요란하다.

"햄릿, 저기를 보게!" 갑자기 호레이쇼가 손으로 한쪽을 가리킨다. 어둠 속에서 그림자 같은 모습이 가까이 온다.

"악령이요 아니면 천사요? 이 땅을 다시 찾은 이유가 무엇입니까? 아버님! 햄릿 왕이시여! 무슨 이유로 망령으로 오셔서 우리를 두렵게 만드십니까?" 햄릿이 소리친다.

"햄릿에게 오라는 손짓을 하시는 것 같은데." 호레이쇼가 말한다. 그러자 햄릿이 말리는 친구들을 뿌리치고 나선다. 망령은 천

천히 어둠 속으로 멀어지고 햄릿은 급히 망령을 따라간다. 병사들이 볼 수 없는 지점에 이르자 망령은 "시간이 없으니 잘 듣거라. 나는 네 아비의 영혼이다. 네가 나를 사랑한다면 내 오명을 벗기고 원수를 갚아다오. 나는 자연사가 아니라 살해당했다"라고 말한다.

"살해요?" 햄릿이 소리친다.

"사람들은 내가 정원에서 오수를 즐길 때 독사에게 물려 죽은 것으로 알고 있지만, 그 독사가 바로 내 왕관을 쓴 자라는 것은 모른다."

망령의 말에 충격을 받은 햄릿의 숨이 점차 가빠진다.

"그가 너의 어머니를 유혹한 것도 모자라서 내가 잠이 든 사이에 내 귀에 독약을 넣었어. 그러니 부디 나의 원수를 갚아다오. 그러나 어머니는 다치게 하지 말고 하늘에 맡겨라. 이제 나는 간다. 나를 기억해라!"

이 말을 마치고 망령은 사라지고 햄릿은 흐느껴 운다.

햄릿은 호레이쇼와 두 병정에게 그들이 본 것을 비밀로 하고 다시금 맹세하게 한다. 망령을 만난 이후부터 햄릿은 미친 사람처럼 마음의 갈피를 잡지 못하고 몸이 쇠약해지고 병에 시달린다.

거트루드 여왕은 아들의 병을 걱정하지만, 클라우디우스 왕은 속으로는 오히려 기뻐한다. 그리고 햄릿이 괴로워하는 문제를 찾기 위해 늙은 충신 폴로니우스를 불러 그의 딸 오필리아 Ophelia와 햄릿이 아직도 사랑하는 연인 사이인지를 묻는다. 노인은 왕에게 잘 모르겠다고 답한 뒤 딸에게는 햄릿의 사랑은 하나의 불장난에 지나지 않으니 다시는 그와 만나지 말고 그가 준 선물도 돌려주라고 주의를 준다. 그 이후로 오필리아와 햄릿은 소원해진다.

어느 날 오필리아가 아버지에게 와서 햄릿이 자기를 짝사랑하다 미친것 같다며 눈물을 흘린다. 폴로니우스는 왕에게 가서 자신의 딸 때문에 왕자가 미쳤다고 알려 준다. 여왕은 그럴 수도 있다고 생각하지만 왕은 그것을 의심하며 두 사나이를 고용하여 오필리아와 햄릿을 살피게 한다. 그들의 보고를 들은 왕은 햄릿의 문제는 두 사람의 사랑으로 인한 것이 아니라는 결론을 내리고 햄릿을 두려워하기 시작한다. 왕은 치료를 받게 한다는 이유로 햄릿을 영국으로 보내려고 한다. 그러나 신하 폴로니우스는 햄릿을 영국으로 보내기 전 어머니에게 그의 속마음을 털어 놓을 수 있도록 기회를 주면 자기가 몰래 두 사람의 이야기를 엿듣겠다고 왕에게 제안한다.

한편, 햄릿은 '영원히 잠들어 버릴까, 아니면 목적을 세우고 열심히 살아 볼까' 하다가도, '죽으면 성공이 무슨 소용이 있겠는가'라는 잡다한 생각에 휩쓸려 미치기 일보 직전의 상태가 되어 버린다.

마침내 햄릿은 마음을 가다듬고 당시 유명한 연극배우들을 동원하여 자신이 감독한 '엘시노어Elsinore' 연극을 궁에서 공연하기로 한다. 여기에는 연극의 일부가 아버지가 죽은 장면과 상당히 비슷하다는 저의가 숨겨져 있다. 햄릿은 이 연극을 통해 삼촌의 감정 변화를 주시한 뒤 클라우디우스 왕에 대한 자신의 태도를 결정하겠다는 생각을 한 것이다.

햄릿은 왕을 위시한 궁의 모든 사람을 연극에 초대하고 친구 호레이쇼에게 다음과 같이 부탁한다. "나의 가장 믿을 만한 친구여, 연극의 일부가 꼭 아버지가 돌아가신 장면과 비슷한데 그때 왕을 잘 관찰하게. 그 장면을 보면서도 왕에게 아무런 동요가 없다면 내가 본 망령은 헛된 것이고, 내가 잘못 생각하는 것이네. 좀 도와주게."

연극이 시작되고 왕은 지루함을 느끼면서도 점잖게 관람하다가 이야기가 진행되면서 점점 흥미를 느끼기 시작한다. 연극에 나오는 왕이 다정하게 여왕을 바라보며 "머지않아 나는 죽을 것이고 당신은 새 남편을 맞을 것이요"라고 하자, 연극의 여왕은 그럴 리가 없다고 왕에 대한 그녀의 사랑을 한참 동안 읊는다. 그 말을 들으며 왕은 꽃밭에서 잠을 청하고, 여왕은 그를 보살핀 다음 안으로 들어간다.

다시 막이 열리고 검은 긴 망토를 입은 사람이 무대에 나타나 기괴한 짓을 한참 하다가 잠든 왕의 귀에 독약을 붓는다. 이 장면을 본 클라우디우스가 벌떡 일어나 궁으로 들어가고, 신하들도 따라 들어간다. 남은 사람은 햄릿과 호레이쇼뿐이다. 이때 두 사나이가 허둥대며 나와서 왕의 심기가 몹시 상했다고 전하며 햄릿의 행동을 자세히 살핀다. 이어서 폴로니우스가 부산스럽게 나타나 여왕이 햄릿을 보기 원한다는 말을 전한다.

햄릿과 호레이쇼가 자리를 뜨자 두 사나이는 왕에게 가서 자기들이 관찰한 것을 자세히 보고한다. 왕은 사나이에게 빠른 시일 내에 햄릿과 함께 영국으로 떠날 준비를 하라고 명령하고, 자신이 저지른 죄가 머지않아 만천하에 드러날 것이라는 걱정을 하며 기도실로 향한다.

왕은 햄릿이 어머니를 만나러 가는 복도를 지나면서 자신을 보도록 기도실의 커튼을 열고 무릎을 꿇는다. 햄릿은 왕을 지나치면서 '지금이 왕을 죽일 수 있는 좋은 기회지만 기도 중에 죽으면 천당에 갈 테니 그만둔다'고 생각한다. 햄릿이 지나가자, 왕은 마음에 닿지 않는 기도는 천당에 상달할 수 없다고 생각하고 자리에서 일어선다. 햄릿은 왕을 살해할 좋은 기회를 놓친 것 같아 분노에 휩싸인다. 이런 아들의 모습을 본 어머니는 왕을 거스르지 않도록 주의를 준다. 이에 더 화가 난 햄릿은 "어머니는 나의 아버지를 거스른 분입니다"라고 말한다.

"내가 누구인데 그런 말을 함부로 하는가?"

"잘 알지요. 이 나라의 여왕이요 남편의 동생과 결혼한 부인입니다. 그리고 부르기 싫지만 나의 어머니입니다."

"네 말버릇을 고쳐 주어야겠다." 여왕이 몹시 화가 나서 벌떡 일어선다.

햄릿은 "제 잔을 드시기 전에는 이곳을 떠나실 수 없습니다"라고 말하며 어머니의 손목을 꼭 잡는다.

"네가 설마 나를 죽이려는 것은 아니지?" 여왕이 놀라서 소리친다.

커튼 뒤에서 이들의 말을 엿듣던 폴로니우스는 기겁을 하면서 소리친다. 햄릿은 그가 왕인 줄 알고 칼을 뽑아 커튼을 찌른다. 그러자 피가 바닥에 흥건히 고인다. 죽은 자가 왕이 아니라 폴로니우스인 것을 안 햄릿은 실망과 함께 히스테리가 극에 달한다. 이때 부왕의 망령이 다시 나타나 말을 하지만 여왕은 망령을 보지도, 듣지도 못한다. 오히려 햄릿이 미쳤다는 생각이 더욱 강해질 뿐이다.

이로 인해 햄릿의 영국행은 더 빨라지고 왕은 영국 왕에게 햄릿이 도착하는 대로 바로 죽이라는 편지를 써서 두 사나이 편으로 보낸다. 햄릿은 사나이들을 믿지 못해 이들이 자리를 비운 사이에 편지를 뜯어보고, 자신의 이름 대신 사나이들의 이름을 써넣는다. 항해 도중 배는 해적을 만나 햄릿은 인질로 잡히고, 두 사나이는 영국으로 항해를 계속한다. 잡혀온 햄릿이 덴마크의 왕자라는 사실을 알게 된 해적들은 후환이 두려워 왕자를 덴마크로 돌려보낸다.

고향에 돌아온 햄릿은 오필리아의 장례를 보게 된다. 애인을 잃은 슬픔을 미처 느끼기도 전에 햄릿은 또 다른 적을 그곳에서 만난다. 폴로니우스의 아들 레어티스Laertes이다. 그는 물에 빠져 죽은 여동생의 장례에 참석하기 위해 집에 돌아왔다가 자신의 아버지가 햄릿에게 살해당했다는 사실을 알고 이를 갈며 그를 찾고 있는 중이다. 두 사람은 결투로 생사를 결판내기로 한다. 칼을 잘 쓰는 햄릿의 실력을 잘 아는 왕은 결투 전에 레어티스를 불러 그의 칼끝에 독약을 묻히도록 한다. 그것도 마음이 놓이지 않아 결투 사이에 마실 햄릿의 잔에 독약을 넣는다.

3회전에 들어가면서 여왕은 햄릿의 승리를 위해 손에 닿는 잔을 들어 축배를 하고 그 잔을 마신다. 왕이 놀라 마시지 말라고 소리치지만 이미 여왕은 쓰러진 후이다. 두 사람의 결투는 3회전까지 끌다가 레어티스의 칼끝이 햄릿의 살을 스친다. 이에 큰 고통을 느낀 햄릿은 그의 위반을 알아차리고 상대방의 칼을 뺏어 그에게 던진다. 레어티스는 자기 칼을 맞고 피를 흘리며 쓰러지면서 칼끝에 묻힌 독이 왕이 시킨 일이라고 알려 준다. 그 말을 들은 햄릿은 다시 독 묻은 칼을 들어 왕을 향해 던지고 두 청년은 서로 화해한다.

죽어 가는 두 사람을 보면서 왕자의 친구 호레이쇼가 친구와 같이 죽으려고 독이 든 잔을 마시려 하자 햄릿은 친구를 말리며 이 역사의 진실을 후세에 전하라고 부탁한다.

이때 노르웨이의 왕자 포르틴브라스Fortinbras가 전쟁에서 승리를 거두고 들어온다. 햄릿은 포르틴브라스에게 나라를 부탁하고 눈을 감는다. 포르틴브라스는 햄릿에게 군인장을 치러 주고 덴마크의 왕으로 등극한다.

〈햄릿〉은 영문학에서 가장 뛰어난 비극이고, 세익스피어의 첫 번째 걸작 Masterpiece으로 알려진 작품이다. 세익스피어 희곡 중 가장 길고 가장 널리 알려진 작품으로 《성경》보다 더 많이 인용되는 인용문의 보고寶庫이다. 이 작품은 세익스피어 살아생전의 런던 공연 기록은 없다. 《4절판》과 《초판》에 실린 것을 보면 작품이 나오자마자 인기가 높았던 것을 알 수 있다.

이야기의 무대는 덴마크, 엘시노어 성이다. 왕자인 햄릿이 독일 유학 중 부왕의 승하 소식을 듣고 귀국한다. 아버지의 죽음과 어머니와 상촌과의 관계를 알게 되면서부터 비극은 시작된다. 연극이 시작되기 전의 이야기는 햄릿의 아버지인 덴마크의 햄릿 왕이 노르웨이의 포르틴브라스 왕과 싸워 노르웨이 영토의 반을 덴마크의 땅으로 만들었다. 그때 살해된 왕의 아들인 포르틴브라스 왕자가 잃은 땅을 되찾기 위해 한창 준비 중에 햄릿 왕이 죽는다. 덴마크의 왕위가 당연히 햄릿 왕자에게 계승되어야 할 상황에서 왕자의 어머니인 거트루드가 시동생과 결혼함으로써 왕위가 햄릿의 상촌 클라우디우스에게로 돌아간다. 이로 인해 햄릿 왕자가 두 가지 혼란을 맞게 된다. 하나는 왕이 될 가능성이 없어진 것이고, 또 하나는 상촌이 햄릿의 대리 아버지가 된 것이다. 이때 아버지 햄릿 왕이 망령으로 나타나서 상촌에게 살해되었다는 사실을 알려 주고, 햄릿에게 원수를 갚아 달라는 부탁을 한다.

오셀로Othello : 베네치아의 흑인 장군으로 많은 사람으로부터 존경을 받는다. 그러나 부하 이아고의 모략으로 부인 데스데모나를 의심하다 그녀를 목 조르고 자신도 죽는다.

데스데모나Desdemona : 베네치아 브라반지오 상원의 딸로 오셀로와 비밀리에 결혼한다. 이아고의 간계 때문에 오셀로의 질투에 시달리면서도 죽을 때까지 품위를 잃지 않는 정숙하고 고결한 여인이다.

이아고Iago : 오셀로의 부하 기수로 부관으로 승진하지 못한 것에 한을 품고 오셀로를 비극의 주인공으로 이끈다.

마이클 카시오Michael Cassio : 오셀로에게 충성스런 부관으로 젊고 잘생겼으며, 피부가 흰 베네치아 인이다. 이아고의 모략으로 오셀로가 데스데모나와 그와의 관계를 의심하고 질투한다.

에밀리아Emilia : 이아고의 부인이자 데스데모나의 하녀로 주인에게 헌신하지만 안주인의 손수건을 이아고에게 준 것이 비극의 결정적인 원인이 된다.

브라반지오Brabanzio : 베네치아의 상원이자 데스데모나의 아버지이다. 처음에는 오셀로와 친했지만 딸이 비밀리에 오셀로와 결혼한 후로는 그에게 배신감을 느낀다.

공작Duke of Venice : 베네치아의 공작으로 오셀로를 공인으로 또 군인으로 존경한다. 오셀로와 브라반지오를 화해시키려고 애 쓰다가 오셀로를 키프로스로 보낸다.

5

오셀로
OTHELLO

40세 때 작품, 1604년

　지중해 연안에서 베네치아가 한창 번성하던 때, 터키 방어책임을 맡은 오셀로Othello 장군이 함대를 이끌고 베네치아에 도착한다. 피부색이 검은 무어 인 오셀로는 순박하고 직선적인 성격을 갖고 있으며, 용감무쌍한 전술의 귀재이다. 이미 나라를 위해 세운 공적도 큰 데다 그의 품성 때문에 베네치아에서는 오셀로의 인기가 높지만 그를 시기하는 사람도 여럿이다. 그중에 부하 이아고Iago가 대표적인 인물이다. 그는 표면적으로는 정직한 사람으로 알려져 있지만, 뒤로는 오셀로에 대한 시기심 때문에 늘 안절부절못한다. 특히 오셀로가 자기를 제쳐 놓고 카시오Cassio를 부관으로 승진시키고부터는 이아고의 가슴에 오셀로와 카시오에 대한 원한이 맺혀 있다.

그러나 베네치아의 지도자와 부자들은 오셀로를 장군으로 존중해 준다. 그중 브라반지오Brabanzio 의원은 오셀로를 특별히 좋아해서 자기 집에 자주 초대하여 오셀로는 그의 식구들과도 가깝게 지낸다. 의원에게는 아름답고 착한 딸 데스데모나Desdemona가 있었는데, 오셀로의 모험이야기를 즐겨 듣다가 오셀로와 가까워지고 그와 서로 사랑하는 사이가 된다. 그러나 아버지가 흑인을 사위로 받아들이지 못할 것이라는 사실을 잘 아는 데스데모나는 밤중에 집을 나와 비밀리에 오셀로와 결혼한다.

딸이 없어진 것을 알게 된 브라반지오 의원은 베네치아 공작을 찾아가 딸이 괴한에게 납치되었는데, 그 괴한이 바로 오셀로이니 그에게 법적 조치를 내려 달라고 청한다.

이렇게 하여 오셀로는 체포되어 법정에 서게 되고 법정에 선 그는 당당하게 브라반지오 의원의 딸을 납치한 것이 아니라 서로 진심으로 사랑하기 때문에 결혼했다고 설명한다.

법정에 불려 나온 데스데모나도 흑인이기 때문에, 반대할 아버지를 잘 알기 때문에 집을 나와 오셀로와 비밀리에 결혼한 사실을 인정하면서 앞으로 모든 일은 그의 사랑하는 남편 오셀로의 뜻을 따르겠다고 다짐한다. 할 수 없이 아버지는 딸을 오셀로에게 보낸다.

이때 오셀로의 부하 이아고가 끼어든다. 그는 누구보다도 두 사람의 사랑이 진실하고 정의롭다는 사실을 잘 알면서도, 데스데모나가 아버지를 배반했으니 남편 오셀로도 배반할지 모른다는 상상을 하며 음모를 꾸미기 시작한다. 부인을 사랑하는 오셀로로 하여금 부인을 의심하게 할 일을 궁리하다가 그가 소중히 여기는 부하 카시오와 데스데모나 사이의 염문을 생각해 낸다. 그럴 만도 한 것이 카시오는 인물이 출중하고 피부가 하얀 베네치아의 미남이다.

군대에서 파티가 있던 어느 날 이아고는 싫다는 카시오에게 계속 술잔을 채워 주며 흠뻑 취하게 만든다. 거기에 다른 졸병을 시켜 술에 만취한 카시오의 화를 돋우게 하여 싸움이 벌어진다. 철저하게 금주령이 떨어진 군대 내에서 있을 수 없는 일이 벌어진 것이다.

이아고는 한 단계 한 단계 올려가며 상사들이 카시오의 술 취한 모습을 보게 한다. 이를 목격한 전 통치자인 몬타노Montano는 카시오가 매일 저러느냐고 묻고, 이아고는 카시오가 사람은 좋은데 술이 문제라며 자기 전에 언제나 술에 취해 곯아떨어진다고 대답한다.

이때 경종이 울리면서 오셀로가 나타나 술 취한 카시오를 보고 그 자리에서 해고한다. 옆에 있던 이아고는 기회를 놓치지 않고 상관에게 카시오에 대해 한층 더 나쁘게 이야기한다.

그러고는 비탄에 빠져 있는 카시오를 찾아가 위로를 하며 자신이 오셀로에게 잘 말해 보겠지만 오셀로를 움직일 수 있는 사람은 데스데모나뿐이니 그녀를 만나 잘 부탁해 보라고 권한다. 이 말에 카시오는 용기를 얻고 헤어진다. 이아고는 자신 계략의 다음 단계로 만일 데스데모나의 도움으로 카시오가 용서를 받으면, 카시오와 데스데모나가 서로 사랑하는 사이라고 오셀로에게 말할 참이다.

다음 날 아침, 카시오가 데스데모나를 찾아와 도움을 청한다. 하녀 에밀리아Emilia로부터 사건의 전말을 들은 데스데모나는 반갑게 카시오를 맞고 서로 이야기를 나눈다.

얼마 후, 오셀로와 이아고가 들어온다. 이들을 보자 이아고는 혀를 차며 카시오가 나쁘다는 것을 은연중에 오셀로에게 암시한다. 오셀로는 처음에는 별로 신경을 쓰지 않지만 이아고가 계속 카시오의 나쁜 점을 되풀이함에 따라 그의 말에 귀를 기울이게 되고 마침내 카시오를 의심하기 시작한다. 특별히 사랑하는 부인과의 일이므로 온 신경이 그들에게 집중되지 않을 수 없는 것이다.

이아고는 계속해서 데스데모나가 아버지를 속이고 그에게 온 일을 생각해 보라고 그의 의심을 부추긴다. 오셀로는 증거를 보기 전에는 두 사람을 의심할 수 없다고 단언하면서도 그의 마음은 점점 무거워져 간다.

며칠이 지난 어느 날, 점심때가 되어 집에 온 오셀로의 안색이 좋지 않은 것을 보고 데스데모나는 남편을 걱정하며 그의 머리에 손수건을 동여매 준다. 그러나 수건은 곧 풀어져 바닥에 떨어지고, 하녀 에밀리아가 집어서 데스데모나의 소품을 원하던 남편 이아고에게 건네준다. 그 수건은 오셀로가 데스데모나에게 준 첫 선물로 두 사람을 맺어 준 특별한 의미가 있는 물건이다.

아이고는 길에서 오셀로를 만나자 카시오가 수놓은 손수건으로 입을 닦는 것을 보았는데 그것이 데스데모나의 것이 아니냐고 묻는다. 이 말에 질투심이 불타오른 오셀로는 그 손수건은 자신이 그녀에게 준 선물이라고 말한다. 그리고 만약 3일 내에 카시오가 죽었다는 보고를 받으면 아이고를 부관으로 임명하겠다고 약속한다.

한편, 카시오에 대한 나쁜 소문을 병졸들로부터 들은 데스데모나는 이상하게 생각하고 남편에게 직접 물어보겠다고 생각한다. 마침 남편이 집에 돌아와 감기 기운이 있다며 손수건을 찾는다. 이에 데스데모나가 손수건을 내밀자 오셀로는 자신이 선물로 준 수건을 달라고 한다. 데스데모나는 대수롭지 않게 지금 없다고 말하고는 카시오에 대한 소문이 사실인지를 묻는다. 그러자 오셀로가 거칠게 역정을 낸다.

몇 분 후 카시오가 데스데모나를 찾아오고, 그녀는 지금은 때가 좋지 않다며 돌려보낸다.

카시오를 죽이려는 이아고의 음모는 면밀히 계획되고 실행된다. 밤중에 한 청년을 시켜 카시오를 죽이려 했지만, 그는 죽지 않고 성안으로 옮겨진다. 에밀리아는 이 사실을 알리기 위해 데스데모나를 찾아간다. 그러나 방문은 단단히 잠겨 있다.

침실에서는 오셀로가 잠든 데스데모나를 내려다보며 그녀의 아름다움에 취한다. 그러고는 마지막 키스를 한다. 데스데모나가 잠에서 깨어나 눈을 뜨자 오셀로는 그녀에게 잠들기 전에 기도했는지를 묻는다. 그녀가 고개를 끄덕이자 오셀로는 지금은 당신의 영혼을 위해 기도하라고 말한다.

놀란 데스데모나는 "내가 죽는다고요? 내가 무슨 잘못을 했는데요?"라고 말한다.

"내가 준 손수건을 당신의 애인 카시오에게 주지 않았나?"

"천만에요. 제가 잃어버린 거예요. 나에게는 당신밖에 없어요."

"거짓말! 카시오가 실토를 했고 정직한 이아고가 나에게 말해주었는데도 딴소리야?"

오셀로는 무서움에 떨며 우는 데스데모나의 목을 조른다. 계속 두드리는 문소리에 문을 열어준 오셀로에게 에밀리아가 한 청년이 카시오를 살해하려다 청년이 죽었다고 보고한다.

"카시오도 죽었는가?" 오셀로가 묻는다.

"카시오는 아직 살아 있습니다."

"괜한 사람이 죽었군." 오셀로가 중얼댄다.

에밀리아는 침실로부터 들려오는 데스데모나의 신음 소리를 듣고 서둘러 그녀의 침대로 달려간다.

"어쩐 일이예요? 사랑하는 마님!" 에밀리아가 울부짖는다.

데스데모나는 에밀리아에게 카시오에 대해 몇 마디를 하고, 남편의 잘못이 아니라고 변명하다 숨을 거둔다.

뒤따라온 이아고는 일이 잘못되어 가고 있음을 직감하고 에밀리아의 입을 막기 위해 칼을 뽑아 그녀의 동맥을 끊어 버리고 도주한다.

에밀리아는 손수건에 대한 진실을 오셀로에게 알리고 데스데모나 옆에서 숨을 거둔다.

그제야 오셀로는 부인에 대한 의심을 풀고 자신의 칼에 심장을 박고 사랑하는 데스데모나 옆에 쓰러진다.

그리고 막이 내린다.

오셀로

〈오셀로〉는 저자가 가장 싫어하는 악한과 통절한 비극의 주인공을 동시에 그린 작품이다. 문학 작품에 나오는 어느 악한도 따라갈 수 없는 병적인 잔혹성과 복수심에서 우러나오는 말이 사랑에서 광적인 질투로 변하게 하여 살인으로 이어지는 위력을 과시하는 작품으로 유명하다. 저자는 피부색은 검지만 내면은 선한 오셀로와, 피부색은 희지만 인성이 악한 이아고를 대비시켜 인종문제를 다루었다. 셰익스피어 살아생전에 세 차례의 공연 기록이 있다.

오셀로는 피부색이 까만 무어 인으로 이탈리아 베네치아의 장군이다. 그는 순진하고 소박하면서 용감하고 직선적인 인물이다. 베네치아 상원 의원의 딸 데스데모나가 뭇 남성의 구혼을 마다하고, 그와 부부가 되어 신의와 사랑을 지키는 것은 당시 흑인에 대한 관념과 편견을 뒤엎는 파격적인 사건이다. 여기에 피부가 희고 간악한 이아고가 정직하고 사랑에 충실하며 원칙을 따르는 순수한 오셀로의 부하로 등장한다. 그는 부관으로 승진하지 못한 것에 대해 한을 품고 상관인 오셀로의 마음을 흔들기 시작한다. 이아고의 간교는 오셀로 하여금 부인의 사랑을 의심하고 질투에 불타오르게 한다. 결국 이아고의 병적인 잔혹성은 오셀로가 사랑하는 아내를 죽이고, 자신은 잔혹한 처형을 받는 비극으로 이끈다.

주요 인물

맥베스Macbeth : 코더Cawdor 성의 영주로 용감한 장군이다. 부인의 야망과 세 마녀의 예언을 믿고 왕을 죽이고 스코틀랜드의 왕이 되지만 자신도 반대파의 손에 죽는다.

맥베스 부인Lady Macbeth : 맥베스의 부인으로 세력과 지위에 대한 야망이 크고 남편에 대한 사랑이 특별하다. 남편을 충동하여 왕을 죽이고 남편이 왕이 되지만 죄책감에 시달리다 미쳐 자살한다.

세 마녀The Three Witches : 덩컨 왕을 살해하고 왕권을 잡도록 맥베스를 유도한 예언자들로 결국 그를 파멸에 빠지게 한다.

뱅쿼Banquo : 용감하고 훌륭한 장군으로 자손이 스코틀랜드의 왕좌를 이어받는다는 마녀들의 예언을 듣지만 맥베스와 달리 그것을 신중하게 생각하지 않는다.

플리안스Fleance : 뱅쿼의 아들로 맥베스의 마수로부터 도망쳐 마녀들의 예언처럼 후에 스코틀랜드의 왕좌에 오른다.

덩컨 왕King Duncan : 덕이 있고 선견지명이 있는 스코틀랜드의 훌륭한 왕이다.

맥더프Macduff : 스코틀랜드의 귀족으로 처음부터 맥베스가 왕권에 욕심이 있는 것에 불만을 가진다. 결국 부인과 아들을 살해한 맥베스를 무찌르고 맬컴이 왕위에 오르는 일에 앞장선다.

맬컴Malcolm : 덩컨 왕의 큰아들로 맥베스가 통치하던 스코틀랜드를 맥더프의 도움으로 되찾는다.

6

맥베스
MACBETH

41~42세 때 작품, 1605~1606년

　스코틀랜드의 덩컨Duncan 왕이 나이가 많아지자 반란이 일어나고 정권을 쟁취하려는 세력이 들끓는다. 이것을 막기 위해 군인 출신이었던 덩컨 왕은 그가 믿고 사랑하는 맥베스Macbeth 장군과 그의 친구 뱅쿼Banquo를 전장에 보낸다. 두 장군은 아일랜드의 반란군과 노르웨이 세력을 무찌르고 의기양양하여 돌아오는 길에 황야에서 세 마녀를 만난다.

　세 명의 마녀 모두가 맥베스는 앞으로 왕이 되고, 뱅쿼는 왕의 아버지가 될 것이라는 예언을 한다. 이 말을 듣는 순간 맥베스는 평상시에 가지고 있던 자신의 야심과 부인의 명예욕을 떠올리며 마녀들의 말을 마음에 둔다. 마녀들은 사라지고 두 친구는 마녀들이 한 말을 되뇌며 농담처럼 주고받는다.

"맥베스, 당신이 왕이 된다고?"

"뱅쿼, 당신의 자손들이 왕위를 차지한다고?"

뱅쿼는 마녀들의 쓸데없는 말에 유혹되지 말자고 말하지만, 맥베스는 이 일을 마음에 두고 부인에게 적어 보낸다. 궁에 도착한 두 친구는 덩컨 왕의 치하와 극진한 대접을 받고 집으로 돌아온 뒤, 맥베스는 자기가 사는 인버네스 성으로 왕을 초대한다.

당시의 왕좌는 반드시 세습을 통해 이어지는 것은 아니어서 친척인 맥베스가 왕위를 이어 받을 수도 있었다. 그러나 덩컨 왕은 어린 맬컴Malcolm 왕자를 자신의 계승자로 생각하고 있다. 이러한 왕의 의중을 아는 맥베스의 부인은 남편이 왕이 되기 위해서는 덩컨 왕을 살해하는 것이 가장 빠른 길이라고 생각한다. 이때 남편으로부터 왕을 초대한다는 전갈을 받고 부인은 그날 밤을 절호의 기회로 생각하고 남편에게 자신의 계획을 설명한다.

인버네스에 도착한 왕은 맥베스 부부의 극진한 대접을 받고 만족해하지만 맥베스의 마음은 점점 무거워진다. 왕이 되고 싶은 욕심 때문에 국왕이자 자신의 친척인 덩컨 왕을 죽이는 일이 두

렵기 때문이다. '남을 살해한 사람은 자신도 살해당한다'는 옛말도 자꾸 떠오른다. 그러나 부인은 "오늘 일을 내지 않으면 나를 사랑하지 않는다는 증표로 알겠어요"라고 으름장을 놓는다.

긴 여행으로 피곤한 왕은 좋은 음식으로 포식을 한 후 깊이 잠든다. 맥베스 부인은 보초병들이 취해 곯아떨어지도록 그들에게 음식과 술을 실컷 먹인다. 그리고 보초병들이 잠든 사이에 일을 실행하면 책임은 그들에게 돌릴 수 있으니 안심하라고 남편을 달랜다.

자정이 지난 시간, 뱅쿼는 아들과 함께 바람을 쐬러 나왔다가 뜰에서 맥베스를 만난다. 맥베스가 한밤중에 나와 있는 것을 좀 이상하게 생각하면서 뱅쿼는 세 마녀를 본 꿈 이야기를 꺼내며 혹시 그가 다음 왕이 되는 것이 아니냐고 묻는다. 맥베스는 그것은 한 번도 생각해 본 적이 없다고 시치미를 떼고, 두 사람은 잘 자라고 인사를 한 뒤 헤어진다. 그리고 나서 맥베스는 왕의 침실로 향한다. 아무리 발소리를 죽여도 딛는 걸음마다 그에게는 쿵쾅대는 소리로 들린다. 마치 자신의 죄를 만천하에 알리는 듯하다. 맥베스는 부인이 보내는 신호를 보고 왕이 자고 있는 침실 문을 가만히 연다. 부인은 마당에 서서 열리는 문을 보며 일이 진행되고 있음을 감지한다. 덩컨 왕이 자고 있는 방 쪽에서 낮은 외마디 비명 소리가 난 뒤 조용해진다.

잠시 후 맥베스가 나타나 "처리했소"라고 중얼거리며 부인 쪽으로 다가간다. 그는 자신의 손을 보며 '이런 무서운 일을 내가 저지를 수가!'라고 중얼거린다. 부인은 아직도 그의 손에 쥐여 있는 칼을 보면서 "칼은 보초에게 쥐여 주고 그의 옷에 피를 묻히고 왔어야지요, 어서 갔다 와서 손을 씻으세요"라고 말한다.

"나는 무서워서 못 가!" 맥베스가 공포에 떨며 말한다.

부인은 남편으로부터 피 묻은 칼을 뺏어 들고 덩컨 방으로 올라간다. 두려움에 떨고 서 있는 맥베스는 갑자기 밖에서 성문 두드리는 소리를 듣는다. '내가 헛소리를 듣는 것이겠지'라고 생각하며 자신의 손을 내려다본다. 맥베스는 머리에서 발끝까지 부르르 떨더니 자신의 손에 묻은 피가 온 세상을 붉게 물들이는 듯한 착각에 빠진다. 이때 부인이 내려와서 "내 손이 꼭 당신 손 같아요. 그러나 나는 겁내지 않을 거예요"라고 말한다. 또다시 성문을 두드리는 소리가 성안의 고요함을 깨뜨린다. 그들은 재빨리 침실로 가서 손을 씻고 잠옷으로 갈아입는다. 맥베스는 문 두드리는 소리에 왕이 다시 깨어나기를 마음속으로 간절히 바란다.

처음으로 깬 사람은 문지기이다. 그는 잠에 취해 비틀거리며 누구냐고 소리친다. 문을 열자 파이프의 귀족 맥더프Macduff와 레녹스Lennox가 맥베스를 찾는다. 잠옷을 걸친 채 나온 맥베스에게 왕이 이른 새벽에 오라고 해서 왔다며 덩컨 왕을 찾는다. 맥베스는 차마 자신이 올라가지 못하고 맥더프에게 직접 올라가라고 방을 가리킨다. 그동안 레넉스는 지난밤에 내린 폭우와 나라에 재난이 닥칠 것을 예언한 노인 이야기를 늘어놓지만, 맥베스의 귀에 그것이 들어올 리가 없다.

층계 위에서 "이런 망측한 일이 있을 수 있는가! 왕을 죽이다니! 어서들 올라와요!"라고 맥더프가 소리친다. 이 말에 성안의 모든 사람이 깨어 몰려나오고 비상종이 울리며 이 소식이 퍼져 나간다. 이 비보에 가장 소란을 떠는 사람은 맥베스이다. 그의 이상한 행동을 보면서 그를 살인자로 의심하는 사람들이 있지만 감히 입 밖으로 말하지 못한다. 덩컨 왕이 죽었다는 소식이 전해지자 왕의 두 아들은 자기들도 죽임을 당할지 모른다는 두려움에 떤다. 결국 큰아들 맬컴은 영국으로, 도널베인Donalbain은 아일랜드로 도망친다.

이런 상황에서 마침내 맥베스가 왕좌에 오른다. 왕이 된 맥베스는 기쁘기보다는 만사가 두렵다. 그의 머릿속에서 선하고 아름다운 생각은 사라져 버리고 '저주받을 살인자'란 생각만 꽉 차 있다. 그러면서도 한편으로는 뱅쿼가 앞으로 왕의 아버지가 된다는 마녀의 예언이 마음에 걸려 뱅쿼와 그의 아들 플리안스Fleance까지 없앨 생각을 한다.

마침내 맥베스에게 좋은 기회가 다가온다. 뱅쿼 부자로부터 해가 떨어진 늦은 저녁에야 자신이 베푸는 연회에 참석할 수 있다는 전갈을 받는다. 맥베스는 급히 살인 청부업자 세 사람을 고용하여 그날 밤 뱅쿼 부자를 죽이라고 지시한다. 밤늦게 뱅쿼와 아들이 횃불을 들고 성문 가까이 오자 세 청부업자가 그들을 덮친다. 뱅쿼는 재빨리 횃불을 끄고 아들을 도망시키지만 자신은 심하게 다친다. 성안에서는 여전히 연회가 한창이었는데, 자객 중 한 사람이 맥베스를 찾아 뱅쿼는 죽기 직전이지만 그 아들은 놓쳤다고 보고한다.

보고를 들은 맥베스는 만족스럽지는 못하지만 뱅쿼를 없앴다는 것에 안심하고는 주연상으로 돌아와 손님들의 행복과 건강을 빌어 준다. 그리고 충신들에게 뱅쿼가 빠져서 섭섭하다고 말하며 새로운 화두를 이끈다. 갑자기 맥베스는 뱅쿼가 피를 흘리며 연회석에 앉아 있는 것을 본다. 왕은 뒷걸음질을 치며 피가 자신의 옷에 묻지 않게 하라고 소리친다. 원래 맥베스을 싫어하던 로스Ross는 왕이 미쳤다며 자리에서 일어난다. 그때 맥베스 부인이 그를 말리며 남편이 가끔 그런 행동을 하지만 금방 괜찮아진다고 사람들을 안심시킨다.

맥베스도 마음을 가라앉히고 모인 사람들을 위해 다시 축배를 들며 뱅쿼가 자리에 없는 것을 서운해한다. 그러나 뱅쿼의 유령이 다시 나타나자 놀란 맥베스는 유령에게 소리친다. 그리고 유령은 사라진다. 이런 상황이 거듭되자 부인은 손님들을 돌려보내고, 손님들은 맥베스와 뱅쿼의 관계를 의심하며 떠난다.

맥베스는 '피는 피로 갚는다'는 말을 혼자 되뇌며 앞으로 자신에게 닥칠 운명을 점치기 위해 마녀들을 찾아 나선다. 마녀들은 기다리고 있었다는 듯이 그를 깊은 동굴로 안내하여 지옥을 보여 준다. 맥베스는 묻고 싶은 것이 많지만, 마녀들은 눈으로 직접 보게 될 거라며 입을 떼지 못하게 한다.

갑자기 천둥이 치고 동굴 안이 안개로 흐려지더니 헬멧을 쓴 거물이 나타나 "맥베스! 맥베스! 맥베스! 파이프의 영주 맥더프를 조심하라!"는 음산한 소리를 내고 사라진다. '그렇지. 그래서 내가 베푼 연회에 맥더프가 참석하지 않았구나. 이제 그의 속셈을 알겠군.' 맥베스가 이렇게 혼자 중얼대는데 다시 피를 흘리는 문체가 나타나더니 "맥베스! 맥베스! 담대해라! 용기를 가져라! 사람의 아들이 너를 해하지는 못한다"라고 말한다.

이어서 세 번째로 나타난 물체는 "버남 숲이 던시네인 성으로 옮겨질 때까지는 걱정할 것 없다"고 소리친다. '땅에 박힌 숲을 누가 옮길 수 있단 말인가'라고 생각하며 맥베스는 안심한다.

집에 돌아온 맥베스는 맥더프가 영국으로 도주했다는 소식을 듣고 파이프에 있는 맥더프의 성을 침략하여 그의 부인과 자녀들을 모두 죽인다. 도망간 맥더프는 덩컨 왕의 맏아들 맬컴이 이끄는 군대에 입대한다. 스코틀랜드에서는 폭군 맥베스를 죽이라고 외치는 반란군이 일어나고, 이 소식을 들은 영국의 에드워드

Edward 왕은 맥베스를 전복하고 맬컴을 왕위에 올리라는 명분으로 원정군을 보낸다.

이런 와중에 맥베스의 부인마저 제정신이 아니다. 그녀는 덩컨 왕이 죽은 후부터 밤잠을 자지 못하고 몽유병 환자처럼 헛소리를 한다. 그러면서 피를 씻어 내듯이 수없이 손을 쥐어짜다가 결국 자살하고 만다. 맥베스는 이제 삶의 의미가 없고 그저 공허함을 느낄 뿐이다. 그래도 사람의 아들이 자신을 해하지 못한다는 마녀의 말을 기억하고 버남 숲을 떠올린다.

이때 성탑을 지키던 파수병이 사색이 되어 버남 숲이 성을 향해 밀려온다는 소식을 알린다. 영국군이 진격하면서 자신들을 위장하기 위해 나무를 꺾어 들고 오는 행진이었다. 맥베스는 비상종을 울리게 하고 병력을 모아 맞선다. 날이 저물면서 맥베스의 병사들은 맬컴에게 넘어가고, 맥베스가 두려워하던 맥더프가 나타난다. 맥베스는 자기는 사람의 아들에게 죽을 자가 아니라고 덤비지만, 결국 제왕절개 수술로 태어난 맥더프가 맥베스의 목을 베어 맬컴에게 바친다.

이렇게 해서 맥베스의 악정은 끝나고, 스코틀랜드의 왕이 된 맬컴은 모인 사람들에게 선정을 약속하고 대관식에 모든 사람을 초대하면서 막이 내린다.

맥베스

〈맥베스〉는 셰익스피어의 비극 중에서 유일하게 주인공이 악인인 작품으로, 가장 짧고 섬뜩하다. 1611년 글로브Globe 극장에서 공연되었으며, 연설문과 정치적 선전문구가 많다. 그러나 작품의 중요한 논제는 정치상의 문제가 아니라 주인공의 인간적 결함을 다룬 것이다. 가장 훌륭한 전쟁 영웅이 포악한 살인자로 변하는 점이 주목을 끈다.

내용은 스코틀랜드의 맥베스 장군과 그의 부인은 왕과 여왕이 되기를 열망하며 세력을 키운다. 그의 야심은 전쟁에서 승리하고 돌아오는 길에 만난 세 마녀들의 예언과 충동으로 더욱 굳어진다. 자신을 믿고 사랑하던 덩컨 왕을 죽이고 왕좌에 오르지만, 불안과 초조함에 휩싸여 불행한 삶을 산다. 부인도 죄책감에 시달리다 자살한다. 늘어가는 원수들을 감당하지 못한 맥베스는 악한 야망이 얼마나 헛된 것인가를 실감하며 반대파의 손에 죽는다.

리어 왕King, Lear : 영국의 왕으로 평온하게 노년을 보내기 위해 큰딸과 둘째 딸에게 왕권과 왕국을 나눠 주고 막내딸을 내쫓는다. 그러나 두 딸은 아버지 뜻을 거역하고 구박하지만, 막내는 아버지를 진심으로 사랑하고 끝까지 보살 핀다.

고너릴Gonerill : 왕의 큰딸로 알바니의 부인이다. 아버지에게 아첨하여 아버 지에게서 많은 재산을 물려받는다. 에드먼드와 바람이 나서 남편까지 떠날 생각을 한다.

리건Regan : 왕의 둘째 딸로 아버지의 재산을 크게 물려받은 콘월 공작 부인 이다. 남편이 죽자 에드먼드와 결혼하려다 언니로부터 독약을 받는다.

코델리아Cordelia : 리어 왕의 막내딸로 언니들과 달리 솔직하기 때문에 아버 지로부터 유산을 받지 못하고 쫓겨나지만 후에 아버지를 구하고 보살핀다.

글로스터Gloucester 백작 : 리어 왕의 충신이다. 왕에게 충성했다는 죄목으로 리 건의 남편 콘월 공작에 의해 장님이 된다. 서자 에드먼드로부터 배반당한다.

에드거Edgar : 글로스터 백작의 큰아들로 '푸어 톰Poor Tom'으로 변장하고 살 다가 왕의 위치로 올라선다.

에드먼드Edmund : 야심과 욕심을 가진 글로스터 백작의 서자로, 악한이다.

켄트Kent/카이어스Caius 백작 : 점잖고 착한 왕의 충신으로 왕의 막내딸을 두 둔하다 쫓겨나지만, 카이어스라는 이름으로 끝까지 리어 왕을 보살핀다.

알바니Albany 공작 : 큰딸 고너릴의 남편으로 도덕적이고 종교적인 인물이다. 왕에 대한 부인의 태도를 나무라며 리어 왕 편을 든다.

콘월Cornwall 공작 : 둘째 딸 리건의 남편으로 글로스터 백작을 장님으로 만든 잔인하고 부정한 인물이다.

버건디Burgundy 공작과 프랑스 왕 : 코델리아의 구혼자들이지만 지참금이 없다 는 말을 듣고 공작은 떠나고 프랑스 왕은 그녀와 결혼한다.

하인The Fool : 리어 왕과 코델리아에게 헌신하는 종이다.

7

리어 왕
KING LEAR

41세 때 작품, 1605년

연로한 영국의 리어Lear 왕이 지도를 펴들고 나라를 셋으로 나눈다. 그리고 왕관을 벗어 들고 나라와 자신의 노년을 딸들에게 맡길 생각을 하며 회심의 미소를 띤다.

그에게는 세 딸이 있다. 큰딸 고너릴Gonerill은 알바니Albany 공작과, 둘째 딸 리건Regan은 콘월Cornwall 공작과 결혼했다. 그러나 막내딸이자 아버지의 귀염둥이 코델리아Cordelia는 아직 미혼으로 프랑스 왕과 버건디Burgundy 공작이 구혼을 해 온다. 왕은 자신에 대한 딸들의 사랑을 척도로 삼아 국토와 왕권을 세 딸에게 나눠 주려고 딸들에게 자신에 대한 사랑의 크기와 깊이를 묻는다.

"너는 얼마만큼 나를 사랑하는가?"라고 큰딸에게 묻는다. 그러자 큰딸은 머리를 조아리고 목소리를 떨며 "아버지에 대한 저의 사랑은 너무나 커서 말로 표현하기 어렵습니다"라고 대답한다. 아버지는 딸의 아첨과 찬사에 무릎을 치며 기뻐한다. 왕은 지도에서 알바니 지역을 짚으며 그것을 큰딸과 자손들에게 줄 것을 약속한다.

둘째 딸에게 같은 질문을 하자 리건은 왕 앞에 경건히 꿇어앉아 두 손을 높이 들고 왕을 찬양하며 아버지를 사랑하는 기쁨보다 이 세상에 더 큰 기쁨은 없다고 답한다. 흥분한 왕은 지도에서 리건의 몫을 짚어 보여 주고 영원히 그녀와 자손들의 것이라고 축복한다.

"신랑감으로 프랑스와 버건디가 경쟁하는 이 시점에서 언니들보다 더 큰 영토를 차지 할 수 있는 이유를 댈 수 있겠는가?"라고 왕은 사랑하는 셋째 딸에게 묻는다.

"없습니다. 아버님."

"없어!"

"없습니다!" 코델리아는 분명하게 답한다.

"없다면 차지할 땅도 없다. 다시 말해 봐라."

그러자 코델리아는 아버지의 비위를 맞추는 언니들의 아첨과 거짓 사랑에 반감을 느끼며 "할 수 없지요. 저는 아버님을 아버지로서 사랑할 뿐, 더도 덜도 아닙니다"라고 대답한다. 아버지는 분을 참으며 "네 말에 책임을 져야 한다. 너에게 아주 해로울 수 있어!"라고 말한다.

"아버님, 저는 딸로서 아버지를 사랑하고 순종하고 존경합니다. 그러나 제가 결혼하면 제 남편도 공경하고 사랑할 것입니다."

"그게 정말이냐?"

"진심입니다."

"참 철이 없구나." 리어 왕은 잠시 당황한다.

"철은 없지만 그것이 진심입니다."

별안간 왕은 얼굴을 붉히며 "내가 해와 달을 두고 맹세하거니와 지금부터 너는 나의 딸이 아니다. 나와는 상관이 없어!"라고 소리친다.

인생의 마지막을 사랑하는 막내와 같이 보내려던 왕은 크게 실망하여 그녀의 몫을 알바니와 콘월에게 나눠 준다.

이때 참다못한 충신 켄트Kent가 나서서 "이렇게 기분으로 다루실 일이 아닙니다. 막내따님이 폐하를 덜 사랑하는 것이 아닙니다. 노여워 마십시오, 빈 그릇의 소리가 더 큰 것을 잘 아시지 않습니까?"라고 말리고 나선다. 하지만 왕은 켄트 백작까지 추방해 버린다.

켄트가 쫓겨나고 막내딸의 구혼자인 프랑스 왕과 버건디 공작이 나타난다. 왕은 두 사람에게 "누구든 지참금 없는 나의 딸 코델리아를 사랑하면 결혼하게"라고 말한다. 이 말을 들은 버건디 공작은 바로 구혼을 취소하고, 프랑스 왕은 그녀의 솔직함과 아름다움에 반하여 지참금은 필요 없다고 답하고 그녀와 결혼한다.

코델리아는 가진 것 없이 프랑스 여왕이 되어 떠나면서 언니들이 아버지를 잘 모실지, 혹시 아버지의 마지막 재산을 뺏기 위해 아버지를 해하지 않을지 걱정을 한다.

왕은 우선 신하들을 이끌고 큰딸에게 가서 한 달을 보내기로 한다. 고너릴은 아버지를 모시는 것이 마치 아이를 키우는 것 같아 몹시 귀찮아한다. 더욱이 그가 거느리는 100명의 수행원들은 그녀에게 무거운 짐이 된다. 그래서 그녀는 가능한 한 아버지를 피하다가 점점 아버지를 불편하게 하고 그의 심기를 건드린다. 그리고 은근히 동생 집에 빨리 갈 것을 종용한다.

왕은 점점 첫째 딸의 집에 머무는 것이 불편하고 하인들의 찡그린 얼굴도 보고 싶지 않다. 그래서 "이 집에서 왜 나를 이렇게 불편하게 만드느냐? 내가 이 나라의 왕이라는 것을 잊었느냐? 네가 정말 내 딸이냐?"라고 딸에게 따진다. 그러고는 둘째 딸 리건에게 기대를 걸고 그 집을 떠난다.

큰딸은 곧바로 동생에게 아버지의 고집과 나쁜 성격을 비난하며 그에게 딸린 수행원을 받아들이지 말라는 편지를 하인을 통해 미리 보내 놓는다.

왕이 둘째 딸 집에 도착하자 성에는 아무도 없다. 왕이 도착한다는 소식을 듣자마자 모두 피해서 나갔다는 것이다. 후에 나타난 딸은 언니 집에서 한 달을 마저 채우고 오라고 퉁명스럽게 말한다.

이때 큰딸이 찾아온다. 둘째는 기쁘게 언니를 반기며 아버지에 대한 일을 의논한다. 두 딸은 하인 한 사람을 고용하여 아버지를 모시게 하자는 의견에 합의한다. 왕은 극도로 화가 나 참을 수 없는 지경이지만 이미 약해질 대로 약해진 그의 몸과 마음으로는 어쩔 수 없는 상황이다. 날씨가 몹시 사납고 폭풍이 부는 밤, 왕은 어릿광대 풀Fool과 함께 집을 나선다.

막내딸 편을 들다가 왕으로부터 쫓겨난 켄트 백작은 이 소식을 듣고 폭풍이 심한 밤에 왕을 찾아 나선다. 그리고 카이어스Caius란 이름으로 변장하고 거지가 다 된 왕과 불쌍한 풀을 가까운 농장으로 데려가 따뜻한 음식을 대접하고 편한 잠자리를 마련해 주고 시중을 든다.

그 와중에 딸들이 왕을 살해할 것이라는 소문이 나돌자 카이어스는 급하게 왕을 자신의 친지들이 있는 도버로 피신시킨다. 그리고 프랑스 궁에 있는 막내딸 코델리아를 찾아 부왕의 불쌍한 처지와 언니들의 몰인정한 행위를 알려 준다.

착한 막내딸은 남편 프랑스 왕의 허락을 받고 도버에 상륙하여 들판을 방황하고 있는 정신이 온전하지 못한 아버지를 찾아내어 자기 막사에 모시고 보살핀다. 아버지가 기운을 차리고 딸을 알아볼 수 있게 되자 부녀는 서로의 사랑을 한껏 표하며 서로를 위해 준다.

리건의 남편 콘월 공작은 자기 영토에 사는 왕의 충신이었던 글로스터Gloucester가 거슬려 왕에게 충성하고 그를 도왔다는 죄목으로 그를 잡아들여 장님을 만든다. 글로스터가 처절한 자신의 처지를 한탄하며 자살하려는 것을 그의 친아들 에드거Edgar가 구해 내지만 결국 백작은 바로 숨을 거두고 만다. 그사이 글로스터의 서자 에드먼드Edmund는 형 에드거로부터 백작 직위를 강탈해서 자칭 백작이 되어 왕의 딸들인 리건과 고너릴, 두 여자와 불륜관계를 맺는다. 이런 상황에서 리건의 남편이 죽자 리건과 에드먼드는 결혼을 약속한다. 이에 질투심이 발동한 고너릴은 동생을 독살하려다 남편 알바니에게 발각되어 감옥에 갇히고 그곳에서 목숨을 끊는다.

　왕의 딸들과 사귀는 동안 그녀들의 후원으로 영국 군대 통치권을 갖게 된 에드먼드는 도버에 진을 친 코델리아가 이끄는 프랑스 군대를 격퇴하고, 리어 왕과 코델리아를 포로로 잡는다. 그리고 간악한 음모에 의해 코델리아는 억울하게 감옥에서 목을 매죽게 된다.

　딸의 죽음을 알고 슬퍼하는 왕을 카이어스가 찾아가 자신이 켄트 백작이라고 밝히며 위로하지만, 왕은 끝내 그를 알아보지 못하고 죽는다. 그리고 늙은 켄트마저 세상을 떠난다.

　한편, 만행을 저지르는 에드먼드에게 그의 형 에드거가 일대일의 격투를 신청한다. 이 싸움에서 에드먼드는 죽고 에드거가 나라의 미래를 맡게 된다.

　글로스터 백작의 아들 에드거는 "태어날 때와 마찬가지로 죽는 때도 우리의 뜻대로 되는 것이 아니니 모든 일을 하늘에 맡기고 참고 기다립시다"라고 남은 사람들에게 위로의 말을 하고 막이 내린다.

리어 왕

〈리어 왕〉은 가장 용서할 수 없는 비극으로, 고위층 사람들의 본연의 모습을 깊이 들여다 볼 수 있는 작품이다. 셰익스피어 살아생전에 유일하게 공연한 법적 기록이 남아 있고, 《4절판》과 《초판》에 출판된 사실로 미루어 보면 틀림없이 당시 극장 관중에게 매우 인기가 높았을 것이다.

대담무쌍하게 인간의 본성과 심리를 적나라하게 표현한 〈리어 왕〉 하나만 가지고도 셰익스피어가 희곡작가로 명성을 날릴 수 있다는 평이 있다. 〈리어 왕〉은 오늘날까지 알려진 서양 예술품의 극치의 하나로 꼽히고 있다.

내용은 영국의 리어 왕이 옛날이야기를 하듯 자신의 왕권과 영토를 세 딸에게 나누어 줄 의향을 밝힌다. 연극이 진행되면서 딸들의 아첨과 배반, 딸과의 의절, 남편을 음모하는 부인, 형제간의 반목 등으로 단란한 가정과 왕국 그리고 세상이 찢어지고 변한다.

광기, 살인, 욕정과 잔인함이 총동원되는 가운데 아버지를 구하려는 막내딸의 용기와 사랑이 크게 부각된다.

Shakepear
Tragedy

**주요
인물**

티몬Timon : 아테네의 부자로 남에게 주기를 좋아해서 재산이 바닥나는 것도 모르고 쓰다가 빈털터리가 된다. 그동안 은혜를 베풀어 주던 친구들에게 돈을 빌리러 하인을 보내지만 매번 빈손으로 돌아온다. 그는 낙담을 하고 숲 속으로 들어가 거지처럼 또 도인처럼 살다가 금광을 찾게 된다. 사람들은 그를 다시 찾아오기 시작하나 그들을 외면한다.

아퍼만터스Apemantus : 가끔 티몬의 잔치에 참석하여 그에게 아첨하는 아테네 사람들을 보고 경멸한다. 티몬이 파산을 하고 아테네를 떠났다는 소식을 듣고 그를 찾아가 위로하지만 티몬은 들은 척도 하지 않는다. 두 사람 모두 사람들을 싫어하지만 친구 사이는 아니다.

알키비아데스Alcibiades : 친구가 의회로부터 사형 선고를 받자 그것을 반대하고 대변하다 추방당한 군인이다. 숲에서 티몬을 다시 만나 티몬이 금으로 지원해 주고 그는 아테네를 쳐부수겠다는 약속을 한다.

플라비우스Flavius : 티몬의 재정을 관리하고 주인에게 재정 상태를 일깨워 주며 숲에까지 찾아가 자신이 가진 마지막 돈을 주인에게 준 충성스런 하인이다. 티몬은 그의 하인 플라비우스에게 금을 나눠 주고, 저주의 대상에서 오로지 그만을 제외한다.

8

아테네의 티몬
TIMONS OF ATHENS

43~44세 때 작품, 1607~1608년

티몬Timon은 덕망이 있는 아테네의 대부호로, 집에서 호사스런 연회를 자주 베풀고 사람들에게 선물을 주는 것을 낙으로 삼는다. 동네의 시인, 화가, 보석상 들이 그를 찬양하는 시를 쓰고, 초상화를 그려 주고, 선물을 공급하면서 돈을 받아 간다. 하루는 티몬이 연회장에 나타나자마자 친구가 감옥에 갇혀 있다는 소식을 듣고는 그가 풀려나도록 돈을 보낸다. 그리고 불쌍한 시민을 도와주고, 예술가들을 후히 대접하고, 보석상의 보석들을 비싸게 사

준다. 선물을 받은 사람들이 그에게 고맙다는 인사를 하면 "답례를 받는다면 선물이 아니지!"라며 주는 것으로 끝낸다. 그래서 아테네 사람들은 티몬이 금을 만드는 요술 방망이를 가진 사람으로 알고 마음껏 받기만 한다.

그러나 티몬 집을 가끔 들리는 아퍼만터스Apemantus만은 티몬에게 아첨을 떨고 염치없이 받아만 가는 사람들을 나무란다. 또한 하인 플라비우스Flavius는 주인이 재물을 헤프게 쓰다 바닥이 날 것을 걱정한다.

과연 티몬은 빈털터리가 되어 돈을 빌린 세 친구로부터 빚 독촉을 받게 된다. 사실 그 빚은 티몬이 그 친구들에게 사 준 선물값을 치른 돈이다.

자초지종을 잘 헤아리지 못하는 티몬은 집에서 서성거리며 빚 독촉을 하는 빚쟁이들을 돌려보내려 하지만, 그들이 떠나지 않자 하인 플라비우스를 불러 그들이 떠나지 않는 이유를 묻는다. 플라비우스가 빚을 갚지 못해서라고 설명해 주자 티몬은 다른 친구에게 돈을 빌려 갚으라고 말한다. 하인이 이미 다른 사람들도 거절한 상태라고 대답하자, 그는 땅을 팔라고 한다. 하지만 땅은 이미 저당 잡힌 상태여서 더 이상 돈이 나올 곳이 없다.

남에게 관대하면 저절로 풍족해질 수 있다고 믿었던 티몬은 막상 그의 재물이 바닥을 드러내자 친구들이 그를 버리고 떠나는 것을 보며 크게 실망한다. 티몬은 마지막으로 만찬을 차리고 그의 친구들과 귀족들을 초청한다. 그리고 음식 접시를 덮은 채 상앞에서 "남에게 무조건 다 줄 것이 아니라 자신을 위해 좀 남기고, 되돌려 받는다는 생각은 버리게 해 주십시오. 또 베푼 사람들에게 포기하는 지혜를 갖게 해 주십시오"라고 기도를 올린다. 그러고 나서 접시를 덮은 뚜껑을 여니 그 안에는 돌과 끓인 물만이 담겨 있다. 그는 친구들에게 저주를 퍼붓고 나서 아테네를 떠나 버린다.

그때부터 티몬은 모든 인간을 극도로 혐오한다.

아테네를 떠난 티몬은 산속에 들어가 동굴 속에서 연명을 하며 지낸다. 하루는 먹을 것을 찾아 산속을 헤매다 지하에 묻힌 황금을 발견한다. 하지만 티몬은 그것을 대단하게 여기지 않고, 인간을 증오하는 태도도 변함이 없다. 그의 거처를 알게 된 친구들이 줄줄이 찾아오기 시작한다.

먼저 아퍼만터스가 찾아와 좋지 못한 아첨꾼들 때문에 티몬이 이 꼴이 되었다고 그의 친구들을 나무란다. 티몬은 자신이 고생한 적이 없어서 이렇게 사는 것이 힘들긴 하지만, 그것은 아첨꾼을 알아보지 못한 자신의 잘못이지 그 사람들을 미워할 이유가 없다고 반박한다. 이렇게 두 사람은 크게 언성을 높이며 싸우다 아퍼만터스는 동굴에서 내쫓기고 만다.

다음에 플라비우스가 도착하여 울면서 티몬에게 그의 마지막 돈을 주며 주인을 위로한다. 이에 감동한 티몬은 플라비우스만이 아테네에서 가장 정직한 사람이며, 그만이 자신의 저주를 피할 사람이라고 생각하고 금을 나눠 주며 동굴에서 그를 내보낸다.

시인과 화가가 티몬이 금광을 찾았다는 소문을 듣고 그의 비위를 맞추려 찾아온다. 티몬은 곧바로 야생 거위를 내보내 그들을 쫓아낸다.

실수로 사람을 죽이고 사형 선고를 받은 친구를 구하기 위해 원로원들과 논쟁을 벌이다 추방당한 알키비아데스Alcibiades가 나타나자 티몬은 그를 반갑게 맞는다. 그리고 군을 이끌고 아테네를 쳐들어갈 수 있도록 황금을 내주고 아테네 시민 모두를 몰살하라고 부탁한다.

알키비아데스가 떠나고 얼마 되지 않아서 플라비우스가 두 원로 회원을 데리고 주인을 찾아와 아테네로 돌아올 것을 종용한다. 그러나 티몬은 거절한다. 티몬이 아테네에 있으면 알키비아데스의 침략을 막을 수 있다고 계산한 의원들의 속셈을 알아챈 것이다.

알키비아데스가 군대를 이끌고 아테네 성문 앞에 도착하자 원로회 의원들은 아테네 시를 방어하는 설명회를 시작한다. 우선 아테네 시민 모두가 알키비아데스와 티몬에게 잘못한 것이 아니니 시민을 다치게 하지 말고 평화스럽게 입성할 것을 요구한다. 알키비아데스는 이에 동의하고 자신과 티몬을 모욕한 사람들만 벌하겠다고 약속한다.

이때 한 병사가 밀랍으로 떠내려온 묘비명을 장군에게 건네며 티몬 공의 죽음을 알린다. 묘비명에는 '불행한 혼은 떠나고 티몬의 시신은 이곳에 잠들다. 생시에, 산 인간들을 모두 증오했도다……'라고 쓰여 있다.

묘비명을 읽은 알키비아데스는 "고귀한 티몬 공은 돌아가셨소. 모든 사람이 그를 미워한다고 생각하고 돌아가셨지만, 그는 아테네 사람들의 사랑을 흠뻑 받으시던 분입니다. 그분에 대한 추모는 후에 하기로 하고 전쟁으로 평화를 찾고 평화로 전쟁을 억제하며 서로가 서로를 치유합시다"라고 연설한다.

연설을 마치고 알키비아데스가 성문을 열라고 명한다. 그리고 모두가 함께 북을 치며 아테네로 입성한다.

아테네의 티몬

사치스런 선물과 돈을 뿌리는 장면으로 시작하는 〈아테네의 티몬〉은 아테네의 고매한 귀족이 스스로 자초한 빈민을 다룬 셰익스피어의 가장 염세적인 비극 작품이다.

아테네에 사는 부자 티몬은 자신이 친구들에게 자선을 베풀면 사랑과 존경, 감사가 되돌아올 거라고 믿는다. 그러나 재산이 전부 소진되자 그의 친구들은 바로 떠나 버린다. 자신의 자선이 악으로 이용되는 것을 깨달은 티몬은 크게 실망하고 극단의 공허감에 빠져 사람이 변해 버린다. 그리고 인간에 대한 혐오감으로 남은 인생을 보낸다. 후에 금광을 찾게 되자 의리 있는 군인 알키비아데스에게 아테네를 멸망시키라는 부탁과 함께 전 재산을 내놓은 다음 죽는다.

이 작품은 4대 비극을 끝낸 이후에 쓴 것으로, 오늘날까지도 별로 인기가 없고 공연이 거의 없는 작품이다.

Shakepear
Tragedy

마르쿠스 안토니우스Marcus Antonius : 줄리어스 시저의 친구로 그가 죽은 후 세력을 잡은 훌륭한 장군이다. 그는 권력보다는 클레오파트라와의 사랑을 선택한다. 부인이 죽은 후 옥타비아누스 카이사르의 누이 옥타비아와 결혼하지만 얼마 지나지 않아 클레오파트라에게 돌아온다. 맡은 임무와 사랑 사이에서 괴로워하던 로마의 영웅은 죽은 클레오파트라와 함께하기 위해 자살을 기도한다. 그러나 멀쩡히 살아 있는 그녀를 보고 그녀에게 자신의 진실한 사랑을 고백하고 죽는다.

클레오파트라Cleopatra : 한때 줄리어스 시저의 여인이었던 이집트의 여왕이다. 불같이 정열적이고, 매력적이며, 장난기 있고, 변덕스럽지만 정치적으로는 빈틈이 없다. 열렬히 사랑하던 안토니우스가 죽자 옥타비아누스 카이사르의 포로가 되기 전에 자살한다.

옥타비아누스 카이사르Octavius Caesar : 줄리어스 시저의 양자이자 조카이다. 안토니우스, 레피두스와 함께 삼두정치로 로마 제국을 다스린다. 안토니우스보다 군사 지휘력은 앞서지 못하지만 세심하고 금욕적이며 이성적이다. 후에 초대 로마 황제가 된다.

옥타비아Octavia : 옥타비아누스 카이사르의 누이로 안토니우스와 결혼하여 세 거두의 결성을 돕는다. 순수하고 유순하며 순종적인 그녀는 클레오파트라와 사랑에 빠진 안토니우스에게 당한 피해자라고 할 수 있다.

마르쿠스 레피두스Marcus Lepidus : 옥타비아누스, 안토니우스와 함께 삼두정치의 일원이다. 두 사람 사이를 중재하는 인물로 화해를 도모한다. 폼페이우스에게 패배하자 카이사르가 그를 감옥에 가둔다.

폼페이우스Pompeius : 줄리어스 시저와 친한 친구의 아들이다. 로마 사람들에게 인기가 높고 삼두 정치인들의 강적이다.

에노바르부스Enobarbus : 안토니우스의 충성된 지지자로 폼페이우스와 옥타비아누스 카이사르와도 친한 사이이다. 안토니우스가 클레오파트라에게 몰두하자 그를 배반하고 결국 자결한다.

샤르미안과 아이라스Charmian and Iras : 클레오파트라의 충실한 수행원이자 하녀들이다.

점쟁이The Soothsayer : 이집트의 점쟁이로 안토니우스가 클레오파트라에게 돌아올 것이라는 예언을 한다.

돌라벨라Dolabella: 옥타비아누스 카이사르 편의 사람으로 포로가 된 클레오파트라를 감시한다.

디오메데스Diomedes : 클레오파트라가 살아 있다는 소식을 안토니우스에게 전한 클레오파트라의 하인이다.

클라운Clown : 이집트 인으로 클레오파트라에게 무화과 바구니 속에 독사뱀을 가져온 사람이다.

9

안토니우스와 클레오파트라
ANTONY & CLEOPATRA

43~44세 때 작품, 1607~1608년

　　로마 제국의 세 거두 중의 한 사람인 마르쿠스 안토니우스 Marcus Antonius는 이집트의 아름다운 여왕 클레오파트라Cleopatra 와 사랑에 빠져 그곳에 머문다. 로마에서 그의 부인 풀비아Fulvia 가 죽었다는 소식과 폼페이우스Pompeius가 그가 없는 동안 삼두 정치 반대 세력을 키운다는 긴박한 소식을 들은 안토니우스는 로 마에 돌아온다. 세 거두가 회의를 하는 동안 안토니우스와 옥타 비아누스 카이사르Octavianus Caesar가 의견이 갈려 다투기 시작하고, 레피두스Lepidus는 두 사람을 화해시키는 데 바쁘다. 그러나 폼페이우스를 무찔러야 하는 뚜렷한 목표를 가진 이들은 서로 양보해 가며 기세가 누그러진다. 부인이 죽은 안토니우스는 많은 사람의 권고로 카이사르의 누이인 옥타비아Octavia와 결혼하고 세 거두의 관계는 한결 더 돈독해진다.

이집트에서 안토니우스의 결혼 소식을 들은 클레오파트라는 질투심에 불타오른다. 그리하여 사람을 보내 신부 옥타비아가 어떤 사람인지를 알아보게 한다. 그녀가 지극히 평범하고 매력 없는 여인이란 말을 듣고 안심한 클레오파트라는 언젠가는 안토니우스가 자기에게 돌아올 것이라는 확신을 한다.

세 거두는 폼페이우스와 회의를 거듭하면서 그에게 시칠리아와 사드니라 섬의 통치권을 주는 것으로 합의를 하고 전쟁 없는 휴전에 들어간다. 그날 저녁, 축하 파티를 열고 네 사람은 협정을 축하하며 술을 진탕 마신다. 이때 한 병사가 폼페이우스의 '세 거두 암살 계획'을 폭로하여 그의 음모 계획은 무산되고 폼페이우스는 떠난다.

안토니우스와 옥타비아 부부가 아테네를 떠나자 옥타비아누스 카이사르는 레피두스의 군대와 합세하여 폼페이우스를 치고 승리를 거둔다. 그 후 옥타비아누스는 동맹자인 레피두스를 반역자로 몰아 감옥에 가두고, 그의 영토와 소유물을 몰수한다. 이 소식을 들은 안토니우스는 화가 나서 공식 석상에서 옥타비아누스를 비난하는 연설을 한다. 이에 놀란 부인 옥타비아는 두 사람이 싸우면 그녀의 사랑이 양쪽으로 갈릴 수밖에 없다고 말하며 오빠와 무리 없는 관계를 유지하도록 안토니우스에게 간청한다. 이에 안토니우스는 올리비아Olivia를 평화 사절로 로마에 파견하고, 자신은 즉시 군대를 강화하여 옥타비아누스와 싸울 준비를 한다. 그리고 측근들의 조언을 무시한 채 해상전을 벌이기로 계획을 세우고 그의 군대와 함대를 이끌고 이집트로 가서 클레오파트라에게 참전을 촉구한다. 이 싸움에서 안토니우스의 군대는 참패하고, 클레오파트라의 함대는 도망쳤으며, 안토니우스의 추종자들과 나머지 함대들도 흐지부지 흩어져 버린다.

크게 실망한 안토니우스는 패전의 이유가 클레오파트라 때문이라고 그녀를 탓하다가 그녀와 다시 화해한다. 두 사람은 안토니우스가 이집트에 주둔할 것을 카이사르에게 청했지만, 카이사르는 안토니우스의 요구를 아예 무시하고, 클레오파트라에게는 애인을 배반한다면 그녀의 말을 들어주겠다고 메신저를 보내 알린다.

클레오파트라가 카이사르의 메시지를 놓고 골똘히 생각하고 있을 때, 안토니우스가 들어와 그녀의 이중적인 생각을 알고 화가 나서 부하를 시켜 죄 없는 메신저를 때리게 하고는 어이없어

하는 클레오파트라에게 바로 사과한다. 이를 목격한 안토니우스의 충신 에노바르부스Enobarbus는 그의 상관이 이제는 끝났다고 생각하며 옥타비아누스 카이사르의 진영으로 망명한다.

카이사르와의 싸움에서 뜻밖에도 안토니우스가 승리를 거둔다. 그러나 충신인 에노바르부스의 탈당 사실을 알고 안토니우스는 훌륭한 인물을 놓친 것을 한탄하며 슬퍼한다. 그리고 에노바르부스의 소유물을 모두 챙겨 카이사르의 진영으로 바로 보내 준 뒤, 클레오파트라와 함께 승리 축하연에 참석한다. 안토니우스로부터 짐을 받은 에노바르부스는 끝까지 충성하지 못한 자신의 행동에 비굴함을 느끼고 죄책감에 자살한다. 다음 날 안토니우스는 다시 옥타비아누스 카이사르와 해상전을 벌인다. 이전과 마찬가지로 이집트 함대가 싸움은 고사하고 한창 지고 있는 상황에서 안토니우스는 군대를 버리고 도망간다. 안토니우스는 다시 클레오파트에게 속았다는 생각에 그녀를 죽일 것을 결심한다.

이 소식을 전해들은 클레오파트는 신변을 보호하기 위해 자신의 기념관에 숨어 살면서 자살했다는 소문을 퍼뜨린다. 그녀가 죽었다는 소식에 안토니우스는 슬픔에 젖어 그녀와 내세에서 다시 만나기 위해 사병에게 칼을 주며 죽여 달라고 부탁하지만, 사병은 대신 자신이 죽어 버린다. 할 수 없이 안토니우스는 자신의 칼을 들이받아 자결을 꾀하지만, 죽지 않은 채 클레오파트의 기

넘탑으로 옮겨진다. 두 사람은 그곳에서 만나 서로의 진실을 재확인하고 안토니우스는 숨을 거둔다.

이때 옥타비아누스 카이사르는 자신의 승리의 표적으로 포로와 다름없는 여왕을 로마로 데려가기 위해 이집트로 온다. 그러나 클레오파트는 이미 시신이 되어 있다.

그녀의 시신을 본 카이사르는 "참으로 훌륭한 최후로다. 내 의향을 짐작하고 여왕답게 자신의 갈 길을 먼저 갔구나. 피를 흘리지 않았으니 어떻게 죽었지?"라고 관리인에게 묻는다.

"시골뜨기 한 사람이 무화과를 가지고 온 것이 마지막입니다."

"그렇다면 독이로구나. 여왕은 그저 잠자는 것 같이 보이는구나. 마치 절세의 아름다움으로 안토니우스를 다시 유혹할 듯이 말이다." 카이사르는 다시 덧붙여 말한다. "여왕이 누운 침상을 들어 올려라. 그리고 안토니우스 곁에 묻어 드려라. 이 세상의 어떤 무덤도 이렇게 고명한 쌍을 품고 있지는 않을 것이다. 우리 군대는 엄숙한 대오를 갖추어 이 장례에 참례한 후 로마로 개선한다. 돌라벨라Dolabella, 그대는 이 장례식이 정중하게 치러지도록 특별히 주의를 기울이시오."

명령을 마친 옥타비아누스 카이사르는 퇴장한다.

그리고 막이 내린다.

안토니우스와 클레오파트라

〈안토니우스와 클레오파트라〉는 카리스마적인 로마의 장군이 아름답고 매력적인 여인과의 사랑 때문에 막대한 권력과 명성을 희생하며 전개되는 장엄하고 비참한 정치와 열애 사이에 빚어진 비극이다.

군대를 마음대로 조종하고 세상을 둘로 나눌 권력이 있는 주인공 두 사람은 정치적 책략으로 가까워진다. 안토니우스는 동방 출전을 위해 이집트의 자금 조달이 필요했고, 클레오파트라는 프톨레마이오스 왕가의 기반을 다지기 위해 안토니우스의 권력이 필요했던 것이다.

이 희곡의 초점은 마르쿠스 안토니우스의 정치적 생명은 점진적인 붕괴가 일어나지만, 그의 마음은 강하고 불가해한 성격의 16세기 당시 유행하던 신비스럽고 관능미의 대표적인 여인인 이집트의 여왕 클레오파트라에게 사로잡히는 데 맞추어져 있다. 둘은 서로 사랑하면서도 상대방의 사랑을 의심한다. 안토니우스가 클레오파트라가 죽은 것으로 알고 자결한다는 소식을 들으면서도 클레오파트라는 모르는 척한다. 죽어 가는 안토니우스가 성에 옮겨지면서 살아 있는 클레오파트라를 만난다. 두 사람은 서로의 진실을 깨닫고 마지막 순간에 못 다한 사랑을 고백한다. 안토니우스가 마지막 숨을 거두자 클레오파트라도 그를 따라 죽는다.

주요 인물

코리올라누스Coriolanus/카이우스 마르티우스Caius Martius : 카이우스 마르티우스가 본래 이름이고, 코리올라누스는 그가 전쟁에서 승리한 후 받은 직함이다. 거만하고 완고하며 고집이 센 귀족주의자로, 하층 사람들을 무시하고 모질게 대하다 고향에서 추방되어 적국에서 암살당한다.

볼룸니아Volumnia : 코리올라누스의 어머니로 아들을 전쟁 영웅으로 키운다. 그러나 아들이 로마를 치려하자 아들의 마음을 움직여 막아 낸다.

버질리아Virgilia : 코리올라누스의 충실한 부인이다.

발레리아Valeria : 로마의 귀부인이다. 버질리아, 볼룸니아와 가까운 친구이다.

메네니우스Menenius : 로마의 귀족으로 코리올라누스의 친구이다. 영리하고 재치가 있어 중재 역할을 잘한다.

코미니우스Cominius : 로마의 전 집정관이자 코리올라누스의 친구이다. 볼스키 족을 대항하여 싸운 로마의 장군이다.

브루투스와 씨시니우스Brutus and Sicinius : 서민층을 대변하는 로마의 호민관으로 코리올라누스를 시기하여 그를 로마에서 추방하는 데 힘쓴다.

아우피디우스Tullus Aufidius 장군 : 로마의 적인 볼스키 족의 장군이다. 전장에서는 코리올라누스의 맞수이지만 실력에서 그에게 크게 뒤진다.

10

코리올라누스
CORIOLANUS

43~44세 때 작품, 1607~1608년

기원전 490년경 마르티우스Martius라는 본명을 가진 로마 군대 지휘관이 볼스키 족과의 싸움에서 적국의 수도 코리올라이를 함락하고 상처투성이가 되어 돌아온다. 로마 시민은 그의 개선을 축하하고 영웅으로 대접한다. 의회에서는 그에게 코리올라누스Coriolanus라는 명예 칭호를 내리고 집정관이 될 것을 제의한다.

집정관이 되려면 투표를 통해 서민의 찬성표를 받아야 하는데 그에게는 쉽지 않은 일이다. 일생을 전장에서 승리를 목적으로 싸우며 살아온 그는 애국심과 명예욕에 불타지만 지나치게 주관적이고 남과 타협할 줄 모른다. 더욱이 집정관이 되기 위해 겸허한 태도로 누더기 옷을 입고 광장에서 선거 운동을 하거나 전장에서 부상당한 상처를 보이며 동정을 얻어 찬성표를 받을 인물이 아니다. 그에게는 위선이 전혀 없다. 더 큰 문제는 거리에 몰려들어 원성을 높이는 시민을 천하게 보며 무시한다.

그렇다고 그가 시민의 환영을 받는 인물도 아니다. 당시 로마 거리는 배고픈 폭도들로 길을 메우고 있다. 이들은 식량배급 문제로 귀족들을 원망하고 로마의 위정자들을 적으로 삼고 저주를 퍼붓는다. 이런 상황에서 외국과의 전쟁에서 승리를 거두었다고 존경과 명예를 한 몸에 받으며 거만을 떠는 사람을 집정관으로 뽑을 리가 없다. 그럼에도 불구하고 로마의 귀족이자 그의 친구인 메네니우스Menenius는 코리올라누스가 국민의 복지를 위한 후보자라며 서민을 설득하는 데 나선다.

의사당 안에서 자리를 안내하는 선거 관리인들의 의견도 각양각색이다.

"코리올라누스는 훌륭한 분이겠지만 저렇게 거만한 것을 보면 민중을 사랑하지 않는 것 같아."

"예로부터 민중에게 아부하는 사람이 민중을 사랑하지 않는 위인들이 더 많아."

"이유도 모르고 좋다고 떠드는 민중도 많고."

"좋아하는 데 별다른 이유가 없듯이 싫어하는 데도 별 이유가 없어."

"그래서 민중의 생리를 잘 아는 코리올라누스가 자기를 좋아하든 말든 초연한 거야."

"그런 무관심한 태도가 민중에게 불쾌감을 일으킨다고."

이렇게 의견이 분분한 가운데 코리올라누스는 의원들의 추천과 심사를 거쳐 집정관으로 추천을 받지만 그를 시기하는 세력도 만만치 않다. 호민관 브루투스Brutus와 씨시니우스Sicinius는 광장에 나가 코리올라누스가 권력을 잡으면 민중을 당나귀처럼 혹사하고 자유를 박탈할 사람이라고 민중을 선동한다.

나머지 절차는 민중의 인준만 남았다. 코리올라누스는 상처를 내보이면서 이런저런 공을 세웠다고 자랑하는 절차만은 생략해 달라고 의원들에게 부탁한다. 순서는 순서이니 만큼 코리올라누스는 겸손의 상징인 누더기 옷을 걸치고 시민을 만나 찬성표를 부탁하고, 그들의 동의를 얻는다.

옷을 갈아입기 위해 안으로 들어온 코리올라누스는 멍청이 같은 민중에게 선출권을 주어서 쓸데없이 고생시킨다고 불만을 토로한다. 그리고 지도자는 분별력과 지식보다는 용기가 필요하고, 국가의 변혁에 의구심을 품기보다는 국가 정신을 중히 여기며,

필요시에는 목숨을 내놓을 수 있는 사람이어야 한다고 호통을 친다. 이에 화가 난 브루투스와 씨시니우스는 저런 반역 성향을 가진 사람을 집정관을 시킨다면 나라가 위험하다고 경호원을 불러 민중을 불러 모으도록 명령한다.

시민이 제멋대로 떠들며 아우성을 치며 한곳에 모이자 씨시니우스가 나서서 연설한다.

"여러분이 조금 전에 집정관 후보로 동의한 마르티우스가 여러분의 자유를 빼앗으려고 그의 주장을 펴고 있습니다. 여러분!"

"마르티우스는 민중의 이름으로 국법을 문란케 한 역적이요, 공안을 해치는 민중의 적이니 즉시 체포하여 사형에 처하라." 브루투스가 이어서 외친다.

그러자 시민은 "마르티우스, 순순히 항복하라! 항복하라!"고 호응한다.

이에 화가 난 코리올라누스는 칼을 빼 든다. 놀란 친구들이 극구 말리며 집으로 끌고 간다. 그는 계속해서 로마 시민을 야만인이라 부르며 그들과 싸울 태세를 취한다. 그 자리에 있던 귀족들은 코리올라누스가 자기 앞에 떨어진 행운도 줍지 못한다고 아쉬워한다.

"저 사람은 속세에 살기에는 너무 성품이 고결하다. 신이 천둥을 일으키는 힘을 준다 해도 아부하지 않고 진심을 말할 사람이요. 화가 나면 죽는 것도 무서워하지 않으니……."

그의 친구 중 한 명인 메네니우스는 혀를 끌끌 차면서 국가의 중요한 대표답게 과격한 행동을 하지 말고 온당한 조치를 취하라고 말하며 그를 달랜다.

한편, 군중을 몰고 와서 사형에 처하라고 소란을 떠는 브루투스와 씨시니우스에게 "도대체 저 사람이 무슨 죄로 사형을 받아야 하는 거요? 나라를 위해 적을 죽이고 피를 흘린 사람에게 이 무슨 짓이요. 싫으면 절차를 밟아 옳고 그름을 가리시오"라고 메네니우스는 그들을 나무란다.

드디어 메네니우스가 민중의 대표로 뽑혀 코리올라누스 집에 가서 그를 데려오기로 한다. 찾아온 메네니우스에게 코리올라누스는 묻는다.

"나더러 어떻게 하라는 거요?"

"호민관들을 만나는 거야."

"그다음은?"

"잘못했다고 사과하는 거지."

"신들에게도 할 수 없는 말을 그자들에게 하라는 거요?"

이때 어머니가 아들에게 타이른다. "너는 민중에게 말할 의무가 있다. 전시에는 명예와 책략이 공존해야 한다고 네가 말한 적이 있지? 평화 시에도 마찬가지야. 그렇지 않으면 서로 손해를 톡

톡히 보게 된다. 네 진심이 아닌 것을 알지만 허리를 굽히고 머리를 조아리며 민중에게 그저 사과 하거라."

코리올라누스는 어머니 말에 따르고 집정관이 되어 돌아오겠다고 집을 나선다.

그러나 로마 광장은 아우성을 치는 시민으로 꽉 차 있고, 호민관들은 코리올라누스를 민중의 반역자로 고발한다. 이를 본 코리올라누스는 격분하여 어머니의 간절한 충고와 친구의 권고도 잊고 "나는 네놈들을 멸시한다. 너희는 앞으로 싸워 보지도 못하고 적국의 포로가 될 것이다"라고 소리친다. 그러고는 소중한 어머니와 고마운 부인, 늘 우정으로 지켜주던 친구들과 이별을 고하고 로마를 떠난다. 시민은 그가 떠나는 뒷모습을 보며 승리의 만세를 부른다.

복수심에 불타는 코리올라누스는 과거의 적장인 볼스키의 아우피디우스Aufidius 장군을 찾아간다. 마침 로마를 침략하려고 준비 중이던 장군은 자신을 열두 번이나 패배시킨 마르티우스 장군을 크게 환영하며 그에게 군사력의 반을 주겠다고 약속한다. 그러면서도 장군은 코리올라누스에 대해 여러 가지를 생각한다. 우선 그의 거만한 태도가 눈에 거슬리고 로마의 충신이었던 사람이라 마음에 걸린다. 그리고 그가 로마에서 추방당한 이유를 곰곰

이 생각해 본다. 아마도 그의 자만심 때문에 사람들이 싫어해서 떠났을 거라는 결론을 마음속으로 내리고, 그와 함께 전쟁 준비를 한다.

한편, 로마에서는 볼스키의 아우피디우스 장군과 마르티우스가 합세하여 로마를 쳐들어온다는 소문이 떠돌자, 로마의 호민관들과 의원들은 헛소문이라고 민중을 안심시키면서도 코리올라누스가 그럴 만한 위인이어서 소문을 두려워한다.

듣던 대로 아우피디우스와 코리올라누스가 지휘하는 볼스키 군대가 로마 성문 앞에 진을 친다. 친아버지 이상으로 코리올라누스를 사랑하던 로마의 두 귀족이 그에게 와서 제발 조국을 치지 말라는 당부를 하지만 그는 거부한다. 그러나 어머니 볼룸니아Volumnia와 아내 그리고 아들이 찾아가 무릎을 꿇고 만대에 로마를 쳐부수고 조국을 멸망시킨 사람이라는 오명을 남기지 말고 두 나라를 화해시키라는 간절한 부탁을 하자 그는 비로소 누그러진다. 그래서 코리올라누스는 볼스키 군대를 이끌고 안티움으로 되돌아가고, 로마에서는 그의 어머니 볼룸니아를 로마를 구한 여걸로 칭송한다.

볼스키의 아우피디우스 장군은 돌아온 코리올라누스를 곧바로 배반자로 치부하고 그의 부하 몇 명을 시켜 그를 암살하게 한다.

그러나 막상 코리올라누스가 죽자 아우피디우스는 그에 대한 분노는 사라지고 엄습하는 슬픔을 억제하지 못한다. 그리고 "고결한 그의 생애가 많은 사람의 가슴에 영원히 남을 것이요"라는 말과 함께 운구자가 되어 그의 시신을 들어 올린다.

애도의 북소리와 함께 운구자들은 퇴장한다.

그리고 막이 내린다.

코리올라누스

〈코리올라누스〉는 공공연한 정치극으로 우유부단하게 인심에 아첨하는 정치가가 살아남고 올바른 지도자가 죽어 가는 민주주의의 모순을 파헤친 정치비극이다. 민주주의를 자세히 분석하면 궁극적인 힘은 민중에게 있지만, 그 군중이 얼마나 쉽게 흔들리고 강한 정치가에게 몰리는지를 볼 수 있다.

코리올라누스는 볼스키 족과의 전쟁에서 승리를 거둔 로마의 영웅이다. 그는 정치에 대한 목적과 견해가 뚜렷하지만, 성격이 급하고 무식한 민중을 무시한다. 그래서 당시의 사회와 정치적 관습에 적응하지 못한다. 결국 급변하는 대중의 민심 때문에 적기에 필요한 조치를 놓치고 고향에서 추방당하고, 적국에서 암살당한다.

셰익스피어 생전에 공연된 적이 없고, 지금도 공연이 매우 드문 작품이다.

Romance

셰익스피어의 낭만극

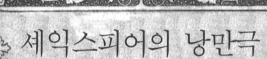

1608~1614

'로맨스Romance'의 원래 뜻은 산문 혹은 운문으로 쓰인 긴 이야기를 뜻한다.

셰익스피어의 낭만극은 실내극장인 블랙프라이어 극장Blackfriars theatre을 짓고부터 시작되었다. 그 이전에는 야외에서 해가 뜬 낮에만 하던 연극을 화려한 불빛 아래서 실내에서 공연하기 시작하자 교육 수준이 높고 돈 있는 관객들이 몰려들기 시작했다. 이들을 염두에 둔 저자는 관중의 감정을 흔들 수 있는 새로운 장르를 생각했는데, 그것이 바로 비극과 희극이 섞인 가볍고 동화적인 작품인 셰익스피어의 로맨스이다.

낭만극의 공통점은 젊은 연인들이 주인공이다. 이들은 순조롭지 않은 사랑으로 역경에 처하지만, 이에 따른 고통이 모험의 계기가 되고 힘이 되어 기적적으로 어려움을 극복하고 가족이 재결합하고 결혼을 약속하여 행복한 결말을 맺는다. 이를 통해 관중들은 깊은 동정과 공감을 느끼고 감명을 받는다.

각 연극은 시간과 공간에 별로 구애되지 않는 기적적인 사건들이 많이 일어난다.

심벌린이 로마에서 영국으로, 영국에서 웨일스 벌판으로 쉽게 이동하는 장면들, 디아나 여신이 페리클레스의 꿈에 나타나 죽은 줄 알았던 부인의 거처를 알려 주고, '겨울 이야기'에서 조각상이 생명을 얻어 살아나고, '폭풍'에서 프로스페로가 마술을 부리고 , '두 귀족 사촌 형제'에서 팔몬이 사형을 면하는 사건들이 그 예이다.

셰익스피어의 낭만극을 쓰인 순서대로 소개하면 다음과 같다.

ଧ୦ଧ· 초판 작품 순서 **·ଢ଼ଓ**

1. 페리클레스Pericles

2. 심벌린Cymbeline

3. 겨울 이야기The Winter's Tale

4. 폭풍The Tempest

5. 두 귀족 사촌 형제The Two Noble Kinsmen

**주요
인물**

존 가워John Gower : 중세의 유명한 시인이다. 이 작품에서는 타이어의 왕자 페리클레스의 이야기를 들려주는 연사의 이름이다.

페리클레스Pericles : 타이어의 왕자로 순진하고 인품이 높다. 출산하다 죽은 줄 알고 바다에 던진 부인을 다시 만나고 역경 끝에 딸을 되찾아 가족들과 재회한다.

안티오커스Antiochus 왕 : 안티오크의 왕으로 부인이 죽은 후 자신의 딸과 근친상간을 하고 딸의 구혼자에게 어려운 수수께끼를 내어 어려움을 겪게 한다.

안티오커스Antiochus의 딸 : 아버지와의 근친상간에 저항한다.

시모니데스Simonides : 펜타폴리스의 왕으로 창 시합에서 승리한 페리클리스에게 그의 딸과의 결혼을 승낙한다.

타이자Thaisa 공주 : 시모니데스의 딸로 페리클레스와 결혼한다.

마리나Marina : 페리클레스 공작과 타이자 공주 사이에서 난 딸로 창녀로 팔렸다가 다시 부모와 만나게 된다.

헬리카누스Helicanus : 타이어의 귀족으로 페리클레스가 없는 동안 행정업무를 대신한다.

클레온Cleon 총독 : 부인 말에 꼼짝 못하는 타서스의 총독이다.

다이오나이자Dionyza : 클레온의 부인으로 딸이 돋보이도록 마리나를 죽이려 한다.

리시마커스Lysimachus 총독 : 미틸레네의 총독으로 창녀촌에서 마리나를 만나 그녀의 순결과 지혜에 반해 후에 그녀와 결혼한다.

세리몬Cerimon : 에페수스의 의사로 죽은 줄 알았던 타이자를 소생시킨다.

디아나Diana : 순결의 여신이다.

페리클레스
PERICLES

44세 때 작품, 1608년

14세기의 유명한 시인 존 가위John Gower 이름을 가진 연사가
나와 옛날 타이어의 페리클레스Pericles 왕자 이야기로 관중들을
즐겁게 한다.

안티오크 왕국의 안티오커스Antiochus 왕은 부인이 죽자 그의
딸과 근친상간을 한다. 공주에게 구혼자가 나타나면 어려운 수수
께끼 문제를 내서 답을 맞추지 못하게 하고, 그 벌로 구혼자를 사

형에 처한다.

타이어의 왕자 페리클레스도 그 수수께끼에 도전한다. 왕자는
문제의 답이 왕과 딸의 근친상간이라는 것을 알아냈지만, 차마
말을 하지 못하고 사형 언도를 받게 된다. 형이 집행되기 전, 왕자
는 간신히 타이어로 도망쳤으나 암살당할지 모르니 피신해야 한
다는 그의 충신 헬리카누스Helicanus의 권고로 고향을 떠나 항구
도시를 전전한다.

그리하여 가장 먼저 찾아간 곳이 흉년이 들어 기근에 시달리는
타서스이다. 왕자는 식량을 잔뜩 싣고 그곳의 클리온Cleon 총독
부부를 찾아가 도움을 준다. 그리고 그곳에서 좋은 시간을 보내
다 고향으로 돌아와도 괜찮다는 충신의 연락을 받고 고마워하는
총독부부와 헤어져 다시 배를 탄다. 그런데 그 배가 풍랑을 만나
어려움을 겪다가 펜타폴리스에서 왕자 혼자 구출된다.

그곳에서 겨우 정신을 차린 왕자는 한 어부에게서 뜻밖의 말을
듣는다. 다음 날 열리는 마상 창 시합에서 이기는 사람은 그 나라
왕의 사위가 된다는 것이다. 이에 흥분한 페리클레스는 몸을 추
스르고 창 시합에 참가하여 승리를 거둔다. 왕자는 펜타폴리스의
시모니데스Simonides 왕과 그의 딸 타이자Thaisa 공주를 만난다.
그리고 공주와 며칠 동안 사귄 뒤 그녀와 결혼식을 올린다.

왕자의 고향에서는 그를 기다리다 못한 시민이 페리클레스 왕자 대신 그의 신하인 헬리카누스Helicanus에게 지도자가 되어 달라고 간청한다. 그러나 충신은 그것을 거절하고, 페리클레스를 찾기 위해 각 섬에 사람을 보내어 안티오커스Antiochus와 그의 딸이 천벌을 받아 죽었으니 고향에 빨리 돌아오라는 전갈을 알린다. 펜타폴리스에서 이 소식을 들은 페리클레스는 타이어로 돌아갈 결심을 하고 임신한 부인과 간호사를 데리고 배에 오른다.

그런데 이들은 또 다른 풍랑을 만나게 된다. 심하게 흔들리는 배 안에서 부인은 힘겨운 신통 끝에 딸을 낳고 죽은 듯 조용하다. 선장은 폭풍을 가라앉히기 위해 죽은 부인을 바다에 던질 것을 제안하고 페리클레스도 이에 동의한다. 페리클레스는 딸에게 바다에서 얻었다는 뜻의 마리나Marina라는 이름을 붙여 준다. 그러나 엄마가 없는 아기가 타이어까지 살아남기 어렵다고 판단한 왕자는 선장에게 부탁하여 전에 자신이 도움을 주었던 타서스로 돌아가서 클레온 총독 부부에게 딸을 맡기고 자신은 고향으로 돌아간다.

한편, 바다에 던져진 타이자의 시체를 담은 궤는 흘러흘러 에페수스 항구에 닿는다. 마침 그곳에 사는 세리몬Cerimon이라는 의사에 의해 그 궤가 발견되고, 의사는 그 안의 시체가 생명이 아직 끊어지지 않은 것을 보고 그녀를 소생시킨다.

세월이 흘러 페리클레스가 타이어의 왕이 되고, 에페수스에서 소생한 그의 부인 타이자는 디아나Diana 여신을 모시는 여사제가 된다. 딸 마리나Marina는 타서스 총독 집에서 나이가 비슷한 총독의 딸과 함께 잘 자란다. 마리나가 나이가 들어가면서 총독의 딸보다 더 예쁘고 착하여 여러 사람이 그녀를 더 좋아하고 관심을 보이자 총독의 아내는 마리나를 시기하고 미워하기 시작한다. 그리고 한 사나이를 고용하여 마리나를 먼 바닷가에 데리고 가서 죽이라고 명한다. 사나이가 그녀를 해하려고 하는 찰나에 이를 목격한 해적이 마리나를 빼앗아 창녀촌에 판다. 그곳에서 마리나는 몸을 파는 대신 자신을 찾아오는 남자들의 마음을 달래주고 사람답게 사는 지혜를 가르쳐 주며 삶의 의미를 찾도록 인도한다. 그래서 마리나는 지혜의 여인으로 널리 알려진다.

세월이 지나 페리클레스는 딸을 찾으러 타서스에 갔다가 마리나가 죽었다는 소식을 총독 부부로부터 듣는다. 페리클레스는 허탈하고 슬픔에 젖어 이곳저곳을 다니다가 미틸레네에 도착한다. 그곳의 총독 리시마커스Lysimachus는 그를 반갑게 맞고 그에게 여러 가지 질문을 하지만 페리클레스는 통 입을 열지 않는다. 옆에 있던 그의 신하가 석 달 동안이나 왕이 입을 열지 않는다고 걱정하자 총독은 궁리 끝에 그런 문제를 치료하는 사람을 안다며 자기가 좋아하는 마리나를 소개한다.

페리클레스를 만난 마리나는 먼저 자신이 겪었던 어려운 과거를 털어놓는다. 그녀의 이야기를 귀담아듣던 페리클레스는 입을 열어 그녀의 생일과 이름을 묻고 그녀가 바로 자신이 잃어버린 딸인 것을 알게 된다. 부녀는 기쁨에 겨워 얼싸안고 시간 가는 줄 모르고 지난날을 이야기하다 페리클레스는 깊은 잠에 빠진다. 그의 꿈에 디아나 여신이 나타나 에페수스 사원의 여사제를 찾아가라고 일러 준다.

잠에서 깨어난 페리클레스는 서둘러 에페수스에 가서 사원에 정주하는 여 사제를 찾아가 자기소개를 한다. 그의 말을 듣던 사제는 그가 자신의 남편인 페리클레스라는 것을 알아보고 기절한다. 급하게 불려온 의사 세리몬은 페리클레스에게 그녀의 이름이 타이자라는 것과 그녀가 여기에 있게 된 연유를 알려 준다. 이렇게 하여 페리클레스는 부인까지 찾고 온 가족이 상봉한다.

이야기를 마친 연사가 이야기의 결론을 말한다. 근친상간을 하던 안티오커스와 그의 딸은 천벌을 받아 죽고 마리나를 죽이려던 사악한 타서스의 총독 클레온과 그의 가족은 평민의 반란으로 불타 죽었지만, 충신 헬리카누스, 자비로운 의사 세리몬은 늙어서까지 여러 사람의 사랑을 받는다는 이야기, 또 역경을 이기고 덕을 지킨 페리클레스는 죽은 줄 알았던 딸과 부인을 찾고, 딸 마리나는 리시마커스 총독과 행복한 결혼을 올리게 되었다는 말을 마치고 막이 내린다.

페리클레스

〈페리클레스〉는 비극과 희극, 마술과 우화allegory가 섞인 최초의 실험 작품으로 후에 로맨스 장르로 분류된다. 연극의 자료가 불확실해서 《인지 3판3rd folio》에서야 겨우 출판되었고, 로맨스 작품 중에서 가장 공연 횟수가 적은 작품이다. 셰익스피어 작품 중 유일하게 연사가 나와 이야기를 소개하는 형식으로 되어 있다.

14세기의 작가인 존 가워 이름을 가진 연사는 페리클레스 왕자가 겪었던 믿기지 않는 사건들을 설명하며 관중들과 호흡을 맞추고 흥을 돋운다. 시작은 페리클레스의 잡다한 방랑기를 다루고, 다음은 부인과 딸이 죽은 줄 알고 괴로워하는 페리클레스를 설명한다. 그러나 죽지 않고 납치된 딸은 창녀촌에 팔리긴 했지만, 그녀의 순수한 아름다움과 남을 돕고자 하는 마음이 알려지면서 아버지 페리클레스를 만나게 된다.

근친상간, 폭풍, 마상 창 시합, 해적, 유괴, 마약, 살인 미수, 익사, 소생 등을 주제로 한 작품으로, 동화적이면서도 종교적인 색채가 짙다. 훗날에야 셰익스피어 정전에 들어간 작품이다.

심벌린Cymbeline : 연합왕국의 왕으로 간악한 둘째 부인에게 휘둘린 이모젠의 아버지이다.

이모젠Imogen/피델레Fidele : 심벌린 왕의 딸로, 현명하고 아름다우며 재주가 많다. 공주는 왕과 여왕이 허락하지 않은 포스트무스와 결혼한 이유로 남편은 궁에서 추방당한다. 이모젠은 남편을 찾기 위해 피델레라는 이름으로 남장을 하고 로마로 향하다 남편을 다시 만나 화해한다.

포스트무스Posthumus : 심벌린 왕의 양아들이다. 이모젠과 결혼한 이유로 궁에서 쫓겨난다. 그 이후 친구 이치모에게 속아 부인까지 의심하고 죽이려다 이모젠과 화해한다.

여왕Queen : 심벌린 왕의 부인이자 이모젠의 의붓어머니이다. 아들 클러튼을 이모젠과 결혼시켜 왕위를 이어받게 하려고 한다.

클러튼Cloten : 여왕이 데리고 온 아들이다. 이모젠에게 거절당하고 그녀에게 앙심을 품고 복수할 결심을 하고 산에 들어갔다가 산사람에게 죽임을 당한다.

이치모Iachimo : 꽤가 많고 정직하지 못한 이탈리아에 사는 포스트무스의 친구이다. 이모젠을 유혹하려다 실패하자 친구에게 그녀와의 관계를 거짓으로 꾸며 말한다.

피사니오Pisanio : 포스트무스의 충실한 종이다. 그가 떠난 후, 이모젠의 시중을 들다 포스트무스로부터 그녀를 살해하라는 명을 받지만 거절한다.

베라리우스Belarius/모건Morgan : 영국 귀족으로 부당하게 추방당한 원수를 갚기 위해 어린 왕자들을 유괴하여 아들로 삼고 자신도 모건이라 이름을 바꾸고 산속 동굴에서 산다.

가이데리우스Guiderius/폴리도Polydore : 심벌린 왕의 큰아들이자 이모젠의 오빠이다. 베라리우스에게 유괴당하여 폴리도라는 이름으로 성장한다.

아비라구스Arviragus/캐더월Cadwal : 심벌린 왕의 작은아들이자 이모젠의 동생이다. 베라리우스에게 유괴당해 캐더월로 성장한다.

코르넬리우스Cornelius : 심벌린의 궁중 의사이다.

필라리오Philario : 포스트무스의 생부의 친구이다. 포스트무스가 심벌린에서 떠나 로마에 있는 그의 집에서 머문다.

카이우스 루시우스Caius Lucius : 영국에 주둔한 로마대사이다. 후에 로마군의 장군이 된다.

2

심벌린
CYMBELINE

45~46세 때 작품, 1609~1610년

　로마 제국이 만천하를 다스리던 오래전, 영국의 심벌린 Cymbeline 왕에게는 두 아들과 딸 이모젠Imogen이 있었다. 어느 날 어린 아들들이 궁에서 감쪽같이 사라지자 왕은 얼마 전 추방한 베라리우스Belarius의 소행으로 보고 온 섬을 뒤지지만 찾지 못한다. 이렇게 해서 딸 이모젠이 왕위를 이어받게 된다. 이모젠은 아름답고 명석하여 많은 남자가 그녀를 좋아한다. 그녀의 어머니는 두 아들을 잃어버리고 앓다가 죽고, 아버지는 재혼을 한다.

새어머니는 욕심이 많고 간악한 데다 데리고 온 아들 클러튼 Cloten이 이모젠Imogan과 결혼하여 왕위를 이어받기를 원한다. 그러나 이모젠은 성질이 급하고 명예를 탐하며 자신을 과대평가하는 클러튼을 처음부터 싫어한다. 이모젠이 좋아하는 사람은 고아로 아버지가 데려다 키운 포스트무스Posthumus이다. 어려서부터 서로 사랑하던 두 사람은 새어머니와 클러튼의 성화를 피해 몰래 결혼한다.

이를 알게 된 왕과 여왕은 당장 포스트무스를 외국으로 추방한다. 슬픔에 빠진 가운데 포스트무스는 그의 어머니가 끼던 반지를 이모젠에게 끼워 주고, 이모젠은 사랑의 포로란 징표로 팔찌를 그에게 주고서 두 사람은 헤어진다. 포스트무스는 로마로 가서 생부의 친구였던 필라리오Philario 집에 머문다.

한편, 궁에서는 아버지마저 딸에게 클러튼과의 결혼을 종용한다. 그래도 딸이 말을 듣지 않자, 그녀를 방에 가두고 포스트무스의 종이었던 피사니오Pisanio만이 그녀의 시중을 들게 한다. 이쯤 되자 여왕은 아들과 이모젠의 결혼은 포기하고 다른 모략을 꾸민다. 아예 이모젠을 없앤 후 아들이 왕위를 이어받게 하려는 심사이다. 여왕은 목초로 약과 향수를 만드는 기술을 갖고 있다. 그러나 독약 제조를 잘 모르는 왕비는 궁전 약사를 찾아가 독약제조법을 묻는다. 이를 의심쩍게 생각한 약사는 독약 대신 얼마 동안 죽었다 살아나는 약을 가르쳐 준다. 왕비는 그 약을 쥐에게 먹여 본다. 쥐가 약을 먹자마자 죽는 것을 확인한 왕비는 피사니오 Pisanio에게 주며 아주 귀한 보약인데 이모젠이 포스트무스가 떠난 후 몸이 몹시 상했으니 몸의 회복을 위해 먹이라고 부탁한다.

한편, 로마에 있는 포스트무스는 이모젠을 그리며 친구들에게 그녀의 아름다움과 정숙함을 자랑한다. 듣다못한 약삭빠른 친구 이치모Iachimo는 포스트무스에게 내기를 건다. 편지를 써 주면 영국의 이모젠을 찾아가서 그녀를 시험해 보겠다는 것이다. 이에 포스트무스도 응한다. 이렇게 하여 이치모는 심벌린 왕궁을 찾아가 이모젠을 만나자 그녀가 평범한 여인이 아님을 직감하고 친구와의 내기에 진 것을 한탄하며 다른 꾀를 생각해 낸다.

이치모는 이모젠에게 포스트무스한테 새 애인이 생겼다고 거짓말을 하고, 만일 그 말을 못 믿겠다면 포스트무스에게 오라는 전갈을 보내라는 것이다. 만일 그가 나타나지 않으면 자기 말이 맞는 것이니 새로운 신랑감을 물색하라고 조언한다. 그때는 자기도 그녀의 구혼자로 나서겠다고 말한다. 이런 말을 들은 이모젠은 그에게 심한 혐오감을 느끼며 궁에서 그런 불경한 말이 오가는 것을 왕이 들으면 당장 궁에서 쫓아낼 거라고 나무란다.

이치모는 다시 목소리를 바꾸어 이모젠의 아름다움과 그녀의 정숙함을 칭송하며 남편의 말보다 훨씬 월등한 여인이라고 칭찬한다. 그리고 이제까지의 자신의 무례함을 용서하라고 한다. 이렇게 해서 이모젠의 마음이 누그러진 후, 이치모는 그녀에게 한 가지 부탁을 한다. 이탈리아로 가져갈 선물을 하루 저녁만 안전하게 보관해 달라는 것이다. 이모젠은 흔쾌히 부탁에 응하고 일꾼을 시켜 짐짝을 자기 방의 한구석에 놓아두도록 한다.

한밤중에 이치모가 궤에서 살금살금 기어 나온다. 잠든 이모젠을 한참 들여다보다가 그녀의 손에서 포스트무스가 준 반지를 뺀다. 그리고 이불을 살짝 들추고 그녀의 잠든 모습을 자세히 살피다 그녀 가슴에 있는 점을 발견한다. 그는 이불을 다시 덮어 주고 방 안에 걸린 그림과 가구들을 자세히 살펴본 후 궤에 다시 들어간다. 다음 날 아침 일꾼에 의해 그 짐은 배에 실린다.

의기양양해서 돌아온 이치모는 친구에게 이모젠의 방의 구조와 장식을 설명하고, 그녀에게서 뺀 반지를 보여 준다. 그래도 별 반응이 없던 포스트무스가 이모젠의 가슴에 있는 점을 말하자 별안간 화를 내며 그녀에 대해 크게 실망하는 모습을 보인다. 그는 세상 여인들을 믿을 수 없다고 하지만 그중에 제일 믿을 수 없는 여인이 이모젠이라고 떠든다. 그리고 그녀를 잊기 위해 군에 입대하여 영국으로 배치를 받는다.

포스트무스가 떠난 후 심벌린 궁에서는 클러튼이 이모젠의 마음을 사기 위해 온 정성을 다하지만, 오히려 무시만 당한다. 자존심이 상한 그가 왕에게 그녀의 무례함을 알리겠다고 엄포를 놓으면 이모젠은 한 술 더 떠 여왕에게도 말하라고 맞받는다.

화가 잔뜩 오른 클러튼이 방을 나가자 이모젠은 유일한 친구인 피사니오를 찾는다. 그때 피사니오는 포스트무스로부터 두 통의 편지를 받고 한탄하던 중이다. 편지 내용은 다른 남자와 간통한 이모젠을 숲으로 데려가서 죽이라는 명령이고, 이모젠에게 전하라는 편지에는 궁에서 그녀를 죽일 계획을 하니 피사니오를 따라 숲으로 숨으라는 내용이다.

피사니오는 자기에게 온 편지는 빼고, 그녀에게 쓴 포스트무스의 편지를 봉투째 이모젠에게 준다. 이모젠은 편지를 읽고 지금 웨일스에 있는 포스트무스를 빨리 만나야 한다고 좋아서 서두른다. 시녀에게 뒷일을 부탁하고 떠날 준비를 하는 그녀에게 피사니오는 위험을 경고하지만, 그녀는 남편을 만나러 가는 길에 무슨 일이 있겠느냐며 들은 척도 하지 않는다. 참다못한 피사니오는 자기에게 온 포스트무스의 편지를 급히 그녀에게 보여 준다. 찬찬히 편지를 읽어 내려가던 이모젠은 그 자리에서 정신을 잃고 쓰러진다. 피사니오는 '내가 죽일 필요도 없군!'이라고 생각하며 어리석은 주인을 탓한다. 그리고 이모젠의 순결을 재확인한다.

정신이 들자, 자나 깨나 그리며 기다리던 남편을 생각하고 이모젠은 통곡한다. 그러고 나서 지금은 포스트무스가 다른 사람이 되었다는 이치모의 말이 옳다는 생각을 하고 자결하려고 칼을 빼

든다. 눈물 어린 눈으로 그녀를 바라보던 피사니오는 그녀의 손에서 칼을 뺏으며 간악한 사람 때문에 남편이 잠시 공주를 의심할지 모르지만 그녀를 사랑하는 마음은 변함없을 것이라고 확신에 찬 말로 그녀를 위로한다. 그리고 이모젠을 데리고 숲으로 가서 여왕이 준 귀한 보약과 소년의 옷을 주며 남장을 하고 로마로 되돌아가는 카이우스 루시우스Caius Lucius 대사를 찾아가 급사로 취직하라고 알려 준다. 그러고 나서 피사니오는 급히 궁으로 돌아간다.

피사니오가 도착하자마자 이모젠을 찾아내라고 궁에서는 난리가 난다. 피사니오는 포스트무스의 가짜 편지를 내밀며 이모젠이 그를 만나러 밀포드에 갔다고 알린다. 클러튼은 자신이 먼저 그녀를 찾아서 데려오겠다고 포스트무스 복장을 하고 급히 나간다.

그동안 이모젠은 산에서 길을 잃고 이틀을 헤매다가 어느 동굴 앞에서 먹을 것을 구걸한다. 한 어른과 두 아들이 나와 소년으로 분장한 이모젠을 보고 반갑게 맞는다. 이 어른은 심벌린 왕에게 추방당하자 홧김에 두 왕자를 유괴한 베라리우스로 지금은 모건Morgan이라는 이름으로 왕자였던 두 아들을 데리고 동굴에서 산다. 그곳에서 이모젠은 그들과 가족처럼 지낸다. 낮에는 아버지와 두 아들이 사냥을 하고, 이모젠은 청소와 저녁 준비를 한다. 하루는 이모젠이 몸이 좋지 않아 피사니오가 준 약을 먹고 잠이 든다. 그날 사냥꾼들은 산에서 클러튼을 만나 싸우다 그의 목을 잘라 골짜기에 던지고 동굴에 돌아온다. 그들이 집에 돌아와 자고 있는 이모젠을 보다가 그녀가 죽은 것을 알게 된다. 그들은 슬퍼하며 그녀의 시신을 내다가 바위에 올려놓고 나뭇잎으로 가려 놓는다.

얼마 후 이모젠이 깨어나 눈을 뜨고 주위를 살피다 목이 없는 포스트무스를 발견한다. 이모젠은 클러튼에게 죽임을 당하고 자기 옆에 쓰러진 것이라 생각하고 한참을 울다가 산에서 내려온다. 그리고 로마로 향하는 이탈리아 대사를 찾아 그에게 피델레 Fidele라는 이름으로 자기를 소개하고 급사로 취직하여 로마로 향한다.

한편, 포스트무스는 피사니오에게서 이모젠을 죽인 증거품으로 피 묻은 수건을 받고 허탈해 한다. 그는 로마 군대를 탈영하여 사랑하는 이모젠의 나라를 위해 죽을 결심을 하고 심벌린 왕국으로 향한다. 마침 동굴에서 멀지 않은 곳에서 로마군과 심벌린군의 혈전이 벌어지는데 심벌린군이 몰리는 상황을 본 포스트무스는 지나가던 모건과 그의 두 아들과 합세하여 로마군을 무찌른다. 그러나 로마 군복을 입은 포스트무스는 로마 군인으로서 포로가 되어 심벌린 왕 앞에 끌려온다. 맨 앞에 카이우스 대사, 그 중에 소년 차림을 한 이모젠도 있다. 대사는 먼저 왕에게 죄 없는 어린 소년은 살려 줄 것을 간청한다.

이때 이모젠이 로마 군대 소속 이치모가 포스트무스가 준 자신의 반지를 끼고 있는 것을 보고 반지의 출처를 묻는다. 그는 심벌린 왕의 딸의 반지라며 말끝을 흐린다. 이 장면을 살피던 포스트무스는 이모젠을 알아보고 정신없이 사랑하는 이모젠을 부른다. 이때 심벌린군 소속 피사니오도 나서서 이모젠을 반기자 그녀는 우선 독약을 자기에게 주었다고 그를 나무란다. 이때 궁중 약사가 나서서 왕비가 이모젠과 왕을 살해하려던 사실을 밝히고, 그것을 괴로워하던 왕비는 이미 죽었다고 알려 준다.

이모젠은 포스트무스에게 안기고 동굴의 모건이 왕 앞에 엎드려 두 아들은 자신의 친자식이 아니고, 추방당한 홧김에 왕자들을 훔쳐다 길렀다고 고백한다. 왕은 왕자들을 찾은 기쁨에 모건을 용서하고 그에게 높은 지위를 준다. 그러면서도 동굴 근처에서 왕의 군대가 이기도록 싸워 준 젊은이를 찾지 못해 서운해 한다. 그때 포스트무스가 앞으로 나와 그 사람이 바로 자기라고 밝힌다.

이렇게 해서 심벌린 왕은 두 아들과 딸 그리고 사위를 되찾아 거느리고 모두가 행복해하는 가운데 축하잔치를 하기 위해 궁으로 향한다.

이것으로 막이 내린다.

심벌린

브리튼의 왕 심벌린은 딸 이모젠이 가난한 청년과 비밀리에 결혼하자 청년을 추방하고 대신 후처가 데리고 온 아들과 결혼시켜 왕위를 물려주려 한다. 딸이 말을 듣지 않자 의붓어머니는 그녀를 죽이려 한다. 추방당한 이모젠의 남편은 친구의 간교에 넘어가 그녀를 의심한다. 이런 역경을 거치면서도 순정과 사랑을 지킨 이모젠은 주피터 신의 도움으로 소생하여 아버지 그리고 남편과 재회한다. 심벌린의 여주인공 이모젠은 애교 넘치는 최고의 여인으로 꼽힌다.

레온테스Leontes : 시칠리아 왕으로 그의 왕비가 왕의 절친한 친구 폴릭세네스의 아이를 임신한 것으로 의심한다. 그로부터 가족은 흩어지고 힘든 곤경을 치른 끝에 가족과 재회하게 된다.

헤르미오네Hermione : 레온테스의 아름답고 현숙한 왕비로 왕의 의심을 받아 죽었다가 마지막에 다시 살아난다.

퍼디타Perdita : 레온테스와 헤르미오네 사이에서 태어난 공주이다. 아버지의 오해로 버림을 받아 보헤미아 해안에서 자라다가 그곳의 왕자 플로리첼과 사랑에 빠진다.

폴릭세네스Polixenes : 보헤미아의 왕이자 레온테스 왕과 절친한 친구이다. 레온테스로부터 의심을 받고 도망쳤다가 후에 그의 아들 플로리첼이 퍼디타를 사랑하면서 모든 오해가 풀린다.

플로리첼Florizel : 폴릭세네스 왕의 아들로 퍼디타와 연인 사이가 된다.

까밀로Camillo : 시칠리아의 귀족으로 왕의 명령을 어기고 폴릭세네스 왕을 살려준 뒤 그를 따라 보헤미아에서 산다. 후에 폴리나와 결혼한다.

폴리나Paulina : 시칠리아의 귀족 여인이다. 용감하게 레온테스 왕의 잘못을 지적하며 여왕의 순결을 주장한다.

목자Shepherd : 착한 늙은 목자로 버려진 아기 퍼디타를 자기 딸로 키운다.

안티고누스Antigonus : 폴리나의 남편으로 헤르미오네의 법적 보호인이다. 아기를 해변에 두고 돌아오다 폭풍을 만나 죽는다.

광대Clown : 목자의 술주정뱅이 아들이자 퍼디타의 의붓오빠이다.

마밀리우스Mamillius : 레온테스 왕의 왕자로 어머니가 감옥에 있는 동안 어머니를 그리다 죽는다.

3

겨울 이야기
THE WINTER'S TALE

46~47세 때 작품, 1610~1611년

시칠리아의 왕 레온테스Leontes는 러시아 황제의 딸 헤르미오네Hermione와 결혼하여 마밀리우스Mamillius 왕자를 낳고 행복하게 산다. 세월이 한참 지난 어느 날, 왕은 어려서부터 절친한 친구이자 보헤미아 왕인 폴릭세네스Polixenes의 방문을 받고 9개월 동안 좋은 시간을 보낸다. 시간이 흘러 친구가 자기 집으로 떠나려고 하자 왕은 섭섭하여 친구에게 더 머물기를 원하지만, 친구는 자신의 왕국이 걱정이 되어 친구의 제의를 거절하고 항해 날짜를 잡는다. 레온테스 왕은 친구가 떠나는 것이 너무 서운하여 임신한 아내에게 친구가 더 머물 수 있도록 잘 권해 보라고 부탁한다. 왕비는 남편과 그의 어린 시절 이야기를 더 듣고 싶다고 폴릭세네스 왕의 팔을 흔들며 조른다. 더 이상 거절하기가 어렵게 된 친구는 일주일을 더 머물기로 한다.

이 장면을 목격한 레온테스 왕은 자기의 요청을 강경히 거절하던 친구가 왕비의 말은 그대로 받아들이는 모습을 보면서 그들의 관계를 의심하고 질투심에 불타오른다. 성질이 몹시 급한 왕은 더 이상 자신을 조절하지 못한 채 친구를 미워하고 친구에 대한 그의 우정은 증오로 급변한다. 왕은 심복인 까밀로Camillo를 찾아가 상황을 설명하고 여왕 모르게 친구를 죽이라고 명한다. 까밀로는 왕의 오해와 망상을 풀어 주려고 온갖 애를 쓰다가 결국 성질 급한 왕을 이기지 못하고 그 사실을 폴릭세네스에게 고백한다. 이런 엄청난 일을 당한 친구는 레온테스를 피해 까밀로와 함께 도망쳐 보헤미아로 돌아간다.

폴릭세네스 왕과 까밀로가 도주한 이야기를 들은 왕자는 어머니에게 근간에 일어난 사건을 '겨울 이야기'로 전하려 한다. 이것을 알아차린 아버지는 아들을 어머니와 떼어 놓기 위해서 왕비가 폴릭세네스의 아이를 임신했다고 간통죄로 몰아 감옥에 가둔다. 이렇게 하여 왕자는 어머니를 만나지 못하게 되고 어머니를 그리다 병이 든다.

여왕이 감옥에서 딸을 해산하자 여왕과 가까운 귀족 여인 폴리나Paulina는 왕이 아기를 보면 마음이 달라지리라는 기대를 하고 아기를 안고 왕에게 축복 기도를 부탁한다. 왕은 폴릭세네스가 아기의 아버지라고 소리치며 아기를 데리고 나가라고 명령한다. 폴리나는 정중하게 아기는 왕의 딸이 틀림없으니 일생 동안 후회할 일을 하지 말라고 충고를 한 다음 자리를 뜬다. 왕은 그녀의 남편인 안티고누스Antigonus를 역적으로 몰고 목숨을 부지하려면 아기를 삭막한 먼 외국에 내다 버리라고 명령한다.

이때 아폴로 신전이 있는 델포이에 갔던 신관들이 신탁Oracle을 받고 돌아온다. 왕은 왕비를 재판하도록 소집 명령을 내린다. 죄목은 헤르미오네 왕비가 폴릭세네스 왕과 간통을 저지른 것과 까밀로를 도망시킨 것이다. 왕비는 모든 죄목을 강하게 부인하며 폴릭세네스 왕을 남편의 친구로서 좋아했고, 남편의 청으로 그를 더 머물도록 요구했을 뿐이라고 주장한다. 그리고 까밀로의 도망은 전혀 모르는 일이고, 왕의 고발은 전혀 이해할 수 없는 처사라고 진술한다.

그러나 왕은 왕비에게 사형을 내리라고 신관들에게 요청한다. 왕비는 이제 왕의 사랑도 잃고 아들도 보지 못하게 하다가 지금은 딸까지 버리라고 하니 더 이상 살 의미가 없다고 말하며, 죽기 전에 혐의를 벗고 싶으니 델포이의 신탁을 알게 해 달라고 청한다.

신관 디온Dion과 클레멘스Clemenes가 법정에 나와 선서를 마친 후 델포이에서 받은 신탁을 꺼내 봉인을 뜯고 읽기 시작한다.

"헤르미오네는 결백하다. 폴릭세네스도 죄가 없다. 까밀로는 충성된 신하이다. 레온테스는 질투심이 강한 폭군이다. 아기는 레온테스의 딸이다. 왕은 후계자가 없을 것이다."

이런 판결이 내려지자 법정에 있던 사람들은 모두 안심하고, 왕비는 아폴로를 찬양한다. 왕은 긴장된 목소리로 신탁에 쓰인 대로 제대로 읽었는지를 묻고 신관은 신탁을 왕에게 내민다. 왕은 신탁은 믿을 수 없으니 재판을 하자고 소리친다.

이때 수행원이 법정에 뛰어들어 왕자가 어머니를 그리다가 죽었다고 고한다. 왕비는 그 자리에 쓰러지고, 모두가 충격을 받고 잠잠해진다. 왕은 비탄에 잠긴 목소리로 "아폴로가 노했구나. 내 잘못 때문에 신들이 나를 치는구나!"라고 혼자 중얼댄다. 그리고 자기가 미쳐서 신탁을 의심했다고 아폴로 신에게 용서를 빌며 울기 시작한다. 이때 폴리나가 뛰어와 왕비도 죽었다고 보고한다. 왕은 모든 비극이 자신의 잘못 때문이라고 자책하며 매일 예배당에서 회개를 시작한다.

한편, 폴리나의 남편 안티고누스가 어린 공주를 데리고 떠날 준비를 하던 차에 꿈에 왕비가 나타나 아기 이름을 퍼디타Perdita 라 짓고 보석을 아기 옆에 넣어 보헤미아 해변에 두라는 꿈을 꾼 다. 안티고누스는 아기를 작은 요람에 눕히고 아기 이름이 쓰인 편지와 금과 보석을 넣어 보헤미아 해안 근처에 놓고 돌아오다 폭풍을 만나 죽는다. 해변을 지나던 한 목자와 그의 아들이 요람 에 누워 있는 아기를 발견하고 데려다가 목자의 딸로 키운다. 목 자는 아기가 뛰어난 미모를 갖춘 것을 보면서 그녀가 요정의 딸 이고 그녀 옆에 있던 보석은 요정의 보화로 생각한다.

보헤미아에서는 해마다 양털 깎기 축제가 열린다. 이 축제에 참석하기 위해 한 목동이 목자를 보러왔다가 그 집 딸 퍼디타에 게 반한다. 이들은 목장에서 만남을 거듭하면서 서로 사랑하게 된다. 축제가 열리는 날, 목동은 일찌감치 목자 집에 도착하여 자 신이 왕자 플로리첼Florizel이라고 퍼디타에게 고백한다. 퍼디타는 왕이 이 사실을 알게 되면 아들이 평민의 딸과의 만남을 허락하 지 않을 것이라고 두려워하지만, 왕자는 어떤 일이 있어도 퍼디 타와 결혼할 것이라고 그녀를 안심시킨다.

아버지 폴릭세네스 왕은 아들 플로리첼이 자주 집을 비우자 신 하를 시켜 그가 시간을 보내는 곳이 목장인 것을 알아낸다. 왕은 시칠리아에서 같이 온 까밀로와 함께 변장을 하고 양털 깎기 축제가 열리는 목자 집을 방문한다. 오는 손님들에게 아름다운 꽃을 안겨 주며 꽃말을 알려 주는 퍼디타가 폴릭세네스 왕을 반기며 그에게 겨울 꽃을 안겨 준다. 왕은 아들 플로리첼과 퍼디타가 손을 꼭 잡고 행복해하는 모습을 보면서 플로리첼에게 그 처녀와 얼마나 가까운 사이인지를 묻는다. 아들은 이 세상의 모든 권세와 자신의 지혜까지도 이 소녀와 바꿀 수 없는 그런 사이라고 진지하게 답한다. 이때 옆에 있던 목자는 딸에게 같은 생각이냐고 묻는다. 딸도 같은 생각이라고 대답한다. 목자는 소녀의 손목을 잡아 플로리첼에게 건네준다.

이 장면을 본 폴릭세네스 왕은 플로리첼을 똑바로 보며 청년은 아버지가 없느냐고 묻는다. 청년은 사정이 있어 아버지에게 말씀을 드리지 못한다고 답하자 왕은 가면을 벗어던지고 아들에게 못된 놈이라고 야단을 치며 이 처녀를 다시 만나는 것을 알게 되면 왕세자에서 이름을 지워 버리겠다고 호통을 치고 떠난다. 이것을 목격한 퍼디타는 큰 슬픔에 잠기고, 그 자리에 남은 왕의 신하 까밀로는 왕자의 굳은 결심을 보고 전력을 다해 그들의 결혼을 돕겠다고 결정한다.

까밀로는 왕자에게 자신을 소개한 다음, 두 사람이 시칠리아의 레온테스 왕을 찾아갈 것을 권한다. 그곳에 도착하여 폴릭세네스 왕이 보낸 사람들이라고 말하면 폴릭세네스 왕의 자녀로 알고 반길 것이라고 일러 준다. 그리고 까밀로는 급히 궁으로 돌아가 폴릭세네스 왕을 설득해 플로리첼과 퍼디타가 탄 배에 오르게 하고 늙은 목자도 같이 배에 탄다.

한편, 시칠리아 궁전에서는 왕이 자신의 잘못을 뉘우치는 회개가 매일 거듭되고, 폴리나는 왕이 잘못을 잊지 않게 하려고 꾸준히 그의 잘못을 일깨워 준다. 이렇게 세월을 보내고 있을 때 옛 친구 폴릭세네스의 자녀가 왔다는 말을 듣고 왕은 몹시 기뻐한다. 레온테스 왕은 플로리첼이 아버지와 똑 닮았다며 죽기 전에 자신의 잘못으로 잃은 친구를 꼭 만나고 싶고, 자신에게도 그들과 같은 나이의 왕자와 공주가 있었다고 말끝을 흐린다. 플로리첼은 아버지의 명을 어기고 목자의 딸과 사귄 죄로 여기까지 피해왔지만, 곧 아버지와 그의 충신 까밀로가 자기들을 체포하러 시칠리아에 도착할 것이라고 말하며 왕의 도움을 청한다. 그 말을 들은 왕은 "그러면 이 소녀는 폴릭세네스의 딸이 아닌가?"라고 되묻는다. 플로리첼은 자신의 부인이 될 사람이니 결혼 후에는 폴릭세네스의 며느리가 될 사람이라고 설명한다.

레온테스 왕이 옛 친구가 왔다는 전갈을 듣고 그를 만나고자 배에 도착한다. 먼저 늙은 목자와 그의 아들이 아기를 발견한 상황을 왕에게 자세히 설명하고, 아기가 탔던 배는 되돌아가는 길에 조난을 당해 탄 사람 모두가 죽었다는 이야기를 한다. 그리고 아기 옆에 있었던 금은보화는 자기들이 썼지만 아기를 싼 강보와 함께 있던 편지는 보관했다고 말하며 왕에게 건네준다. 레온테스 왕은 퍼디타라는 이름을 보고 자신의 딸임을 알아본다. 그리고 친구였던 두 왕은 플로리첼 왕자와 퍼디타 공주의 결혼을 크게 찬성하고 사돈 간이 된다. 신랑과 신부의 두 아버지는 기쁨에 넘쳐 퍼디타를 길러 준 늙은 목자에게 큰 상을 내린다.

시녀 폴리나는 이들 모두를 자기 집에 초대하고, 당시 유명한 조각가에 의해 만들어진 헤르미오네 왕비의 상을 보여준다. 모두가 정교한 작품에 감탄하는 가운데 특별히 레온테스 왕은 그 조각상에 압도되어 부인이 금방 살아서 자기에게 걸어올 것 같다며 어쩔 줄을 모른다. 아폴로신과 신탁에 대한 헤르미오네 왕비의 믿음과 오랜 시간의 레온테스 왕의 회개, 그리고 그를 도운 폴리나의 정성이 합쳐진 덕분인지 이들 앞에 기적이 일어난다. 헤르미오네의 조각상이 조금씩 움직이더니 생기를 발하기 시작하고 결국 여왕이 되살아난 것이다.

소생한 여왕은 남편과 화해하고 폴릭세네스 왕은 다시 그들의 절친한 친구가 된다. 그리고 좋은 일을 많이 한 폴리나는 까밀로와 늘그막에 결혼하게 되고, 보헤미아의 왕자 플로리첼과 시칠리아의 공주 퍼디타는 모두의 축복 속에서 성대한 결혼식을 올린다.

겨울 이야기

〈겨울 이야기〉는 로맨스 작품 중에서 가장 슬픈 비극을 겪은 후 기쁨과 구원을 얻는 내용으로 전개된다.

작품을 끝낸 1611년 5월 15일, 글로브 극장에서 첫 공연을 했다. 그리고 그해 말, 궁정의 화이트홀Whitehall에서의 공연을 시작으로 지금까지도 계속 인기를 누리고 있는 작품이다.

사연이 많은 항구 시칠리아에 레온테스 왕이 있었다. 그는 친한 친구와 자기 아내의 관계를 의심하고 질투하여 임신한 아내를 감옥에 가두고 출산한 딸을 버리게 한다. 왕자는 감옥에 있는 어머니를 그리다 죽고, 그 소식을 들은 왕비도 앓다가 감옥에서 죽고 만다. 한편, 버려진 딸 퍼디타는 늙은 목자가 발견하여 데려다가 정성스레 키운다. 왕비와 왕자를 잃은 왕은 드디어 질투의 망상에서 깨어나 매일 정성껏 회개한 끝에 딸을 만나고 기적적으로 여왕이 다시 살아나 전 가족이 재회하게 된다.

처음에는 추운 겨울처럼 거칠고 힘든 나날을 겪지만, 후에는 봄의 꽃이 다시 피어나듯 아름다운 재생의 기쁨을 누리게 되는 작품이다.

주요인물

프로스페로Prospero 공작 : 밀라노의 합법적인 공작이자 미란다의 아버지이다. 동생 안토니오에게 공작의 자리를 빼앗기고 쫓겨나 배를 타고 떠나다가 조난을 당해 작은 섬에 갇힌다. 그러나 마법을 연마하고 권리를 되찾는다.

미란다Miranda : 프로스페로 공작의 딸이다. 퍼디난드 왕자를 만나 그를 사랑하게 되고 그와 결혼한다.

알란조Alanzo 왕 : 나폴리의 왕이자 퍼디난드의 아버지이다. 12년 전 프로스페로가 죽은 것으로 알고 밀라노 공작의 직위를 동생 안토니오에게 허락한다.

퍼디난드Ferdinand : 나폴리 왕자로 미란다에게 반하여 공작의 일을 열심히 해주고 결혼 허락을 받는다.

안토니오Antonio : 프로스페로의 동생이다. 야심이 커서 형인 프로스페로의 공작 직위를 찬탈한다.

세바스천Sebastian : 알란조 왕의 동생으로 게으르고 남에게 쉽게 넘어간다. 안토니오에게 왕인 자신의 형을 죽이고 왕이 되라고 부추긴다.

아리엘Ariel : 망령의 대장으로 한때 칼리반의 어머니인 시코랙스의 종이었다가 프로스페로 공작의 도움으로 풀려나 공작에게 충성을 다한다.

칼리반Caliban : 프로스페로의 종이자 죽은 마녀의 아들이다.

곤잘로Gonzalo : 착하고 정직한 영주이다. 안토니오가 프로스페로의 직위를 찬탈했을 때 공작과 딸 미란다가 도망하도록 도와준다.

트린쿨로Trinculo와 스테파노Stephano : 트린쿨로는 어릿광대이고, 스테파노는 술주정뱅이 집사이다.

4

폭풍
THE TEMPEST

47세 때 작품, 1611년

밀라노의 공작 프로스페로Prospero는 종일토록 자연에 숨겨진 신비한 요술을 연구하면서 시간을 보낸다. 그는 마법사로서는 존경을 받지만, 공작의 임무는 소홀히 한다. 그래서 자연스레 그의 동생 안토니오Antonio가 행정을 맡아 하다가 점점 권력에 야심을 품고 자신의 추종자들을 요직에 앉힌다. 그리고 나폴리의 왕 알란조Alanzo와 비밀 동맹을 맺고 밀라노의 공작이 되려는 야심을 키운다. 그러나 자신을 사랑하는 형 프로스페로를 차마 죽이지는 못하고 한밤중에 배에 태워 밀라노를 떠나도록 일을 꾸민다.

부인이 없는 프로스페로는 세 살 된 외동딸 미란다Miranda를 데리고 곤잘로Gonzalo 노인이 실어 준 몇 가지 물품과 귀하게 여기는 책들을 돛대가 없는 작은 배에 싣고 밀라노를 떠난다. 배는 바람이 부는 대로 며칠을 표류하다가 숲이 우거지고 과일이 풍성한 무인도에 도착한다. 이곳에서 공작은 동굴을 파고 자리를 잡는다. 미란다는 열여섯 살까지 아버지만 보고 자란다. 그곳에서도 공작은 병에 대한 치료와 구제를 위한 마법에 몰두한다.

이상한 망령들이 떠도는 이 섬에는 오래전부터 법을 어기고 도망 온 마녀 시코랙스Sycorax가 반인반수인 그의 아들 칼리반 Caliban과 함께 살고 있다. 하루는 시코렉스가 망령의 두목 아리엘Ariel을 자기 수하에 넣으려고 애를 쓰다 자기 뜻대로 되지 않자 그를 나무에 묶어 놓는다. 그곳을 지나던 프로스페로가 아리엘을 발견하고 그를 풀어 준 인연으로 아리엘은 프로스페로의 제자가 된다. 또한 프로스페로는 마녀가 늙어 죽자 그녀의 아들 칼리반을 데려다 훈련시켜 머슴으로 삼는다.

어느 날 멀리서 큰 배가 섬 쪽으로 오고 있는 것을 본 프로스페로는 그동안 연마한 마술로 큰 폭풍을 일으켜 배가 섬 근처 바위를 받아 부딪치게 한다. 주인은 곧바로 아리엘을 보내 상황을 자세히 살피고 보고하라고 한다. 그 배에는 나폴리의 왕 알란조, 퍼디난드Ferdinand 왕자, 왕의 동생 세바스천Sebastian 그리고 현재 밀라노의 공작이자 프로스페로의 동생인 안토니오와 늙은 곤잘로 등 몇 명의 귀족이 타고 있다.

배가 흔들리면서 해안에 가까워지자 퍼디난드 왕자가 제일 먼저 바다로 뛰어들어 재빨리 헤엄을 쳐서 섬 한구석에 올라선다. 그리고 자신만이 살아남은 것으로 안다. 왕과 그 무리는 흔들리는 배에서 다른 쪽 섬에 내렸지만 다친 사람은 없다. 그들도 그들만이 살아남은 것으로 생각한다. 배는 안정을 찾고 으슥한 만에 닻을 내리고 집사 스테파노Stephano와 어릿광대 트린쿨로Trinculo를 내려 준 후 나폴리로 되돌아간다.

프로스페로는 아리엘에게 먼저 퍼디난드 왕자를 자신의 거처로 데려오도록 한다. 아버지와 함께 밖을 내다보던 미란다Miranda가 퍼디난드를 보고 아버지에게 그가 신령인지를 묻는다. 아버지는 실제 사람이라고 알려 주고 미란다는 그의 잘생긴 모습에 놀라움을 금치 못하여 동굴에서 나온다. 미란다를 본 퍼디난드 역시 그녀의 아름다움에 현혹되어 이 섬의 여신이냐고 소리쳐 묻는다. 미란다는 이곳에 사는 소녀라고 답하고 두 사람은 바로 사랑에 빠진다. 그러나 두 사람의 들뜬 사랑을 염려한 아버지는 퍼디난드를 섬을 탐지하러 온 스파이로 몰아 동굴에 가두고 중노동을 시킨다. 미란다는 아버지에게 그를 풀어 주라고 간청하다가 오히려 꾸중만 듣는다. 왕자가 중노동을 할 동안, 나폴리 왕과 그 무리들은 섬의 다른 쪽에서 자리를 잡아 간다. 왕은 아들이 죽었을 거라는 상상을 하면서 슬픈 마음으로 나날을 보내고 곤잘로Gonzalo 노인은 알란조 왕을 위로하며 그의 계승자로 동생 세바스천이나 안토니오 중 한사람을 책봉하라고 권한다.

미란다는 중노동을 하는 퍼디난드가 측은하여 자신이 대신 그의 일을 하겠다고 나서고, 왕자는 그녀를 보는 것만으로도 힘이 난다고 안심시키며 그녀의 이름을 묻는다. 미란다는 주저하다가 절대로 이름을 가르쳐 주지 말라는 아버지의 명령을 어기고 그에게 이름을 알려 준다. 퍼디난드는 자신이 왕자라는 사실과 아버지가 폭풍에 돌아가셨을 테니 지금은 자기가 나폴리의 왕이나 다름없다고 말한다. 그리고 두 사람은 결혼을 약속한다. 퍼디난드는 하던 일을 계속하고, 미란다는 아버지의 말을 어긴 것을 걱정한다.

아버지는 아리엘이 벌여 놓은 여러 가지 일을 돌아본 후 동굴에 돌아와서 퍼디난드가 시킨 일을 말끔히 해 놓은 것을 보고 만족해하며 그와 딸과의 결혼을 머릿속에 그린다. 그때부터 프로스페로는 무섭고 엄격한 섬의 주인이 아니라 사랑하는 딸 미란다의 아버지로 태도가 돌변하고 퍼디난드에게 딸의 결혼을 허락한다. 그러나 식을 치르기 전까지는 여동생처럼 또는 수도사처럼 서로 존중하고 사랑할 것을 당부한다. 퍼디난드는 정중하게 그의 말을 받아들이고 행복한 가정을 이룰 것을 약속한다. 그리고 장인의 만수무강을 빈다. 이들을 바라보는 프로스페로는 행복하기만 하다.

아버지는 두 사람에게 손을 맞잡게 하고 축복받을 준비를 하게 한다. 그리고 여신들을 불러 축복을 간구한다. 풍악이 울리자 올림포스가 하늘의 무지개를 타고 나타나 여신들에게 축복을 내릴 준비를 시킨다. 먼저 농업의 여신 케레스Ceres가 풍요한 땅과 풍삭을 이들에게 축복하고, 아이리스Iris 여신이 두 사람의 사랑이 진실하도록 축복하고, 결혼의 여신 주노Juno가 두 사람의 자손 대대까지 부와 행복, 장수를 누릴 것을 빌어 준다. 그리고 요정들이 나타나 세 여신과 어울려 춤을 춘다.

잔치가 끝나자 프로스페로는 갑자기 퍼디난드와 미란다를 자신의 방으로 불러들이고, 아리엘에게 좋은 옷을 입혀 망을 보게 한다. 이때 칼리반이 그의 술친구 스테파노Stephano와 어릿광대 트린쿨로를 데리고 몰래 동굴로 기어들어 미란다를 엿본다. 이것을 본 아리엘이 그들을 바닷가로 끌어내고 프로스페로에게 이 사실을 보고한다.

아리엘이 다음으로 할 일은 섬 다른 쪽에 있는 알란조 왕과 그

신하들을 동굴로 데리고 오는 일이다. 잠시 후, 아리엘은 몰골이
사나운 무리들을 데리고 온다. 공작은 다시 아리엘을 내보내 배
를 준비하고 선장과 갑판장을 빨리 데려오도록 한다.

프로스페로는 방금 도착한 무리 가운데 알란조 왕을 찾아 자
신이 밀라노의 공작이었던 것을 밝히고, 곤잘로Gonzalo를 위시
한 그의 신하들과 인사를 나눈다. 알란조 왕은 폭풍을 만나 아들
을 잃고 이 섬에 갇혀 있다고 말하면서 아직도 프로스페로 공작
이 살아 있는 것을 기이하게 생각한다. 이에 공작도 폭풍으로 딸
을 잃었다며 왕을 위로한다. 이 말을 들은 왕은 "그들이 살았다면
나폴리의 왕과 여왕이 되었을 텐데!"라며 우울해한다.

프로스페로는 왕에게 자신이 공작의 자리를 동생 안토니오에
게 뺏기고 밀라노를 떠나게 된 이유를 다시 한 번 강조한 뒤, 특
별한 선물을 그에게 보여 주겠다며 방문을 연다. 그곳에서 퍼디
난드와 미란다가 바둑을 두고 있다가 알란조 왕을 보게 된다. 아
들은 놀라 왕에게 무릎을 꿇고, 왕도 놀라서 아들에게 아름다운
소녀가 혹시 이 섬의 여신으로 우리를 만나게 한 것이냐고 묻는
다. 아들은 여신이 아니라 살아 있는 인간으로 하느님의 섭리로
맺어진 그의 여인이라고 설명한다. 그리고 그녀가 밀라노 공작의
딸이니 그도 이생의 또 다른 아버지라고 설명한다. 프로스페로는
과거는 모두 잊으라며 사돈이 된 알란조 왕과 손을 맞잡고 퍼디
난드와 미란다를 축복한다.

이때 선장과 갑판장이 나타나 왕에게 배로 안전히 모실 테니 배에 오르라고 한다. 프로스페로는 칼리반에게 그의 두 친구 스테파노와 트린쿨로의 안부를 묻고 셋이 여기 모인 손님들을 잘 접대하면 그들을 용서하겠다고 말한다. 칼리반은 그들의 잘못까지 대신 사과하고 스테파노에게 음식을 장만하게 하고 트린쿨로에게 풍악을 준비하게 한다.

그날 밤 동굴에서는 성대한 잔치가 벌어지고, 다음 날 모두 나폴리로 떠날 준비를 마친다. 그때 프로스페로는 칼리반을 불러 섬 전체를 그에게 양도한다. 아리엘에게는 배가 목적지까지 안전하게 도착할 수 있도록 지켜 줄 것을 부탁하고, 배가 떠나는 대로 마력에 필요한 모든 도구를 땅에 묻고 책들은 바다에 던지라고 명한 뒤, 그에게 자유를 준다.

아리엘은 프로스페로에게 감사를 전하고 이별을 고한 뒤 그가 속한 세상으로 사라지면서 막이 내린다.

폭풍

〈폭풍〉은 의심의 여지없이 셰익스피어를 극작가로 칭송받게 한 작품 중 마지막이자 가장 인기 있는 작품 중의 하나이다. 1611년에 쓰여졌고, 그해 11월 궁정의 화이트홀에서 제임스 왕을 모시고 첫 공연을 가졌다.

환상적인 낙원과 유토피아를 연상케 하는 섬에서 마술, 노래, 춤, 우화, 가면극이 한데 어울린 가운데 여러 가지 정치적 그리고 심리적 입장을 상상하게 하는 비유극이기도 하다.

한 설에 의하면, 이 작품은 셰익스피어가 자신이 은퇴하면서 요술사 프로스페로를 통해 시인이요 극작가인 자신을 돌아보고 회상하는 작품으로 생각했다고 한다.

이야기는 나폴리 왕의 음모로 공작과 어린 딸 미란다는 밀라노 섬으로 추방당한다. 마술을 연마한 공작은 심한 폭풍을 일으켜 나폴리 왕과 왕자가 탄 배를 파손시키지만, 왕과 왕자는 따로 살아남는다. 섬에 오른 왕자는 바로 미란다와 사랑에 빠지고, 나폴리 왕은 아들을 잃은 슬픔에 빠진다. 그러나 공작은 밀라노에서 자신을 추방한 왕을 용서하고, 그가 아들을 만나게 해 준다. 양가의 두 젊은이는 아버지들의 축복 속에서 아름답게 맺어진다.

Shakepear
Tragedy

주요 인물

테세우스Theseus 공작 : 아테네 공작으로 테베를 침략하기 위해 히폴리타와의 결혼을 미루다 전장에서 팔라몬 왕자와 알카이트 왕자를 생포한다. 감옥에 갇힌 두 사람이 여왕의 여동생 에밀리아를 좋아해서 싸움이 붙는다. 공작은 결투를 시켜 승리한 사람이 에밀리아를 차지하도록 명한다.

히폴리타Hippolyta : 아마존의 여왕으로 테세우스의 약혼녀이다.

에밀리아Emilia : 히폴리타의 여동생이다. 팔라몬과 알카이트 두 사람 중 한 사람을 택하지 못하고 주저한다.

팔라몬Palamon : 테베의 왕자이자 크레온 왕의 조카이며, 알카이트와는 사촌 지간이다. 감옥에 있을 때 에밀리아를 보고 사랑에 빠지고, 결국 그녀와 결혼한다.

알카이트Arcite : 팔라몬과 사촌 사이다. 감옥에서 풀려나 에밀리아를 차지하기 위해 사촌과 결투를 벌여 이긴다. 그러나 낙상을 당하고 죽기 전에 그녀를 사촌에게 양보한다.

피리토우스Pirithous : 테세우스 공작의 가장 친한 친구이자 전우이다.

아테시우스Artesius : 아테네 장교이다.

세 여인Three Queens : 테세우스 공작에게 히폴리타와의 결혼을 미루고 테베 전장에서 죽은 남편의 시체를 찾아 달라고 부탁한 과부들이다.

교도관 : 딸이 팔라몬 왕자에게 반해 미치자 잘생긴 청년을 소개시켜 딸의 상사병을 고쳐 준다.

교도관의 딸 : 팔라몬 왕자에게 반하여 그가 탈옥하도록 돕지만 그가 사라져 버리자 미치고 만다.

5

두 귀족 사촌 형제
THE TWO NOBLE KINSMEN

50세 때 작품, 1614년

아테네 테세우스Theseus 공작과 그의 신부인 아마존의 여왕 히폴리타Hippolyta가 결혼식을 올리려고 등장한다. 그때 세 여인이 나와 이들 앞에 무릎을 꿇고 전장에서 테베 왕에게 죽은 남편의 시신을 찾아 달라고 간청한다. 공작은 일단 결혼식을 치르고 보자고 하지만 여왕과 그녀의 여동생 에밀리아Emilia는 시신을 찾는 일이 먼저라고 우긴다. 이렇게 해서 결혼식은 유보되고 남자들은 전쟁터로 나간다.

집에 남은 여자들은 이야기로 소일을 한다. 여왕은 약혼자인 테세우스 공작과 그의 친구 피리토우스Pirithous의 깊은 우정에 대해 이야기를 하고, 여동생은 열한 살에 죽은 여자 친구 플라비나 Flavina를 그리며 어떤 사람과도 다시는 그런 사랑에 빠지지 못할 것이라는 이야기를 주고받는다.

한편, 테베에서는 사촌지간인 팔라몬Palamon 왕자와 알카이트 Arcite 왕자가 포악한 삼촌 크레온Creon 왕으로부터 도망칠 계획을 세우다 테세우스 공작이 아테네 군대를 이끌고 침공한다는 소식을 듣고 테베 시를 지키기 위해 머무른다. 그러나 테베 싸움에서 테세우스 공작이 크게 승리하고 팔라몬과 알카이트를 생포하여 포로로 데려간다. 그리고 세 과부에게 남편의 시신을 돌려주며 장엄한 장례를 치르라고 하고, 잡혀 온 팔라몬과 알카이트를 감옥에 가두라고 명령한다. 그들을 지키는 교도관의 딸은 틈틈이 감옥 창살을 들여다보며 포로들이 불쌍하다느니, 어떻게 하든 감옥에서 나와야 한다느니 하며 혼자 흥분해서 떠든다. 감옥에 있는 두 왕자는 서로 위로하며 새롭게 그들의 우정을 다짐한다. 이때 팔라몬이 창살 밖을 내다보다가 그곳을 지나는 에밀리아를 보고 홀딱 반한다. 알카이트도 그녀를 보자 황홀해한다. 팔라몬은 자기가 먼저 그녀를 보았다고 주장하고, 알카이트는 그녀를 자신이 더 사랑한다고 말한다. 결국 둘은 에밀리아로 인해 싸우기 시작한다. 두 사람은 방금 전에 했던 맹세도 잊고 한 여자를 두고 원수 사이가 된다.

하루는 테세우스 공작이 감옥에 갇힌 죄수들을 심문하기 위해 등장한다. 먼저 알카이트를 불러 이것저것 따져 보지만 감금할 이유를 찾지 못하고 그를 아테네에서 추방한다. 감옥에서 나온 알카이트는 테베로 돌아가는 대신 공작이 주관하는 운동 경기에 참석하여 가장 강하고 빠른 선수로 뽑힌다. 모두가 그의 뛰어난 실력에 감동하고 있는 가운데 공작의 친구 피리토우스는 그를 에밀리아를 보필하는 사관으로 임명한다. 알카이트는 그녀를 매일 볼 수 있다는 사실에 기쁨을 감추지 못한다.

교도관의 딸이 감옥에 혼자 남은 팔라몬의 관심을 끌기 위해 그에게 아양을 떨며 온갖 정성과 노력을 기울인다. 결국 그녀는 팔라몬이 출옥하도록 돕기로 하고, 비밀리에 밖에서 두 사람이 만나기로 약속한다. 그러나 감옥에서 나온 팔라몬은 약속한 장소에 나타나지 않는다. 기다리다 못한 교도관의 딸은 크게 실망하고 슬픈 노래를 흥얼대며 그를 찾아 헤맨다.

경기를 마치고 맡은 일을 수행하기 위해 거리에 나온 알카이트는 수갑을 찬 채로 숲에서 기어 나온 팔라몬을 만나게 된다. 팔라몬은 알카이트가 에밀리아를 보필하게 되었다는 말을 듣자마자 알카이트에게 욕을 퍼붓고, 수갑을 풀어 주는 대로 에밀리아를 두고 생사를 가리자고 도전을 한다. 알카이트는 사촌에게 옷과 음식, 필요한 장신구를 건네주며 그가 기운을 차리는 대로 결투를 하기로 약속한다.

결투의 날, 경기장에서는 흥겨운 음악이 흘러나온다. 알카이트는 두 사람이 싸울 때 사용할 칼, 갑옷, 투구를 가지고 와서 팔라몬에게 주며 싸울 준비가 되었냐고 묻는다. 팔라몬은 한결 누그러진 태도로 자신이 죽더라도 그를 탓하지 않겠다고 말한다.

결투가 시작 될 무렵, 사냥 준비를 알리며 테세우스 공작이 나타난다. 알카이트는 급히 사촌에게 숨을 것을 촉구하지만, 팔라몬은 이를 거절한다. 이 장면을 목격한 공작은 두 사람을 꾸짖으며 그의 승낙 없이 결투하려는 이유를 묻는다. 두 사람은 신분을 밝히고 공작의 처제 에밀리아를 걸고 하는 싸움이라고 말한다. 공작은 매우 분노하며 두 사람에게 사형을 언도한다. 이때 히폴리타와 에밀리아는 그들을 죽이지 말고 추방하라고 공작에게 간청한다. 그러자 공작은 에밀리아에게 둘 중 한 사람을 골라 남편감으로 사귀어 보겠느냐고 묻는다. 이에 에밀리아는 두 사람 모두 자신에게 과분하다며 거절한다. 할 수 없이 결투는 한 달 뒤로 연기되고, 공작은 결투에서 이기는 사람이 에밀리아를 부인으로 맞을 것이고, 진 사람은 목숨을 잃을 것이라고 선포한다.

한 남자가 교도관을 찾아와 그의 딸이 팔라몬을 사랑하여 물에 빠져 죽으려는 것을 구했다고 알려 준다. 교도관이 그를 따라가 보니 딸은 팔라몬을 찾으면서 알아들을 수 없는 헛소리를 하고 있다. 교도관은 딸을 의사에게 데리고 간다. 의사는 자기가 고칠 수 있는 병이 아니라고 말하며 명안을 알려 준다. 청년 한 사람을 구해 팔라몬 행세를 하게 하고, 그가 딸과 같이 식사도 하고, 술도 마시면서 사귀면 딸이 제정신으로 돌아올 거라고 한다. 의사의 말대로 교도관은 잘생긴 청년을 찾아 팔라몬의 옷을 입히고 딸에 게 소개해 준다. 그를 보자마자 딸의 얼굴에 화색이 돌고, 두 사람 은 사귀다 서로 사랑하게 된다.

에밀리아는 궁에서 두 사람의 사진을 들여다본다. 알카이트는 귀여운 동안으로 마치 꿈을 꾸는 듯한 얼굴이다. 팔라몬은 검게 탄 남자다운 얼굴이다. 그러나 에밀리아는 특별히 한 사람에게 끌 리지는 않는다. 이때 두 남자가 자기를 두고 결투를 하기 위해 광 장에 도착했다는 소식이 들려온다. 결투가 시작되기 전, 두 사람 에게 기도의 시간이 주어진다. 알카이트와 그를 기리는 기사들은 마르스Mars 군신 제단에 무릎을 꿇고 "당신에게 기쁨을 드리는 결 투가 되기를 빕니다"라고 기도를 올린다. 다시 웅장한 음악이 울 리고 팔라몬과 그의 기사들은 사랑과 미의 여신인 비너스Venus 제 단 앞에 무릎을 꿇고 "당신을 위한 기쁨의 상징이 되게 해 주십시오"라고 기도를 올린다. 이와 동시에 음악이 울리고 비둘기가 날아오른다. 마지막으로 에밀리아가 처녀 수호신인 디아나Diana 여신에게 "두 기사가 죽는다면 처녀로 일생을 살겠다"고 맹세한다.

두 왕자의 결투가 시작되자 에밀리아는 생명이 걸린 싸움을 차마 볼 수가 없다. 승리의 나팔과 탄성이 울려 퍼지면서 이름이 불리는 사람이 승자라는 사실을 알 수 있다. 한동안 승패가 엇갈리다가 결국 승리의 여신은 알카이트의 손을 들어 준다. 승자 알카이트는 정중하게 에밀리아에게 인사를 하고 퇴장하고, 팔라몬은 죽음을 맞을 준비를 한다.

얼마 후, 피리토우스가 급히 들어와 알카이트가 말에서 떨어졌다는 소식을 알리고, 그 뒤로 이어서 알카이트가 들것에 실려 들어온다. 죽어 가는 알카이트가 팔라몬에게 "이제 에밀리아는 너의 사람이다"라는 말을 남기고 숨을 거둔다.

테세우스 공작은 이틀 동안의 애도기간을 갖고 알카이트의 장례식을 거행할 것을 명한 다음, "이 모두가 하늘의 뜻이오! 다시 한 번 비너스, 마르스, 디아나 신들에게 감사 드리고 슬픔과 고통은 시간에 맡깁시다"라고 말하며 끝을 맺는다.

두 귀족 사촌 형제

〈두 귀족 사촌 형제〉는 1614년에 쓰인 셰익스피어의 마지막 작품이다. 그러나 1623년에 발표된 《초판》에서는 빠지고, 1634년에 나온 《4절판》에 실렸다. 오늘날까지도 공연 횟수가 많지 않은 작품이다.

이야기는 아테네의 테세우스 공작이 아마존의 여왕 히폴리타 여왕과 결혼하러 가는 길에 테베 왕과 싸움이 벌어지는 데서 시작된다. 공작이 승리를 거두고, 그는 테베 왕의 두 조카 팔라몬과 알카이트를 포로로 잡아 감옥에 가둔다. 이들은 사촌 형제로 감옥에서 서로 우애를 다지다가 창밖으로 지나가는 공작의 처제가 될 에밀리아를 보게 된다. 두 청년은 그녀에게 반하여 서로 그녀를 차지하겠다고 싸움을 벌이고, 결국 결투를 하여 승자가 가려진다. 그러나 승리한 알카이트가 낙상을 당해 팔라몬에게 에밀리아를 양보한다. 그리고 알카이트는 그들을 축복하고 죽는다. 한 여인을 놓고 경쟁을 벌이던 두 젊은 이가 신사답게 화해와 용서로 끝을 맺고, 기품과 명예를 존중하는 신사도를 보여 준 셰익스피어의 마지막 희곡이다.

셰익스피어의 작품에 관한 서적은 많지만 셰익스피어의 삶과
성품에 관한 자료는 많지 않다. 그것을 참고할 만한 자료가 극히
부족한 까닭에 후대 사람들은 셰익스피어의 참모습을 찾기 위
해 그의 작품을 연구하면서 극작가가 연극의 인물을 만들어 내
듯이 그의 삶을 상상과 추측으로 지어내기도 했다. 극단적인 예
로, 셰익스피어 작품 모두가 셰익스피어가 쓴 것이 아니라는 설
도 있다. 또 본인의 이름을 알리고 싶지 않았던 작가가 셰익스피
어라는 필명으로 발표했다는 주장도 있다. 뿐만 아니라 학자들
이나 연극을 좋아하는 사람들, 또 셰익스피어를 존경하는 독자들
중에는 작품 속에 나오는 인물에서 셰익스피어의 숨겨진 비밀을
찾아내려고 작품의 한 부분을 부각시켜, 그가 그 당시 박해받던

가톨릭 신자라든가, 게이라든가, 여성차별주의자라든가, 혁명가, 인종차별주의자, 제정주의자라는 등 자기들 마음대로 추측하기도 한다. 그러나 셰익스피어야말로 보편적인 삶을 살았던 "인간이 자신의 모습을 볼 수 있도록 거울이 되어준 작가"라는 것이 주론이다. 18세기의 문학자요 비평가인 새뮤얼 존슨Samuel Johnson (1709~1784)은 "셰익스피어 작품은 인간의 삶의 장이다"라고 한 마디로 표현했다. 셰익스피어는 실로 창의력과 표현력이 뛰어난 천재 작가이지만, 자연을 실감나게 묘사하기 위해서 자신이 태어난 작은 도시 스트랫퍼드 어폰 에이번Stratford-upon-Avon 주위의 평원과 숲을 수없이 오르내리며 자신의 창작 세계를 구축했다.

셰익스피어 생애에 대한 자료는 교회 문서를 바탕으로 하고 있다. 학자들은 그가 스트랫퍼드 어폰 에이번에 있는 홀리 트리니티 교회에서 1564년 4월 26일 세례 받은 기록을 기반으로 세인트 조지 축일St George's Day인 4월 23일을 그의 생일로 정했다. 그다음은 1582년 11월 28일 여덟 살 연상인 앤 해서웨이Anne Hathaway와의 결혼을 윈체스터Winchester 감독이 집례했다는 기록과 여섯 달 후인 1583년 5월 26일 첫딸 수잔나Susanna가 홀리 트리니티 교회에서 영아세례를 받았고, 1585년 2월 2일 쌍둥이 주디스Judith와 햄닛Hamnet이 영아세례를 받은 기록이 있다.

그의 아버지 존 셰익스피어John Shakespeare는 농부의 아들로,

그가 스무 살 때 인근 동네에서 스트랫퍼드 근처로 이사하여 장갑 공장을 차렸다. 1556년 스트랫퍼드의 헨리Henley 가에 집을 산 것으로 보아 사업이 잘된 것으로 짐작된다. 그다음 해에 부자지주의 딸 메리 아덴Mary Arden과 결혼하여 1564년에 셰익스피어가 태어났다. 존 셰익스피어는 1568년부터 지방 행정관이 되었다. 스트랫퍼드에는 초등학교와 옥스퍼드 대학 출신의 교사로 구성된 명망 있는 중학교가 있었는데, 셰익스피어가 이 학교에 다닌 기록은 찾아 볼 수 없고, 초등학교는 다닌 것으로 추정하지만 언제까지 학교를 다녔는지조차 알 수 없다.

그 당시 부유한 집안의 부모들은 자녀가 15~16세가 되면 옥스퍼드 혹은 케임브리지 대학에 진학시켰다. 그러나 셰익스피어가 대학을 가지 못한 것은 아버지가 1579~1580년 사이 사업의 실패로 많은 빚을 지고 여러 사람에게 고소를 당한 데다 지방 행정관까지 그만두는 등으로 집안 사정이 어려워졌기 때문인 것으로 추측된다. 그러나 1585년까지 스트랫퍼드에서 자녀를 낳고 살았던 것은 확실하다. 그 이후, 스물한 살에서 스물여덟 살인 1592년까지는 셰익스피어가 어디서 무엇을 했는지는 알려진 바가 전혀 없어 행방불명의 기간이다. 추측컨대, 당시 다른 젊은이들과 마찬가지로 방위군이었을 수도 있고, 변호사 사무실의 사무원이었을 수도 있다. 또 셰익스피어가 부잣집에서 사슴을 훔치다가 들켜서 고향을 떠났다는 이야기도 전해진다.

7년간의 공백기를 거치고 1592년경부터 셰익스피어가 런던 극장계에서 이름이 나기 시작했고 인정받는 극작가로 알려진 사실로 미루어 보면, 공백 기간 중에 분명히 연극에 몰입했을 것이다. 그가 열한 살 때 스트랫퍼드 근처에 있는 케닐워스Kenilworth 성에서 엘리자베스 여왕의 생신 축하 축제가 열렸는데, 그 축제의 한 대목이 〈십이야〉에 나오는 사실로 보아 그가 축제에 참석했고, 어려서부터 연극과 연극단에 심취했음을 알 수 있다. 그 이후 여러 연극단이 1579년, 1584년, 1587년에 공연차 스트랫퍼드를 방문했는데, 아마도 그때 셰익스피어가 그중 한 극단과 함께 런던에 간 것으로 추정된다.

그 무렵, 셰익스피어는 장미 전쟁을 다룬 4부작과 〈베로나의 두 신사〉를 발표하여 영어 연극의 대부였던 로버트 그린Robert Greene(?1558~1592)의 부러움을 샀다고 한다. 1590년 초부터 런던에서 가장 유명한 로즈 극장Rose Theatre에서 그의 초기 작품과 〈헨리 6세〉 중의 한 편이 공연되면서 셰익스피어는 극장 주인인 필립 헨슬로Philip Henslow(1550~1616)로부터 극찬을 받는다.

1592년 여름, 역병이 돌면서 많은 연극단이 지방 공연을 떠났지만, 셰익스피어는 런던에 남아 헨리 사우샘프턴 백작Henry Wriothesley, 3rd Earl of Southampton의 후원을 받는 행운을 얻는다. 그는 두 편의 긴 설화시, 〈비너스와 아도니스Venus and Adonis〉와

〈루크리스의 능욕The Rape of Lucrece〉을 그에게 바친다. 시詩는 곧바로 출판되었고, 셰익스피어는 시인으로서의 자리를 굳힌다. 이렇게 셰익스피어가 각광을 받자, 그 당시 연극계의 중심인물이었던 극작가 크리스토퍼 말로Christopher Marlow, 조지 필George Peele, 토머스 내시Thomas Nashe 등은 제대로 교육도 받지 못한 이가 자신들의 영역을 침범한다고 그를 질투했다고 한다.

1594년 가을, 역병이 잦아들면서 연극단이 다시 활성화되고 셰익스피어는 그의 친구인 윌 켐프Will Kemp, 리처드 버비지Richard Burbage와 함께 새롭게 조직된 로드 챔벌린스 멘Lord Chamberlain's Men 연극단의 배우이자 주주로 활동한다. 그러나 배우로서는 크게 명성을 얻지 못했다. 또한 그는 역사극과 희극에 열중했지만, 1590년대까지는 크게 알려진 작가는 아니었다.

1596년, 열한 살인 외아들 햄닛이 죽는다. 런던 극장 근처에서 살고 있던 셰익스피어는 고향으로 돌아가 스트랫퍼드에 머물렀지만, 로드 챔벌린스 멘 연극단과 함께 엘리자베스 여왕 앞에서 자주 연극을 하면서 극작가로 이름을 알리기 시작한다. 이때 연극단의 흥행 성적이 좋아 주주의 한 사람이었던 그는 돈을 벌기 시작한다. 그래서 부인과 두 딸을 데리고 헨리 가의 집에서 스트랫퍼드에서 가장 호화로운 저택인 새집으로 이사한다.

1599년 런던에 있는 로즈 극장과 백조 극장Swan Theatre 근처에 2,000명의 관객을 수용할 수 있는 글로브 극장Globe Theatre이 세워지고부터 셰익스피어의 새 작품 대부분이 10년 동안 이곳에서 공연되었다. 이때부터 셰익스피어는 전환점을 맞게 된다.

1603년 3월 엘리자베스 여왕이 죽고 제임스 1세가 왕위에 오른다. 왕은 연극단을 로드 챔벌린스 멘에서 킹스 멘King's Men으로 이름을 바꾸게 하고 엘리자베스 여왕 시절 일 년에 서너 번 하던 공연 횟수를 열네 번으로 늘리도록 한다. 이로써 셰익스피어는 죽을 때까지 177차례의 공연 기록을 세우게 된다.

또다시 전염병이 유행하면서 많은 극장이 문을 닫기 시작했지만, 셰익스피어는 작품 활동을 계속하여 일 년에 평균적으로 두 편의 새 작품을 선보였다. 이때 〈햄릿〉을 시작으로 〈오셀로〉, 〈맥베스〉, 〈리어 왕〉 등 비극에 전념했는데, 그중에서도 〈햄릿〉을 쓴 때가 그의 천재적인 재능의 절정기로 평가된다. 셰익스피어가 비극에 전념하게 된 이유는 외아들을 잃은 데다 1601년에 아버지가 죽고, 자신은 갱년기를 맞으면서 죽음에 대한 생각이 깊어졌기 때문일 것이다. 또한 당시 극작가들이 비극에 관심을 두던 시대적 분위기도 한몫했을 것이다.

이 무렵, 집 근처의 큰 농장지에 투자를 하고 런던과 스트랫퍼드를 오가면서 중간지점인 옥스퍼드에 사는 옛 친구 존John과 저넷 대브넌트Jeannette Davenant 부부 집에서 숙박하는 일이

잦았다. 그리고 그 집에서 태어난 아들 윌리엄 대브넌트William Davenant(1606~1668)의 대부가 된다. 그는 후에 유명한 계관 시인이 되었고, 저명한 작가로 이름을 날렸다. 그런데 윌리엄이 셰익스피어의 아들이라는 소문도 있었고, 그 자신이 셰익스피어가 자신의 생부라고 주위 사람들에게 힌트를 주기도 했다고 한다.

1608년부터 킹스 멘 연극단은 블랙프라이어스 극장Blackfriars Theatre에 자리를 잡았다. 1611년 11월 제임스 왕 앞에서 로맨스 작품인 〈폭풍〉이 처음으로 공연되었다. 이것은 셰익스피어가 쓴 마지막 작품이고, 극중 인물 프로스페로Prospero의 에필로그를 관객에게 보내는 셰익스피어의 마지막 인사로 볼 수 있다.

그 후, 셰익스피어는 고향인 스트랫퍼드에 살면서 런던을 자주 오가며 연극을 했고, 1612년에는 제임스 왕의 딸 결혼식에 참석했다. 그리고 연극단의 새로운 책임자 존 플레처John Fletcher와의 합작으로 〈헨리 8세〉와 〈두 귀족 사촌 형제〉를 발표했다.

1613년 6월 29일 〈헨리 8세〉 공연 중 글로브 극장에 불이 나 극장이 소실되고 만다. 극장은 재건축되었지만, 셰익스피어는 킹스 멘 연극단을 떠나 스트랫퍼드에 있는 새집에 영주하며 처음으로 가정에 충실한 생활을 한다. 큰딸 수잔나는 1607년 6월에 동네 의사인 존 홀John Hall 박사와 결혼했고, 작은 딸 주디스는 서

른한 살 때까지 집에서 살다가 다섯 살 연하인 포도주 상인 토머스 퀴니Thomas Quiney와 1616년 2월 10일 결혼식을 올렸다.

결혼식을 치르고 나서 10주 후인 1616년 4월 23일, 세인트 조지 축일에 셰익스피어는 세상을 달리했다. 그의 석관은 52년 전 영아세례를 받았던 홀리 트리니티 교회 지하에 안치되었다.

셰익스피어의 사인은 작은 딸 결혼 잔치에서 술을 너무 많이 마시고 더운 방에서 땀을 흘리다 모자와 코트 없이 밖으로 나갔다가 감기가 들고 그것이 폐렴이 되어 결국 회복하지 못한 것으로 큰 사위 홀 박사는 말했다.

셰익스피어는 아버지와 남편으로서 자기 가족을 잘 보살폈지만, 특별히 큰딸 수잔나를 가장 사랑했던 듯싶다. 유언장에 쓰인 대로 그의 새집과 많은 재산을 큰딸에게 주었고, 작은딸에게는 바람둥이 사위가 싫어서였는지 얼마간의 돈을 남긴 것이 전부였다. 남편보다 7년을 더 산 앤 해서웨이도 그의 배려로 말년을 편히 지낼 수 있었다. 셰익스피어는 가족뿐 아니라 스트랫퍼드에 사는 가까운 친구들, 킹 멘의 동료인 리처드 버비지, 존 헤밍John Hemminge, 헨리 콘델Henry Condell에게도 돈과 유물을 남겼다.

하룻밤에 읽는 셰익스피어 전집

김준자 지음

발 행 일 초판 1쇄 2013년 9월 21일
발 행 처 평단문화사
발 행 인 최석두

등록번호 제1-765호 / 등록일 1988년 7월 6일
주   소 서울시 마포구 서교동 480-9 에이스빌딩 3층
전화번호 (02)325-8144(代)   FAX (02)325-8143
이 메 일 pyongdan@hanmail.net
I S B N 978-89-7343-385-8 (03810)

* 잘못된 책은 바꾸어 드립니다.

이 도서의 국립중앙도서관 출판시도서목록(CIP)은 서지정보유통지원시스템
홈페이지(http://seoji.nl.go.kr)와 국가자료공동목록시스템(http://www.nl.go.kr/kolisnet)에서
이용하실 수 있습니다.
(CIP제어번호: CIP2013015444)

저희는 매출액의 2%를 불우이웃돕기에 사용하고 있습니다.